SANDRA DÜNSCHEDE

Friesengift

GIFTIGE SCHÖNHEIT In Dagebüll-Hafen wird ein lebloser Mann in einem Waggon der Kleinbahn entdeckt. Bei dem Toten handelt es sich um Carsten Carstensen, dem Besitzer eines Tierversuchslabors aus der Gegend. Schnell stellt sich heraus, dass der Mann mithilfe eines Schlangengifts ermordet wurde. Die ersten Ermittlungen führen Kommissar Thamsen zu einem Kosmetikunternehmen in Düsseldorf, das Ergebnisse von Carstensen für seine Anti-Aging-Produkte bezog. Hier versucht man, den Verdacht auf mehrere Konkurrenzfirmen abzuwälzen. Doch auch in Dagebüll und Umgebung war der Laborbesitzer nicht gerade beliebt. Eine Tierschutzorganisation ist bereits des Öfteren gegen Carsten Carstensen vorgegangen, und selbst das familiäre Umfeld des Toten bringt einige Verdächtige zutage. Um dem Täter auf die Spur zu kommen, müssen sich Dirk Thamsen, seine Freunde Haie und Tom sowie der Düsseldorfer Kollege Hagen Brandt nicht nur die Frage nach dem Preis, sondern auch nach der Bedeutung von Schönheit stellen.

Sandra Dünschede, geboren 1972 in Niebüll/Nordfriesland, erlernte zunächst den Beruf der Bankkauffrau und arbeitete etliche Jahre in diesem Bereich. Im Jahr 2000 entschied sie sich zu einem Studium der Germanistik und Allgemeinen Sprachwissenschaft. Kurz darauf begann sie mit dem Schreiben, vornehmlich von Kurzgeschichten und Kurzkrimis. 2006 erschien ihr erster Kriminalroman »Deichgrab«. Seitdem lebt sie als freie Autorin in Hamburg.

SANDRA DÜNSCHEDE

Friesengift

EIN FALL FÜR THAMSEN & CO.

GMEINER

Personen und Handlung sind frei erfunden.
Ähnlichkeiten mit lebenden oder toten Personen
sind rein zufällig und nicht beabsichtigt.

Immer informiert

Spannung pur – mit unserem Newsletter informieren wir Sie
regelmäßig über Wissenswertes aus unserer Bücherwelt.

Gefällt mir!

Facebook: @Gmeiner.Verlag
Instagram: @gmeinerverlag
Twitter: @GmeinerVerlag

Besuchen Sie uns im Internet:
www.gmeiner-verlag.de

© 2019 – Gmeiner-Verlag GmbH
Im Ehnried 5, 88605 Meßkirch
Telefon 0 75 75 / 20 95 - 0
info@gmeiner-verlag.de
Alle Rechte vorbehalten
2. Auflage 2023

Lektorat: Sven Lang
Herstellung: Mirjam Hecht
Umschlaggestaltung: U.O.R.G. Lutz Eberle, Stuttgart
unter Verwendung eines Fotos von: © pure-life-pictures / fotolia.com
Druck: Custom Printing Warschau
Printed in Poland
ISBN 978-3-8392-2371-0

Für meine liebe Cousine Sabine

1. KAPITEL

Das Wetter war trübe. Seit Tagen schon. Das würde sich leicht auf das Gemüt niederschlagen. Kann man nur zu gut an den Gesichtern der anderen Fahrgäste ablesen, dachte Torsten, während er seinen Blick durch den Gastraum der Utlande schweifen ließ.

Müde und abgespannt sahen die meisten Mitreisenden aus, obwohl das Wochenende gerade erst hinter ihnen lag. Der Grund vermochte die Uhrzeit zu sein. Es war 5.30 Uhr, Torsten hatte die erste Fähre von Wyk nach Dagebüll genommen, um rechtzeitig auf dem Festland zu sein.

Auch er fühlte sich müde, war aber voller Vorfreude, denn anders als die meisten Fahrgäste startete er heute in seinen lang ersehnten Urlaub. Australien. Davon hatte er schon immer geträumt und sehr lange darauf gespart. Jetzt war es endlich so weit.

Mit der Kleinbahn würde er nach Niebüll und von dort mit dem Zug nach Hamburg fahren. Die S-Bahn brachte ihn anschließend zum Flughafen, dann würde er dort in den Flieger steigen und dieser trüben Witterung entfliehen. Er seufzte leicht bei dem Gedanken daran, sich schon bald am Bondi Beach die Sonne auf den Bauch scheinen zu lassen. Deshalb konnte ihm die graue Suppe draußen über der Nordsee nichts anhaben. Rein gar nichts. Er schlug den dicken Reiseführer auf und gab sich seinen Träumereien hin, sodass die Fahrt wie im Flug verging.

Im Dagebüller Hafen ließ sich das schlechte Wetter jedoch nicht so leicht ignorieren. Die Kleinbahn stand noch nicht bereit, und Torsten musste unter der Überdachung warten. Wenigstens regnete es nicht, aber die feuchte Kälte kroch durch sämtliche Fasern seiner doch recht dünnen Reisebekleidung.

Die meisten anderen Fahrgäste pendelten wohl regelmäßig. Jedenfalls waren viele von ihnen verschwunden. Torsten nahm an, dass sie auf dem Festland ein Auto hatten. Er blickte auf die Uhr. Die Bahn schien sich zu verspäten, und die wenigen Mitreisenden zu dieser Stunde traten wie er von einem Fuß auf den anderen, um sich zu wärmen. Zum Glück hatte er einen großzügigen Zeitpuffer eingeplant. Man wusste nie, was auf solch einer Reise alles passierte.

Endlich hörte man einen lang gezogenen Pfiff und kurz darauf zischte die Kleinbahn auf die Dagebüller Mole. Es stiegen einige Reisende aus, die direkt zum Anleger hasteten, da die Fähre in wenigen Augenblicken wieder ablegen würde.

Torsten schwang sich seinen Rucksack über und nahm die Stufen in den Wagen hinein. Drinnen war es warm, aber die Luft zum Schneiden. Unwillkürlich rümpfte er die Nase und wählte einen Platz in der Nähe der Tür. Er platzierte seinen Rucksack auf dem Sitz daneben. Falls jemand käme und sich setzen wollte, würde er ihn immer noch auf den Boden stellen können. Augenblicklich fiel ihm ein Mann auf, der in dem Sitz schräg gegenüber schlief.

»Entschuldigung, das war hier Endstation. Müssen Sie nicht zur Fähre?« Torsten nahm an, der Fahrgast hätte den Ausstieg verschlafen und wäre sicherlich froh darüber, geweckt zu werden.

Der Angesprochene reagierte jedoch nicht. Torsten stemmte sich aus seinem Sitz hoch und ging auf den Schlafenden zu. »Hallo, das Schiff legt gleich ab.«

Keine Reaktion.

So fest konnte man doch nicht schlafen, oder? Torsten blickte sich um, doch von den anderen Fahrgästen, die verstreut im Wagen saßen, nahm niemand Notiz von dem Geschehen. Sollte er den Mann einfach schlafen lassen? War schließlich nicht sein Problem, wenn er die Fähre verpasste. Andererseits würde sich Torsten freuen, wenn ihn jemand wachrüttelte, für den Fall, dass er seine Haltestelle verpasste.

Er ging noch einen Schritt weiter auf den Mann zu, der leicht zusammengesunken gegen die Scheibe lehnte. Torsten streckte seinen Arm aus, zog ihn jedoch wieder zurück. Oder war der Mann gerade erst eingestiegen und gleich in einen Tiefschlaf verfallen?

Das konnte nicht sein. Torsten war einer der ersten Fahrgäste gewesen, die den Wagen betreten hatten, und den Mann hatte er unter dem Vordach der Haltestelle nicht gesehen. Oder täuschte er sich? Er überlegte kurz, da hörte er, wie über den Bahnsteig die Durchsage schallte, dass die Bahn gleich abfahren würde.

Torsten griff den Mann an der Schulter und rüttelte kräftig, doch statt eines Augenaufschlags oder Zusammenzuckens rutschte der Körper nach vorn und fiel kopfüber auf den benachbarten Sitz.

»Hallo?« Torsten rüttelte weiter. »Ist Ihnen nicht gut? Kann ich helfen?« Der Mann regte sich nicht. Torsten begann zu schwitzen, richtete sich auf und blickte sich im Wagen um. »Ist hier jemand Arzt? Ich glaube, dem Mann geht es nicht gut!«

Wider Erwarten sprang ein junger Blonder mit Mütze auf. »Ich bin Rettungssanitäter.« Mit wenigen Schritten stand er neben Torsten und schob ihn ein Stück zur Seite. »Lassen Sie mich mal.« Er kniete sich neben den Mann, horchte nach der Atmung, tastete nach dem Puls. Dann warf er Torsten einen Blick aus einem ziemlich bleichen Gesicht über die Schulter zu. »Haben Sie ein Handy? Dann wählen Sie den Notruf.«

Torsten verstand zunächst nicht, bewegte sich aber aufgrund einer Handbewegung des Blonden zu seinem Platz und fingerte mit zuckenden Händen sein Telefon aus seinem Rucksack. Während er die Nummer wählte und wartete, dass sein Anruf entgegengenommen wurde, sah er, wie der andere den Mann vom Sitz zerrte und mit einer Herz-Lungen-Wiederbelebung begann.

Einige andere Fahrgäste waren aufmerksam geworden und näherten sich dem Geschehen. Torsten wollte gerade etwas wie ›Hier gibt es nichts zu sehen‹ sagen, als sein Telefonanruf entgegengenommen wurde. »Ja, hier Torsten Möller, wir haben hier einen Notfall in der Kleinbahn von Dagebüll nach Niebüll. Ein Mann reagiert nicht.« Torsten schluckte, sein Mund war trocken und er spürte eine heiße Welle über sich hinwegrollen, während er sagte: »Ich glaube, er ist tot!«

2. KAPITEL

Dirk Thamsen spürte eine Hand auf seinem Arm. »Hanno, es ist viel zu früh zum Aufstehen, leg dich wieder hin«, murmelte er schlaftrunken und zog die Decke über seinen Kopf. Dass kleine Kinder aber auch immer derart früh wach sein mussten. Thamsen fühlte sich hundemüde, war gestern erst spät von einer Dienststellenfeier nach Hause gekommen, und das auch nicht mehr ganz nüchtern.

»Dirk«, hörte er plötzlich Dörtes Stimme und wurde erneut am Arm gepackt, nun jedoch leicht geschüttelt. Er tauchte unter seiner Bettdecke auf und sah seine Lebensgefährtin im Halbdunkel neben seinem Bett stehen. Langsam rappelte er sich auf.

»Hier.« Sie reichte ihm das Telefon.

Dirk räusperte sich. »Thamsen«, meldete er sich mit belegter Stimme.

Der Anrufer war Ansgar Rolfs, sein Mitarbeiter, der im Gegensatz zu Thamsen frisch und munter klang.

»Chef, es gab einen Notfall in der Kleinbahn.«

»Und?«

»Da saß wohl ein Toter im Wagen.«

»Ein Toter?«

»Ein Fahrgast hat versucht, ihn zu reanimieren, aber anscheinend war der schon tot.«

»Okay, ich komme. Dagebüll?«

»Nee, die Bahn steht mittlerweile in Maasbüll, wo der Notarzt zugestiegen ist.«

»Und da steht sie immer noch?«, wunderte Thamsen sich. Die Bahnstrecke war, soweit er wusste, eingleisig. Der Stopp sorgte wahrscheinlich für ein Verkehrschaos, falls man hier in der Gegend von so etwas überhaupt sprechen konnte.

»Der Notarzt hat den Verdacht geäußert, dass der Mann keines natürlichen Todes gestorben ist. Daher warten die auf uns.«

Auch das noch, dachte Dirk. Und schwang dabei die Beine aus dem Bett. »Ich bin gleich da.«

Wenig später lenkte er seinen Kombi über den alten Außendeich und erreichte Maasbüll nach wenigen Minuten. Trotz der frühen Stunde hatten sich bereits einige Menschen versammelt – angezogen durch die außergewöhnlichen Geschehnisse am Morgen.

Hier, in dem kleinen friesischen Dorf, passierte recht wenig – solch ein Leichenfund war daher natürlich eine Sensation, die die meisten Dorfbewohner nicht verpassen wollten. Er ließ seinen Blick über die Menge schweifen, konnte Haie Ketelsen aber nicht entdecken. Seltsam, überlegte er, eigentlich war sein Freund bei solchen Ereignissen immer schnell zur Stelle.

Thamsen stieg in den Wagen und sah sofort den Toten auf dem Mittelgang liegen. Der Notarzt war noch anwesend und gab an, dass er aufgrund der Pupillengröße und einer Injektionswunde am Hals vermute, dass der Mann vergiftet wurde.

»Vergiftet? Ja, aber wie denn?«

Der Arzt zuckte mit den Schultern. »Es ist nicht mein Job, das herauszufinden, das sollten wir einem Rechtsmediziner überlassen.«

Dirk stöhnte, während er zum Handy griff und die Nummer des Staatsanwaltes wählte.

»Ein Mordfall?«, fragte Kurt Lehmann recht ungläubig, nachdem Thamsen die Vermutung des Notarztes geschildert hatte. »Gibt es denn weitere Hinweise? Zeugen?«

»Keine Ahnung, so weit sind wir noch nicht«, musste Dirk eingestehen. »Aber wenn es eine Vergiftung war ...«

»Na, es kann auch andere Gründe geben. Muss ja nicht gleich ein Mord sein.«

»Schon, aber ...«

»Sichern Sie erst mal den Tatort und befragen Sie die Zeugen«, ordnete der Staatsanwalt an.

Thamsen wusste, dass eine Obduktion nicht gerade kostengünstig war und das Land sicherlich sparen musste. Aber der Tote musste hier irgendwann weg, und eine Zwischenlagerung und eine dadurch verzögerte Einlieferung in die Rechtsmedizin verwischte unter Umständen wichtige Spuren. Gerade bei einer Vergiftung. Einige Substanzen ließen sich nur eine gewisse Zeit lang nachweisen, soweit Dirk wusste.

Zum Glück trafen in diesem Moment die Kieler Kollegen von der Spurensicherung ein. Mit etwas Glück fanden die schnell etwas. Doch der Kollege ließ sich nicht hetzen und wies zunächst sein Team ein. Thamsen machte sich daran, die Zeugen zu befragen.

»Sie haben den Toten zuerst entdeckt?« Er musterte den jungen Mann, der hektische rote Flecken im Gesicht hatte und zappelig hin und her schwankte.

»Ja, aber hören Sie, wann kann ich denn nun weiterfahren? Ich muss meinen Flieger erwischen.«

»Flieger?« Thamsen runzelte die Stirn.

»Ja, ich reise heute nach Australien.« Der Mann deutete auf einen großen Rucksack. »In Urlaub.«

Augenblicklich musste Thamsen an seine Tochter Anne denken, die bereits seit zwei Jahren in Down Under lebte. Zunächst hatte sie nur ein Austauschjahr machen wollen, dann hatte es ihr aber so gut gefallen, dass sie noch ein Jahr drangehängt hatte. Thamsen vermisste sie sehr, gönnte ihr jedoch diese Zeit; wenngleich er sich Sorgen machte, wann sie wohl anfangen würde, sich einen Job oder Studienplatz zu suchen.

»Zunächst müssen wir einmal Ihre Aussage aufnehmen.«

Der Mann nickte eifrig.

»Dann erzählen Sie mal.«

Der Angesprochene berichtete von seinem Einstieg in den Wagen und wie er den vermeintlich schlafenden Fahrgast hatte wecken wollen.

»Das ist alles?«, fragte Dirk, als Torsten Möller geendet hatte.

»Wie, alles?«

»Na, ansonsten ist Ihnen nichts aufgefallen?«

Der junge Mann schüttelte den Kopf.

»Gut, dann kommt gleich der Kollege und nimmt Ihre Personalien auf.«

»Und dann kann ich gehen?«

Thamsen lächelte. »Dann dürfen Sie gehen.« Dirk stieg aus dem Wagen und atmete tief ein. Es war recht kalt für diese Jahreszeit, aber die Luft war von solcher Frische, dass ihm der stickige Geruch in der Bahn erst jetzt auffiel. Die Menschenmenge hatte sich mittlerweile weiter vergrößert, und etwas abseits sah er seinen Freund Haie Ketelsen mit seinem Fahrrad stehen, wie er sich nahezu den Hals verrenkte, um etwas sehen zu können.

Thamsen hob die Hand zum Gruß, was Haie sofort als Aufforderung deutete. Er stellte sein Rad ab und kam auf ihn zu. Wie selbstverständlich zeigte er an der Absperrung auf Dirk, und der Beamte ließ ihn durch.

»Was ist denn los? Wieso fährt denn die Kleinbahn nicht weiter?«

»Was machst du hier?« Dirk ging auf Haies Frage gar nicht ein. Ihn interessierte, woher der Freund von dem Unglück wusste.

»Ich habe Niklas mit dem Rad nach Dagebüll begleitet. Die machen heute einen Schulausflug nach Föhr, und Tom ist nicht da, um ihn zu fahren.«

Thamsen wusste, dass Niklas durch seinen Patenonkel im Radfahren mehr als geübt war. Haie fuhr immer und überall hin mit dem Fahrrad, und von klein auf hatte Niklas ihn begleitet. Aber mit dem Fahrrad durch den Koog bei diesem Wind? Der Kleine tat ihm beinahe ein wenig leid.

»Konnte ihn denn keiner mitnehmen?«

»Wieso? Frische Luft und Bewegung hat noch niemandem geschadet. Apropos Schaden, ist die Lok kaputt?«, fragte Haie mit einem Kopfnicken Richtung Triebwagen.

»Dann wäre ich kaum hier. Nun tu man nicht so, hast bestimmt gehört, dass es einen Toten in der Bahn gab.«

»Und, wisst ihr schon was?«

Thamsen schüttelte den Kopf.

3. KAPITEL

Frank Carstensen stoppte seinen Wagen vor dem Gebäudekomplex im Koog und stieg aus. Neben dem Zugang zum Labor stand bereits das rostige Auto von Britta Jürgensen, der Tierpflegerin. Sofern man bei ihrer Arbeit von Pflege sprechen konnte. Sie kümmerte sich um die Versuchstiere vor und während der Experimente.

Es war schwer gewesen, überhaupt eine geeignete Kraft für diese Aufgabe zu finden, denn diese musste Erfahrung im Umgang mit Tieren aufweisen. Doch meist waren solche Leute, gleich ob Tierpfleger oder Tiermedizinische Fachangestellte, gegen Tierversuche. Aber gerade das war es, was sich hinter den Mauern dieser Anlage abspielte – da brauchte man nach Franks Meinung nichts schönzureden.

Aber der Jobmangel in diesem Landstrich hatte Britta Jürgensen schließlich überzeugt und nun kümmerte sie sich seit mehr als zwei Jahren um die Labortiere. Frank Carstensen kontrollierte, ob sich das Tor automatisch geschlossen hatte und ging dann zum Eingang hinüber, wo er sich mithilfe eines PIN-Codes Zugang zum Gebäude verschaffte.

Durch einen Flur gelangte er in sein Büro, wo er seine Tasche auf dem Schreibtisch abstellte, seinen Laptop auspackte und hochfuhr, ehe er sich auf seinen morgendlichen Rundgang begab.

Über den Flur gelangte er durch eine Schleuse zunächst in den Laborbereich, der ruhig und still vor ihm lag. Der Arbeitsplatz war nicht besetzt – denn sein Bruder war im Gegensatz zu ihm eher ein Langschläfer. Sie hatten jedoch gerade eine Versuchsreihe abgeschlossen, die nächsten Tests waren erst für Mitte der Woche geplant.

Durch eine weitere Schleuse gelangte er in den Bereich, in dem die Tiere untergebracht waren. Hier standen ein paar Käfige, in denen vorrangig Mäuse und Ratten lebten, aber sie hatten auch ein paar Kaninchen und zwei Berberaffen, für die sie Britta Jürgensen hauptsächlich angestellt hatten. Ursprünglich hatte das Labor fünf Affen besessen, doch drei von ihnen waren im Laufe verschiedener Versuchsreihen verstorben. Jedes Mal, wenn ein Tier umgekommen war, hatte die Tierpflegerin mit ihrer Kündigung gedroht, war aber doch geblieben. Sie liebte die Affen, daher fand er Britta Jürgensen wie üblich bei deren Käfigen.

»Alles in Ordnung?«, erkundigte sich Frank.

»Morton hat immer noch diesen fiesen Ausschlag und er hat sich mittlerweile die gesamte Haut aufgekratzt«, erwiderte die Pflegerin beinahe feindlich.

Er nickte lediglich. Dafür war er in diesem Labor nicht zuständig. Der Mediziner war sein Bruder. Frank kümmerte sich um die geschäftlichen Belange des Labors. Aufträge, Nachschub an Versuchstieren sowie deren Entsorgung. Das Thema Sicherheit fiel auch in seinen Bereich, denn natürlich hatten bereits Aktivisten von dem Labor Wind bekommen und versucht einzudringen, um die Tiere zu befreien.

Doch im Gegensatz zu den Aktivisten hielten sie sich an das Gesetz. Laut Paragraf sieben des Tierschutzgesetzes durften sie Tieren Schmerzen, Leiden und Schäden zum Vorbeugen, Erkennen oder Behandeln von Krankheiten, zum Erkennen von Umweltgefährdungen, zur Prüfung von Stoffen oder Produkten auf ihre Unbedenklichkeit und im Rahmen der Grundlagenforschung zufügen. Das Labor verfügte über solch eine Genehmigung. Sie waren zwar hauptsächlich für Kosmetikfirmen tätig, hatten aber auch schon für Pharmaunternehmen gearbeitet. Das waren wichtige Forschungen, von denen alle profitierten, fand Frank und er verstand nicht, wieso sie immer wieder angefeindet wurden.

»Wann kommt denn Carsten?«, erkundigte sich die Tierpflegerin. »Morton muss dringend behandelt werden.«

Frank Carstensen zuckte mit den Schultern, während er sich abwandte. »Keine Ahnung.«

Die Spurensicherung hatte ihre Arbeit beendet, und der Tote war in die Rechtsmedizin abtransportiert worden. Die Kieler Kollegen hatten fremde Fasern an der Kleidung des Mannes sowie eine Spritze in einem der Mülleimer unter den Fenstern sichergestellt.

Daraufhin hatte der Staatsanwalt einer Obduktion zugestimmt, denn nun bestand der begründete Verdacht, es könne sich um ein Kapitalverbrechen handeln. Auf der einen Seite war Thamsen erleichtert, aber andererseits würde viel Arbeit auf ihn zukommen – als Nächstes stand die Benachrichtigung der Angehörigen an, was nicht gerade zu seinen Lieblingsbeschäftigungen zählte.

Der Tote hatte zum Glück einen Ausweis bei sich getragen. Somit war zumindest die Identität geklärt. Es handelte sich um Carsten Carstensen aus Fahretoft.

»Einfallsreicher Name«, war es Dirk rausgerutscht, als er den Personalausweis betrachtete. »Kennst du den?«

»Soweit ich weiß, ist dem die Frau weggelaufen«, hatte Haie gemeint. »Es gibt aber Gerüchte, dass sie wieder zurückgekommen ist. Jedenfalls habe ich neulich im Sparmarkt gehört, wie Helene mit einer anderen Kundin zusammen darüber gerätselt hat, was Regina wohl an Carsten findet, denn für besonders attraktiv hielt zumindest Helene ihn nicht. Sie meinte, er habe wahrscheinlich andere Qualitäten.« Haie hatte Daumen und zwei Finger seiner rechten Hand aneinandergerieben.

Dirk lenkte den Wagen durch den Koog Richtung Fahretoft. Schön, aber einsam, dachte er, während er sich mit der Hand über Stirn und Augen fuhr. Kaum vorstellbar, dass in solch einer idyllischen Landschaft ein Mord geschah. Zumal das nicht der erste Fall war, den Thamsen bearbeitete. Eigentlich fiel ein Kapitalverbrechen in den Zuständigkeitsbereich der Kriminalpolizei, doch die ließ sich hier in der Einöde selten blicken. Die Arbeit durften immer Thamsen und sein Team machen, und das Lob kassierten die feinen Husumer Beamten. Er seufzte. Es ärgerte ihn, aber er war zu müde, sich heute darüber länger aufzuregen. Früher hatte er oftmals seinen Mund nicht halten können, mittlerweile dachte er sich, dass es der Aufregung im Prinzip nicht wert war. Und wenn er ehrlich zu sich selbst war, dann war solch ein Mord, so unschön er auch sein mochte, natürlich eine willkommene Abwechslung. Ansonsten war es in der Tat eher beschaulich in seinem Zuständigkeitsbereich und sein Tag bestand hauptsächlich aus der Bearbeitung von Diebstählen, Einbrüchen und Körperverletzungen. Nicht dass das keine wichtigen Fälle waren, aber ein Mordfall blieb etwas Besonderes und brachte Aspekte mit sich, die auch für Thamsen mit seiner jahrelangen Berufserfahrung eine Herausforderung darstellten. Und Herausforderungen liebte Dirk. Eigentlich, denn langsam fühlte er sich zu alt für den Job, musste er feststellen. Oder lag es daran, dass er keine Lust hatte, Trauerbotschaften zu überbringen? Das war stets eine Aufgabe, die ihm nicht leicht von der Hand ging. Es nützte nichts, sie musste erledigt werden.

Er bog vom Holländerdeich in die Hans-Momsen-Straße ein und stoppte vor einem Haus, das im Vergleich zu dem kleinen Reetdachhaus nebenan geradezu protzig wirkte. Der Bau schien relativ neu, das Dach mit gebrannten Schindeln gedeckt, was Thamsen sehr gefiel. Was Carsten Carstensen wohl beruflich machte? Haie hatte gemeint, dass er mit seinem Bruder ein Labor führe. »Irgendwas mit Tieren, ist nicht unumstritten«, hatte er anklingen lassen.

Dirk stieg aus und ging auf den Eingang zu. Das Haus wirkte verlassen, doch als er klingelte, hörte er drinnen bereits jemanden »Ja, ich komme!« rufen. Kurz darauf öffnete eine adrett gekleidete Frau die Tür, deren Aufzug wirkte, als wolle sie gerade zu einem wichtigen Termin aufbrechen.

»Frau Regina Carstensen?«, erkundigte sich Dirk, woraufhin die Angesprochene lächelte.

»Kommen Sie rein, der Heizungskeller ist gleich hier!« Regina Carstensen drehte sich um und eilte davon.

»Entschuldigung«, versuchte Dirk sie aufzuhalten, aber die Frau missverstand seine Bemühung.

»Kein Problem, Sie haben sicherlich viel zu tun. Die Verspätung macht nichts, ich bin ja eh zu Hause.«

»Nein, also … wissen Sie …«

»Die Schuhe können Sie gerne anlassen.«

Thamsen war etwas ratlos. Regina Carstensen stieg bereits die Kellertreppe hinab, er folgte ihr. »Ich bin nicht wegen der Heizung hier.«

Sie hielt inne, drehte sich um und musterte ihn. »Nicht?«

Er schüttelte den Kopf. »Nein, es ist …« Dirk sah, wie die Frau auf der Treppe leicht schwankte. »Wollen wir lieber wieder hochgehen? Vielleicht in die Küche?«

»In die Küche?«

»Ja.« Er ging voran, blieb am Treppenabsatz stehen und wartete auf sie. Regina Carstensen zwängte sich an ihm vorbei, dabei stieg ihm ihr Parfüm in die Nase. Die hat sich ganz schön aufgebrezelt für den Heizungsmonteur, schoss es ihm durch den Kopf, während er ihr in die Küche folgte. Dort blieb sie stehen und blickte ihn an.

Thamsen schluckte. »Also, Frau Carstensen, wir haben Ihren Mann heute Morgen tot in der Kleinbahn aufgefunden.«

Die Witwe wirkte plötzlich wie versteinert.

»Wie es aussieht, besteht der Verdacht, dass er Opfer eines Gewaltverbrechens geworden ist.«

»Gewaltverbrechen?« Sie schwankte, und Dirk fasste die Frau am Arm, versuchte, sie in Richtung eines der Küchenstühle zu bugsieren.

Nicht dass die mir noch umkippt, dachte er. »Wissen Sie denn, wo Ihr Mann hinwollte?«

»Hinwollte? War er denn nicht im Labor?« Regina Carstensen war auf dem Stuhl zusammengesackt und schaute zu ihm hoch.

Thamsen setzte sich zu ihr an den Tisch. »Nein, ein Fahrgast hat ihn in der Kleinbahn gefunden.«

»Also kein Aktivist?« Die Witwe blinzelte mehrmals hintereinander.

»Aktivist?«

»Na, Tierschützer, diese aggressiven Leute. Haben ihn schon öfters bedroht. Was ist mit Frank?«

»Frank?«, erkundigte Dirk sich nach dem Zusammenhang.

»Sein Bruder.«

Thamsen zuckte mit den Schultern. Eigentlich hatte er irgendeine Art von Trauer erwartet, aber die Frau war entweder geschockt oder hatte von dem Mord gewusst, überlegte er. Vielleicht war der Heizungsmann ihr Alibi und sie und der Bruder hatten gemeinsame Sache gemacht? Tausend Gedanken schossen ihm plötzlich durch den Kopf.

»Was ist nun mit Frank?«

»Keine Ahnung, also es geht ja auch um Ihren Mann. Hatte er denn Feinde?«

»Sag ich doch, diese Aktivisten, die sich gegen das Labor auflehnen. Drohungen gab es mehr als genug.« Sie erhob sich und verließ die Küche. Thamsen wollte gerade aufstehen, um ihr zu folgen, da betrat sie den Raum mit einem Zettel in der Hand. »Der ist gestern gekommen, bestimmt hat das damit etwas zu tun.«

Er nahm das Blatt Papier, das sie ihm entgegenstreckte. Im Gegensatz zu anderen Drohbriefen, die oftmals aus Zeitungsschnipseln zusammengeklebt wurden, war dieser anscheinend mit einer Schreibmaschine verfasst worden.

Du kommst nicht ungeschoren davon, wer solche Gräueltaten verübt, muss selbst dran glauben.

Seltsam, wunderte Thamsen sich. Wer schreibt denn heute noch mit Schreibmaschine? »Den muss ich mitnehmen. Haben Sie vielleicht eine Schutzfolie oder Plastiktüte?« Die Witwe nickte und öffnete die Schublade eines Küchenschranks, aus der sie einen großen Gefrierbeutel holte.

»Finden Sie den Scheißkerl, der meinen Mann auf dem Gewissen hat.«

4. KAPITEL

Haie war, nachdem der Einsatz in Maasbüll beendet gewesen war, mit dem Rad nach Risum zum Supermarkt gefahren. Eigentlich brauchten sie nichts, aber der Sparladen war nun einmal der Hauptumschlagplatz für Neuigkeiten im Dorf, und er war gespannt, was man sich dort über den Mord erzählte.

Der Laden war für diese Zeit außergewöhnlich gut besucht. Helene profitierte eindeutig von solch einem Mordfall, denn die Dorfbewohner strömten nach Bekanntwerden in Scharen zu ihr, in der Hoffnung, hier etwas Neues über die unfassbare Tat zu erfahren.

Vor der Kasse hatte sich eine lange Schlange gebildet, an der Haie sich mit einer Packung Milch, die sie immer gebrauchen konnten, anstellte.

»Mann, wat is denn hier hüt los?«, fragte er die kleine gebeugte Frau vor sich.

Meta Lorentz drehte sich zu ihm und musterte ihn aus ihrer niederen Position. »Kaum zu glauben, dass du noch nicht davon gehört hast.« Im Dorf war bekannt, dass Haie so etwas wie der Hilfssheriff in der Gegend und bestens mit Kommissar Thamsen befreundet war.

»Wat denn?«, gab Haie sich dennoch ahnungslos.

»Na, den Carsten Carstensen aus Fahretoft haben sie heute Morgen tot in der Kleinbahn gefunden.«

»Tatsächlich?« Er war erstaunt, dass sich die Identität des Toten bereits herumgesprochen hatte.

Meta Lorentz nickte und trat etwas näher an ihn heran. »Angeblich is he umbrocht worn.«

»Nee.« Haie fragte sich, ob die Information stimmte, wenn sie sich so rasend schnell verbreitet hatte, oder ob das lediglich von den Leuten spekuliert wurde.

»Was tuschelt ihr beiden denn da?«, mischte sich nun die Kaufmannsfrau Helene ein. Es war eine Lücke zur Kasse entstanden, da Haie und Meta nicht bemerkt hatten, dass sie an der Reihe waren. Nun rückten sie beide vor.

»Ihr sprecht doch über Carsten, oder?« Helene kniff die Augen zusammen. Insbesondere von Haie erhoffte sie sich Neuigkeiten.

»Ja, Meta hat gerade vertellt, dass der wohl umgebracht worden ist. Wer so etwas nur macht?«

»Bestimmt ein Irrer!«, krakelte plötzlich ein Mann von ganz hinten aus der Schlange, und die anderen Kunden fielen murmelnd ein.

»Ich weiß nicht«, bemerkte Haie. »Man meint ja immer, dass so jemand krank sein muss, aber kommt der Mörder nicht meistens aus der eigenen Familie oder aus der Nachbarschaft?« Er erinnerte sich an die letzten Fälle, bei denen er Thamsen unterstützt hatte. Aus eigener Erfahrung konnte er sagen, dass man niemandem ansah, zu was er fähig war. Aus Sicht des Täters hatte das Verbrechen eine plausible Erklärung, die nicht zwangsläufig krankhaft bedingt sein musste, geschweige denn irre war.

»Vielleicht hat das was mit seinem Labor zu tun. Da gab es ja manches Mal Ärger. Immerhin quält der da Tiere«, gab Helene zu bedenken.

»Echt?« Haie hatte zwar von dem Labor gehört und dass es Proteste gegeben hatte, aber was dort genau geschah, hatte er nicht mitbekommen.

»Tierversuche«, nickte Meta Lorentz.

»Aber bringt man deswegen jemanden um? Ich würde eher die Tiere befreien«, bemerkte Haie, und die anderen verstummten, da dies durchaus ein valides Argument war.

»So oder so läuft da draußen ein Mörder frei herum.« Wie so oft hatte Helene das letzte Wort.

Dirk grübelte immer noch darüber, warum Regina Carstensen derart reagiert hatte. Und warum hatte sie sich für einen Heizungsmonteur so zurechtgemacht? Betrog sie ihren Mann, obwohl sie zu ihm zurückgekehrt war? Wahrscheinlich, mutmaßte er. Zumindest hatte es den Anschein, dass sie den Handwerker bezirzen wollte, denn welche Hausfrau lief derart aufgedonnert in den eigenen vier Wänden herum? Dörte jedenfalls nicht, überlegte er und bedauerte, dass seine Freundin sich selten schön kleidete, seit die Kinder auf der Welt waren. Gut, sie war noch nie jemand gewesen, der besonders viel Wert auf ihr Äußeres gelegt hatte. Deswegen hatte er sich nicht in sie verliebt, aber als sie frisch zusammen gewesen waren, hatte sie sich hin und wieder für ihn hübsch gemacht, was in den letzten Jahren so gut wie nie vorgekommen war.

Nach Lottas Geburt hatte sie mit postnatalen Depressionen zu kämpfen gehabt. Hanno war zwar pflegeleicht, aber zwei Kinder schlauchten, und Dörte hatte wenig Zeit für sich, musste er ihr zugestehen. Zumal er ihr keine allzu große Stütze war. Dennoch würde er sich freuen, wenn sie wenigstens ab und zu als Paar etwas allein unternehmen könnten.

Er stoppte den Wagen vor einem Tor mitten im Nirgendwo. Das Labor von Carsten Carstensen lag fernab im Koog, drumherum nichts als Weite. Da kann man treiben, was man will, und keiner bekommt es mit, bemerkte Thamsen, als er auf die große Halle hinter dem Zaun blickte. Seufzend stieg er aus und schaute sich um. Dabei fiel sein Blick auf eine Kamera schräg gegenüber der Türglocke. Er schellte. Kurz darauf erklang eine Stimme aus der Gegensprechanlage.

»Bitte?«

»Herr Carstensen? Mein Name ist Dirk Thamsen von der …«

»Ich weiß, wer Sie sind. Hat wieder jemand Anzeige erstattet?«

»Was? Nein. Ich komme wegen Ihres Bruders.«

»Der ist nicht da.«

»Ich weiß.« Thamsen räusperte sich. »Kann ich vielleicht reinkommen?«

Es folgte eine kurze Pause, dann surrte das Tor auf und Dirk ging hindurch. Das Gelände wirkte gepflegt, beinahe ein wenig steril. Davon, dass hier Tiere gehalten wurden, sah man nichts. Kein Misthaufen, keine Transportboxen oder Futterbehälter, bemerkte Thamsen, während er auf den Eingang zusteuerte. Er hatte die Tür noch nicht erreicht, da trat bereits ein stämmiger Mann aus dem Gebäude.

»Also, was ist mit Carsten?«

»Wir haben Ihren Bruder heute tot in der Kleinbahn aufgefunden. Mein Beileid.«

Dem Mann wich sämtliche Farbe aus dem Gesicht, er griff nach dem Türpfosten. »Aber das ... unmöglich. Wie ...?«

»Auf den ersten Blick kann man nichts sagen, wir haben eine Spritze gefunden, aber Genaueres wird erst die Obduktion bringen.«

»Spritze? Obduktion? Hat er sich denn etwa selbst ...?«

»Davon gehen wir nicht aus, oder gab es Anzeichen?« Dirk runzelte die Stirn.

Frank Carstensen schüttelte den Kopf.

»Wann haben Sie Ihren Bruder denn zuletzt gesehen?«

»Gestern. Er ist nach Feierabend noch hier geblieben und hat irgendwelche Versuchsreihen auswerten wollen.«

Thamsen blickte über die Schulter seines Gegenübers in den Raum. »Was für Versuche?«

»Wir haben gerade ein neues Anti-Aging-Produkt getestet. Das ist alles streng geheim, darüber darf ich keine Auskünfte geben.«

»Sie testen keine Medikamente?« Eigentlich war Dirk

davon ausgegangen, dass sich das Labor mit medizinischen Tests befasste, und hatte automatisch an Medikamentenstudien gedacht. Zulassungen, die zunächst an Tieren ausprobiert werden mussten. Das jedenfalls war für ihn mehr oder weniger der einzige Grund für Tierversuche, die er dulden konnte. Tiere zu quälen wegen irgendwelcher Faltencremes hingegen, dafür hatte er kein Verständnis.

»Nein, wir arbeiten hauptsächlich mit Kosmetikfirmen zusammen, die uns beauftragen.«

»Aha. Und gab es da bei den letzten Aufträgen Probleme?«

»Nein.« Der Mann verschränkte die Arme vor der Brust.

»Oder Anfeindungen?«

»Nein.«

»Hm.« Thamsen fingerte aus seiner Jackentasche den Gefrierbeutel mit dem Schreiben von Frau Carstensen. »Und den hier kennen Sie nicht?« Er hielt Frank Carstensen den Drohbrief hin.

»Davon weiß ich nichts. Woher haben Sie das?«

»Von Ihrer Schwägerin. Sie sagt, das Schreiben hätte erst gestern im Briefkasten gelegen.«

»Carsten hat mir nichts davon erzählt. Anscheinend hat er es nicht ernst genommen. Wie geht es meiner Schwägerin?«

»Sie wirkt erstaunlich gefasst«, sagte Thamsen.

Frank Carstensen nickte. »Gut, aber dann werde ich mich jetzt mal um sie kümmern.« Er machte Anstalten, die Tür zu schließen.

»Nicht so schnell! Ich habe noch ein paar Fragen.«

»Fragen?«

»Es sieht immerhin so aus, als sei Ihr Bruder ermordet worden, und eventuell sind auch Sie in Gefahr.«

Frank Carstensen schluckte auffällig. »Hören Sie, wir tun hier nichts Illegales, auch wenn die Leute das behaupten. Und Drohungen hat es schon mehrere gegeben.«

»Aber nun scheint jemand diese Drohung wahr gemacht zu haben«, bemerkte Thamsen. »Oder haben Sie eine andere Erklärung dafür, warum Ihr Bruder ermordet worden sein könnte?«

5. KAPITEL

Haie war nach einem sehr späten Mittagessen, das lediglich aus einer Scheibe Graubrot mit Käse und einem Joghurt bestanden hatte, nach Dagebüll geradelt, um Niklas wieder abzuholen. Eigentlich war der Junge mittlerweile alt genug, um den Weg allein zu meistern, aber Haie konnte ihn nicht recht loslassen. Seit dem Tod von Marlene fühlte er sich verantwortlich – und das nicht nur für Niklas. Auch um Tom hatte er sich nach dem Anschlag auf die Freundin gekümmert. Der Freund war nach Marlenes Tod nicht in der Lage gewesen, für sich selbst, geschweige denn für einen Säugling zu sorgen. Dabei war das Kind im Prinzip alles, was ihnen von Marlene geblieben war, und Haie hütete Niklas daher wie seinen Augapfel, was dem manchmal gehörig auf die Nerven ging. Doch heute schien er froh zu sein, seinen Patenonkel am Fähranleger zu sehen. Er winkte Haie bereits von der Fähre aus zu.

»Na, habt ihr es schön gehabt?«

Niklas nickte lediglich kurz und wirkte nachdenklich, als er sein Fahrrad aufschloss. »Du, Haie, stimmt es, dass man heute einen Toten in der Bahn gefunden hat?«

Haie zog beide Augenbrauen in die Höhe. Bisher hatten er und Tom versucht, jegliche Grausamkeiten von dem Jungen fernzuhalten, doch je älter und selbstständiger Niklas wurde, umso schwerer gestaltete sich dies.

Haie nickte. »Brauchst aber keine Angst zu haben. Dirk kümmert sich bereits darum.«

»Wieso ist der Mann ermordet worden?« Niklas blickte Haie aus tellergroßen Augen an.

Haie, der sonst nicht auf den Mund gefallen war, fühlte sich sprachlos. Er räusperte sich und deutete mit einem Kopfnicken auf Niklas' Fahrrad, um zu signalisieren, dass sie nun losfahren sollten. Der Junge bewegte sich jedoch nicht, sondern wartete auf eine Antwort.

»Ja, weißt du, das kann man noch nicht sagen. Das versucht Dirk rauszufinden.«

»Und wenn er es herausgefunden hat?«

»Dauert es sicherlich nicht lange, bis der Mörder geschnappt wird.« Haie stieg auf sein Fahrrad und nun nahm auch Niklas endlich sein Rad zur Hand.

»Hilfst du ihm dabei?«

»Ich?«

Niklas nickte.

»Na, mal sehen.« Haie trat in die Pedale, ehe der Junge weitere Fragen stellen konnte. Während der Fahrt war Niklas nicht besonders gesprächig. Haie vermutete, dass er über den Mord nachdachte, denn sonst plapperte der Junge nach solch einem Tag wie ein Wasserfall. Er konnte verstehen, dass ihn das Geschehene beschäftigte. Es war auch für Haie keine angenehme Vorstellung, wenn ein Mörder in der Gegend frei herumlief. Sie radelten durch den Kleiseerkoog zum alten Außendeich und kamen anschließend nach Maasbüll, wo am Vormittag die Kleinbahn mit dem Toten gestanden hatte. Unweigerlich lief Haie ein Schauer über den Rücken. »Wer als Erster zu Hause ist«, feuerte er Niklas an, um das Tempo zu erhöhen und schnell der grausigen Erinnerung zu entkommen.

Der restliche Abend verlief recht schweigsam zwischen den beiden, und Niklas verschwand früher als gewöhnlich in seinem Zimmer. Als die Tür hinter dem Jungen ins Schloss fiel, nahm Haie das Telefon und wählte Toms Nummer, der sich auf einem Kongress in Wien befand.

»Oh, Haie, ist was passiert?«, nahm der Freund überrascht seinen Anruf entgegen.

»Nee, wollte mich nur mal melden.«

»Ich habe gar nicht viel Zeit, gibt gleich eine Abendveranstaltung und ich muss mich noch umziehen. Mit Niklas alles okay?«

»Schon.«

»Was ist los? Du rufst doch nicht einfach so an.« Tom kannte Haie einfach zu gut.

Haie räusperte sich. »Es hat einen Mord gegeben.«

»Was?«

»In der Kleinbahn ist ein toter Mann gefunden worden.«

»Oh Gott, hat Niklas …?«

»Nein, wir sind mit dem Fahrrad nach Dagebüll, aber natürlich wurde darüber gesprochen, und er stellt Fragen.«

»Und was hast du gesagt?«

»Dass Dirk den Verbrecher jagt.«

»Weiß man denn schon, wer es gewesen ist?«

»Carsten Carstensen aus Fahretoft. Der hatte mit seinem Bruder so ein Versuchslabor im Koog; wahrscheinlich hat der Mord damit zu tun.«

Thamsen schaltete den Computer aus und stand auf. Er hatte geglaubt, heute noch Ergebnisse aus Kiel zu bekommen, da hatte er sich geirrt. Und ohne konkrete Hinweise kamen sie nicht weiter. Zwar gab es den Drohbrief, aber auch den hatte er zur Spurensicherung nach Kiel eingeschickt.

Ansgar hatte mit ein paar Kollegen die anderen Fahrgäste befragt, doch bisher hatte niemand etwas gesehen, geschweige denn konnte jemand etwas zu den Ereignissen in der Kleinbahn sagen. Sie vermuteten, dass einige potenzielle Zeugen ohnehin nicht erfasst werden konnten, weil die Fahrgäste aus Richtung Niebüll zum Zeitpunkt des Auffindens des Toten die Bahn bereits verlassen hatten, um die Fähre nach Föhr zu bekommen. Es gab nicht allzu viele Pendler auf der Insel – die meisten arbeiteten auf dem Festland und wohnten auf Föhr. Dennoch hatte er einen Mitarbeiter abgestellt, der am nächsten Morgen genau diesen Zug nehmen und die Fahrgäste befragen sollte.

Er löschte das Licht in seinem Büro und ging den Gang hinunter. Ansgar saß noch an seinem Schreibtisch und tippte Vernehmungsprotokolle.

»Komm, mach Feierabend.«

»Gleich, nur noch dieses hier. Dann bin ich fertig.«

Wie immer war sein Mitarbeiter mehr als gewissenhaft.

»Ist dir denn etwas aufgefallen bei den Befragungen?«

»Nee. Niemand hat etwas gesehen oder gehört. Kann natürlich an der Uhrzeit liegen. Wer ist um diese Zeit schon besonders aufmerksam?« Ansgar grinste Thamsen an.

»Könnte aber auch darauf hindeuten, dass Opfer und Täter sich gekannt haben. Vielleicht haben sie nebeneinandergesessen und dann hat der Mörder einfach von der Seite ...« Ansgar seufzte, als er das Formular auf dem Bildschirm mit einem Mausklick schloss.

»Und genau da ist das Problem dieses Ermittlungsansatzes. Es gibt niemanden, der Carsten Carstensen mit jemandem zusammen gesehen hat.«

6. KAPITEL

Am nächsten Morgen lagen die Ergebnisse aus Kiel vor. Die toxikologische Untersuchung bestätigte, dass Carsten Carstensen vergiftet worden war, und zwar mit: »Reptilase?«

»Schlangengift«, beantwortete Dr. Becker Dirks Frage.

»Aber wo gibt es hier denn Giftschlangen?«

»Kreuzotter, Ringelnatter«, zählte der Mediziner auf.

»Aber der Tote ist nicht gebissen worden. Wir haben lediglich eine Einstichstelle am Hals gefunden, die dem Notarzt ja schon aufgefallen war. Und im Gewebe rund um diesen Punkt haben wir ebenfalls das Gift nachweisen können. Ich würde sagen, ihr habt definitiv ein Kapitalverbrechen aufzuklären.«

»Hm.« Das hatte sich Thamsen ja bereits gedacht, und dies war nun definitiv der Zeitpunkt, an dem er die Kripo einschalten musste. Er stöhnte innerlich. Denn darauf hatte er so gar keine Lust.

»Könnte der Tote sich das Gift auch selbst gespritzt haben?«

»Halte ich für unwahrscheinlich. Bekanntermaßen injizieren sich Selbstmörder die tödlichen Substanzen selten in den Hals.«

Das konnte Thamsen durchaus nachvollziehen, da es wahrscheinlich nicht einfach war, sich in solch einem Winkel eine Spritze zu setzen. Schon gar nicht, wenn man noch eine Ader treffen musste.

»Gibt es sonst noch Hinweise?«

»Habe ich alles in den Bericht geschrieben. Sorry, aber es wartet bereits die nächste Leiche auf mich.«

»Alles klar. Danke.« Thamsen beendete das Gespräch, atmete dreimal tief durch, ehe er die Nummer der Husumer Kollegen wählte.

»Und es gibt konkrete Beweise?«, fragte Lorenz Meister, nachdem Dirk die Sachlage erläutert hatte.

»Was heißt Beweise? Die Obduktion hat ergeben, dass der Mann vergiftet wurde.« Thamsen spürte, wie er zu schwitzen begann. »Und zwar mit Schlangengift.«

»Schlangengift?«

»Ja.« Dirk fand diese Tötungsart auch äußerst seltsam, denn daraus ergaben sich Tausende Fragen. Mit einigen wenigen begann Meister sogleich: »Was ist das für ein Gift? Von welcher Schlangenart? Wo wird das eingesetzt? Wer hat Zugang dazu?«

»Das müsste man jetzt ermitteln.« Dirk sah eine Menge Arbeit auf sich und sein Team zukommen, denn die Husumer Beamten waren, was die Ermittlungen in seinem Dienstbereich anging, erfahrungsgemäß nicht besonders arbeitsam.

»Gut, und wenn Ergebnisse da sind, dann setzt ihr ein Meeting an und wir kommen dazu.« Lorenz Meister legte einfach auf, ehe Thamsen etwas erwidern konnte.

Dirk fragte sich, was die Husumer Beamten eigentlich den ganzen Tag taten? Mordfälle aufklären anscheinend nicht. Jedenfalls keinen in dieser Gegend. Wahrscheinlich hatte es anderswo einen spektakulären Fall gegeben. Vielleicht trieb sich ein Serientäter oder Kindsmörder um. So etwas war natürlich wichtiger in den Augen der Öffentlichkeit als ein ermordeter Mann in der Kleinbahn. Er schnaubte, während er vor sich hin schimpfend in Rolfs' Büro ging.

»Ist doch klar, dass die Kripo nicht kommt. Die Husumer arbeiten doch alte Fälle auf«, klärte Ansgar ihn auf. »Spuren und gesicherte Beweise werden nach neuestem Standard überprüft. In anderen Ländern hat man damit große Ermittlungserfolge erzielt.«

»Aha.« Er wunderte sich, dass Rolfs so gut informiert war. Hatte er sich etwa, wie Dirk schon länger befürchtete, bei der Kripo um einen Job beworben? Verstehen könnte er es, denn die Karrierechancen waren in Niebüll für einen jungen Polizisten gleich null.

»Gut, dann müssen wir wohl ran.« Gemeinsam trugen sie die vorhandenen Informationen zusammen.

»Das Gift wird hauptsächlich in der Medizin eingesetzt, aber …«, las Ansgar laut vor, was er im Internet über Reptilase herausgefunden hatte, »es gibt Studien, denen zufolge Reptilase zur Anwendung in der Anti-Aging-Behandlung getestet wurde. Teilweise sind solche Produkte schon zugelassen.«

»Testen«, murmelte Thamsen vor sich hin. Vielleicht hatte der Mörder das Gift sogar aus dem Labor des Toten? »Der Bruder erschien mir ohnehin merkwürdig, vielleicht hat der etwas damit zu tun. Check mal die Finanzlage des Unternehmens, ich fahre noch einmal zur Witwe und versuche, etwas über die Beziehung zwischen Carsten Carstensen und seinem Bruder herauszufinden.«

Haie hatte Niklas heute zur Schule geschickt und sich dann an die Hausarbeit gemacht. Wäsche waschen, Staub saugen – alles sein Bereich. Seit sie zusammenwohnten, war er für den Haushalt zuständig, während Tom eher die Versorgerrolle in finanzieller Hinsicht übernommen hatte. Nachdem er die Wäsche zusammengesucht hatte und die Maschine lief, kümmerte er sich um das Frühstücksgeschirr.

»Moin, Haie.«

Er zuckte zusammen. »Mensch, hast du mich erschreckt«, schimpfte er, als er sich gefasst hatte. Generell stand bei ihnen die Tür immer offen, aber er hatte Dirk nicht kommen hören. Dementsprechend erschrocken war er.

»Tut mir leid. Seit wann bist du so schreckhaft?«

»Bin ich gar nicht, aber wenn du dich so anschleichst. Was willst du eigentlich hier? Hast du nicht einen Mordfall aufzuklären?«

Das hatte Dirk in der Tat. Und deswegen war er hier. Also aus rein beruflichen Gründen. Er vermutete, dass Haie bereits erste Informationen in dem Fall hatte; immerhin war der Freund so etwas wie sein V-Mann in der Gegend.

»Schon, aber das gestaltet sich schwierig.«

»Inwiefern?« Haies Neugier war wie immer kaum zu bremsen. Seine Wangen glühten und seine wachen blauen Augen musterten Thamsen erwartungsvoll.

»Der Mann ist vergiftet worden.« Dirk machte eine kurze Atempause. »Mit Schlangengift.«

»Also doch kein Mord? Hat ihn eines seiner Versuchstiere gebissen?«

»Wieso, experimentieren die in dem Labor mit Schlangen?«

»Keine Ahnung, war nur so eine Vermutung«, ruderte Haie leicht zurück. Er wusste im Prinzip gar nicht, was in dem Unternehmen vor sich ging.

»Kanntest du den Toten denn?«, hakte Dirk nach.

»Kaum, nur von ganz früher ein wenig. Carsten ist zum Studieren weggegangen und erst vor einigen Jahren zurückgekommen.«

»Und der Bruder?«

»Der wohnt schon immer hier. Hat bereits, soweit ich weiß, verschiedene Firmen durchgebracht.«

»Durchgebracht?« Thamsen runzelte die Stirn.

»Na, der war schon öfters pleite.«

»Echt?« Thamsen kratzte sich am Kopf.

»Soweit ich weiß, ja.«

Wenig später fuhren die beiden zusammen in Dirks Kombi Richtung Fahretoft.

»Aber du hältst dich bei der Befragung zurück«, ermahnte Dirk den Freund, der ihn geradezu angebettelt hatte, mitkommen zu dürfen.

»Klar, kennst mich doch.«

»Eben.«

Sie hielten vor dem Haus der Witwe und gingen hintereinander den schmalen Weg zur Tür hinauf. Bevor Thamsen klingelte, warf er Haie nochmals einen mahnenden Blick zu. Der grinste. Frau Carstensen erschien ihm auch heute wie aus dem Ei gepellt – nur in schwarz. Sie trug sogar zu Hause ein edles Kostüm und hochhackige Pumps.

»Frau Carstensen, wir wollen Sie nicht stören, aber es haben sich noch ein paar Fragen ergeben«, erklärte Dirk ihren Besuch.

Die Hinterbliebene trat zur Seite und bat sie mit einer Handbewegung hinein. Anschließend folgten Thamsen und Haie ihr ins Wohnzimmer, wo zu ihrer Überraschung Frank Carstensen auf der beigen Ledercouch saß.

»Oh, guten Tag. Wir kennen uns ja bereits«, bemerkte Dirk.

Frank Carstensen musterte Haie, fragte jedoch nur: »Was wollen Sie von Regina?«

»Die Untersuchung der Leiche in Kiel ist so weit abgeschlossen, und wir gehen nun tatsächlich von einem Mord aus, daher ergeben sich Fragen.«

»Fragen?« Frank Carstensen kniff die Augen zusammen, während die Witwe sich neben ihn setzte.

»Es trifft sich gut, dass Sie hier sind, denn die toxikologische Auswertung hat ergeben, dass Ihr Bruder mit Schlangengift ermordet worden ist. Arbeiten Sie mit solchen Tieren in Ihrem Labor?« Thamsen beobachtete die Reaktion seines Gegenübers und glaubte ein Erstaunen über Frank Carstensens Gesicht huschen zu sehen.

Die Witwe schwieg währenddessen, dennoch war Dirk nicht entgangen, wie blass ihre Gesichtsfarbe plötzlich geworden war.

»Früher einmal.«

»Und haben Sie noch solche Tiere?«

»Was für ein Gift war es genau?«

»Reptilase.«

»Nee, das stammt, soweit ich weiß, irgendwie von Lanzenottern, und solche Schlangen haben wir nicht. Momentan sind wir mit einer Studie an Affen beschäftigt. Die Testreihe mit dem Schlangengift wurde damals, soweit ich mich erinnere, erfolgreich abgeschlossen.«

»Soweit Sie sich erinnern?«

»Mein Bruder war der Mediziner, ich verstehe von derlei Tests und Studien wenig.« Frank Carstensen verschränkte die Arme vor der Brust.

»Hat er mit Ihnen einmal über die Schlangenstudie gesprochen?«, wandte sich Dirk nun an Regina Carstensen.

»Mit mir?« Ihre Augen weiteten sich merklich. »Nein!«

»Meine Schwägerin kann Ihnen da noch weniger sagen als ich. Mein Bruder war, was seine Arbeit betraf, mehr als verschwiegen. Das bringen solche Aufträge mit sich. Da geht es schließlich um Forschungen und jeder will der Erste sein, wenn es um Neuerungen geht.«

»Im Anti-Aging-Bereich?«

Eine Art Schatten lief über das Gesicht des Angesprochenen. »Ja, es war eine Kosmetikfirma, die uns beauftragt hatte.«

»Aber da gab es Probleme bei dem Auftrag?«

»Nicht dass ich wüsste.«

»Wie heißt die Firma?«

»Beautyblue.«

»Der hat ganz offensichtlich etwas zu verbergen«, fasste Dirk wenig später seine Eindrücke der Befragung zusammen.

Haie hatte sich entgegen seinem Naturell an Thamsens Anweisung gehalten und während des Gesprächs geschwiegen. Auch im Auto war er nun relativ still.

»Wie kommst du darauf?«

»Weiß nicht, aber bestimmt hat es mit diesen Tierversuchen zu tun. Es gibt einen Drohbrief.«

»Echt?« Haie schaute ihn von der Seite an.

»Ja, er ist in der KTU zur Auswertung.«

»Es wäre also möglich, dass ein Tierschützer im Namen der Tiere gehandelt und Carsten Carstensen mit den Waffen der Tiere geschlagen hat.«

»Aber sind Tierschützer nicht eher friedliebende Menschen?«

»Weiß man's? In jeder größeren Gruppe oder Gemeinschaft gibt es Fanatiker, die sich nicht an die Gesetze halten.« Haie zuckte mit den Schultern. »Ich frage mich ja auch, ob man Tiere unbedingt quälen muss, für irgendwelche Cremes und so? Da hat man ja per se wahrscheinlich schon ein schlechtes Gewissen und versucht, seine Taten zu verbergen. Das würde zum Teil erklären, warum der so mundfaul war. Vielleicht ist aber bei den Studien auch nicht alles glatt gegangen, und die

Kosmetikfirma hat etwas mit dem Mord zu tun? War doch merkwürdig, wie schnell er den Namen der Firma parat hatte.«

»Das werden wir überprüfen, danke«, verabschiedete sich Dirk, als er den Freund zu Hause absetzte.

Gerne wäre Haie weiter bei den Ermittlungen dabei gewesen, aber Niklas kam schon bald von der Schule nach Hause und da musste das Essen auf dem Tisch stehen.

Thamsen fuhr durchs Dorf Richtung B 5, hielt an der Bäckerpost und besorgte sich ein belegtes Käsebrötchen und einen Kaffee. Der Ansatz, den sein Freund geliefert hatte, schien nicht irrelevant. Was, wenn der Firma einige Ergebnisse nicht gefallen hatten? Kosmetikunternehmen waren wahrscheinlich ähnlich wie Pharmafirmen sehr profitorientiert. Da ging es in erster Linie ums Geld und nicht um das Wohl der Menschen, oder? Was, wenn die Ergebnisse von denen manipuliert worden waren? Oder von Carstensen?

Er verabschiedete sich von der Verkäuferin und rief Ansgar an, während er den Laden verließ, was, mit Kaffeebecher und Brötchentüte beladen, einen wahren Balanceakt darstellte.

»Die Finanzlage des Unternehmens von den Carstensen-Brüdern sieht eigentlich ganz gut aus, also jedenfalls kann ich da nichts entdecken, was jetzt seltsam wäre und Anlass gäbe, näher nachzuforschen«, unterrichtete Rolfs ihn über die Ergebnisse seiner bisherigen Arbeit.

»Hm, ich war vorhin bei der Witwe und da war zufällig Frank Carstensen anwesend. Ich habe mit ihm über

46

das Schlangengift gesprochen, und er hat erzählt, dass es eine Studie mit entsprechenden Substanzen gegeben hat. Ich denke, wir sollten einmal Kontakt zu der Kosmetikfirma aufnehmen, die die Studie mit dem Schlangengift in Auftrag gegeben hat. Vielleicht hat es da Probleme gegeben.«

»Hat Frank Carstensen denn was angedeutet?«, erkundigte sich Ansgar.

»Nee, aber der war seltsam, als wenn der etwas zu verbergen hätte. Kannst du mal im Internet schauen, wo sich der Sitz von Beautyblue befindet?« Thamsen hörte sofort, wie Ansgar auf der Tastatur tippte.

»Düsseldorf«, gab er kurz darauf Auskunft.

»Düsseldorf?« Dirk schluckte. Da würden sie sicherlich um Amtshilfe bitten müssen, wenn sich etwas ergab.

»Gut, dann sollten wir die erst einmal telefonisch kontaktieren. Kannst du das übernehmen?«

»Klar, Chef.«

7. KAPITEL

Nachdem Rolfs das Gespräch beendet hatte, versuchte er, noch mehr über die Firma in Erfahrung zu bringen. Er wollte wissen, mit wem er es zu tun hatte. Das Unternehmen bestand bereits seit einigen Jahren und hatte sich vor allem auf Anti-Aging-Produkte spezialisiert, wie er der Konzernhomepage entnehmen konnte. Vorreiter war das Unternehmen demnach auch in der Bekämpfung der Hautalterung mit dem Snake Fighter.

Geschäftsführer war ein gewisser Felix Roth, der laut einigen Einträgen früher bei Ruhr Pharma tätig gewesen war, und als Ansgar diesen Namen eingab, fand er einige Einträge, die nicht uninteressant waren.

»Na, sieh mal einer an«, flüsterte Rolfs, während er den Bericht über einen Skandal aus dem Jahr 2001 las, in dem es um Schadensersatzforderungen einiger Kunden einer Produktlinie des Unternehmens ging. Angeblich hatte die Firma ein neuartiges Mittel mit Botox entwickelt, das jedoch zu nässenden Ausschlägen und Entzündungen bei einigen Benutzern geführt hatte. Letztendlich hatte die Firma das Mittel vom Markt nehmen müssen und Felix Roth war entlassen worden. Jedenfalls las Ansgar diese Informationen zwischen den blumig formulierten Zeilen heraus. Er nahm den Hörer in die Hand und wählte die Nummer von Beautyblue in Düsseldorf. Natürlich landete er zunächst in einer Warteschleife, doch nach wenigen Minuten mit angenehmer Lounge-Musik wurde sein Anruf von einer Mitarbeiterin entgegengenommen.

»Kommissar Rolfs, Polizei Niebüll, ich würde gerne mit Herrn Roth sprechen.«

»Moment bitte.«

Er hörte wieder Musik, dann eine andere Frauenstimme.

»Kommissar Rolfs, Polizei Niebüll, ich möchte gerne Herrn Roth sprechen«, wiederholte er.

»Moment bitte.«

Wieder erklang Musik, und Ansgar fragte sich, wie lange sie dieses Spielchen wohl spielen würden. Doch kurz darauf meldete sich die Dame, mit der er zuletzt gesprochen hatte.

»Herr Roth ist im Gespräch, möchten Sie warten?«

Da sie das anbot, nahm er an. Angeblich sollte es nicht allzu lange dauern. Er vertrieb sich die Wartezeit, indem er weitere Einträge im Internet über Beautyblue, das bisher einen guten Ruf in der Branche zu haben schien, sowie über deren Geschäftsführer las. Das Desaster von Ruhr Pharma, das Felix Roth mit zu verantworten hatte, wurde jedenfalls nicht erwähnt und vielleicht war es gar nicht sein Fehler gewesen, überlegte Rolfs. Wie oft mussten er oder Thamsen den Kopf für etwas hinhalten, für das sie nicht verantwortlich waren? Er nahm sich vor, zwar auf der Hut zu sein, aber nicht total voreingenommen in das Gespräch hineinzugehen. Abrupt stoppte die Musik der Warteschleife und er hörte eine männliche Stimme.

»Felix Roth.«

»Ansgar Rolfs, Polizei Niebüll«, meldete er sich.

»Polizei Niebüll?« Der Mann am anderen Ende der Leitung klang leicht amüsiert.

»Ich rufe wegen Herrn Carsten Carstensen an.« Irgendwie hatte er sich nicht so recht überlegt, wie er das Gespräch beginnen sollte.

»Carsten Carstensen?«

»Ja, Sie haben im Labor Carstensen eine Studie in Auftrag gegeben.«

»Ach so, das kann sein. Wir arbeiten mit mehreren Laboren zusammen. Um was für eine Studie handelt es sich?«

»Es geht um die Verwendung von Schlangengift in Produkten gegen die Hautalterung.«

Es entstand eine kurze Pause.

»Ach ja, die – das ist schon ein paar Monate her.«

»Und wie waren die Ergebnisse?«

»Wir sind so gut wie Marktführer im Bereich der Anti-Aging-Produkte und arbeiten auch schon mit dem Snake Fighter, aber natürlich versuchen wir unsere Angebote immer weiterzuentwickeln, deshalb kann ich natürlich nicht über unsere Innovationspläne plaudern. Das verstehen Sie sicherlich.« Roth klang wie ein souveräner Geschäftsmann, der sein Handwerk verstand, musste Rolfs anerkennen.

»Herr Carstensen ist ermordet worden«, versuchte er es daher auf die direkte Art.

»Was? Wirklich? Das ist ja furchtbar.«

»Ja, und zwar mit Schlangengift.«

»Also hören Sie, damit haben wir hier nichts zu tun«, tönte es Ansgar entrüstet aus dem Hörer entgegen.

Das habe ich ja auch gar nicht behauptet, dachte er, während er dem Gestammel von Herrn Roth lauschte, der geradewegs anfing, über seine Mitbewerber zu wettern.

»Haben Sie die anderen Unternehmen auch schon befragt?«

»Bisher nicht«, musste Ansgar eingestehen. »Sie haben aber mit dem Labor zusammengearbeitet, dessen Inhaber mit Schlangengift ermordet wurde.«

»Und Sie haben nicht in Betracht gezogen, dass eventuell ein Konkurrent gerade das ausnutzt und uns auf diese Weise aus dem Verkehr ziehen will?«

»Ist das Produkt denn derart erfolgreich?« Rolfs hatte keine Ahnung, um was es in dem Bereich wirklich ging, aber sicher war eine Menge Geld im Spiel.

»Wir sind in dem Bereich momentan, wie gesagt, so gut wie Marktführer. Ist doch klar, dass unsere Konkurrenten uns da bekämpfen, und ganz sicher nicht nur mit legalen Mitteln.«

Also entweder man war Marktführer oder nicht, überlegte Ansgar. »Haben Sie denn einen konkreten Verdacht?«

Felix Roth schwieg einen Moment, ehe er sogar mehr als einen Firmennamen aufzählte.

Haie hatte Pfannkuchen gemacht, die Niklas mit Begeisterung aß.

»Ich habe mich heute Nachmittag mit Benedikt verabredet«, erzählte der Junge, als sie zusammen das Geschirr abwuschen.

»Ist okay.« Haie freute sich, dass Niklas Freundschaften pflegte. Außerdem kam es ihm sehr gelegen, denn er selbst wollte sich wegen des Mordfalls noch ein wenig im Dorf umhören.

Nachdem Niklas aus dem Haus war, schwang er sich auf sein E-Bike und fuhr die Dorfstraße hinunter. Das Wetter war gut und einige Leute spazierten durchs Dorf. Haie grüßte jedes Mal, wenn er jemanden traf, hielt allerdings nicht an. Er hatte mittlerweile ein Ziel ins Auge gefasst und wollte sich nicht unnötig aufhalten lassen. Zumal ihm die Personen, denen er begegnete, in Bezug auf Informationen in dem Mordfall nicht besonders vielversprechend erschienen.

Sein Weg führte ihn zu Elke, seiner Exfrau. Eigentlich mied er jeden Kontakt zu ihr, aber er wusste, dass sie mit Regina Carstensen befreundet war. Zumindest früher, ob das heute noch so war, konnte er nicht sagen, schließlich war Elke in seinen Augen nicht gerade eine treue Seele. Sie hatte ihn betrogen, aber das war eine andere Geschichte, an die Haie nicht gern erinnert wurde. Er hatte mit diesem Kapitel seines Lebens abgeschlossen und war mittlerweile zufrieden, wie es war.

Nun waren Tom und Niklas seine Familie, auf die er zählen konnte. Früher, als Marlene noch lebte, hatte auch sie dazugehört. Es war mehr als ein herber Schlag für ihn gewesen, als sie getötet wurde. Zum Glück hatten sie sich zusammengetan, es tat ihm gut, in seinem Alter eine Aufgabe zu haben.

Er stellte sein Fahrrad an der Hauswand ab und ging zur Eingangstür. Mittlerweile war ihm das Haus beinahe ein wenig fremd geworden, und der Schmerz über den Verlust des einstigen Zuhauses war kaum noch spürbar. Die Zeit heilte eben doch alle Wunden. Er klopfte an die hölzerne Klönschnacktür und hoffte, dass Elke zu Hause war. Sie musste arbeiten, um über die Runden zu kommen, denn ihre Rente war nicht besonders hoch. Unterhalt zahlte Haie ihr keinen, da er ihr bei der Scheidung das Haus überlassen hatte. Er selbst hatte auch kein hohes Einkommen und war daher froh, dass er bei Tom, der das Haus seines Onkels geerbt hatte, keine Miete zu zahlen brauchte. So gesehen ging es ihm sicherlich besser als Elke, die ohne Minijob schlecht dastand, aber das war letztendlich nicht sein Problem, dachte er, während er erneut klopfte. Kurz darauf öffnete seine Exfrau den oberen Teil der Tür. Als sie ihn sah, begann sie regelrecht zu strahlen.

»Haie, was machst du denn hier? Komm rein.«

Sie öffnete auch den unteren Teil und ließ ihn eintreten. Dabei plapperte sie in einer Tour, dass Haie es beinahe bereute, zu ihr gefahren zu sein. Machte sie sich doch immer wieder Hoffnungen, er würde eines Tages zu ihr zurückkehren, wenn er den Kontakt zu ihr suchte. Doch für Haie war die Beziehung ein für alle Mal beendet – und das bereits seit Langem.

»Ja, ich wollte dich eigentlich nur was fragen.«

»Bestimmt wegen Carsten, oder?« Natürlich hatte auch Elke von dem Mord gehört und wusste nur zu gut, dass Haie stets mit Thamsen in solchen Fällen zusammen ermittelte.

»Nimm doch Platz, Kaffee?« Ihre Augen glänzten und ihre Wangen waren gerötet, während sie ihren Blick nicht von ihm lassen konnte.

Haie nickte. Ihm war nicht entgangen, dass Elke ihren berühmt-berüchtigten Apfelkuchen gebacken hatte. Verführerisch duftend stand er auf dem Küchentisch, als hätte sie seinen Besuch erwartet.

»Du bist doch mit Regina Carstensen befreundet, oder?«, fragte er ohne Umschweife, während er sich auf die Eckbank setzte.

»Ach, das ist lange her«, entgegnete Elke und stellte das Geschirr auf den Tisch. »Seit die Carsten verlassen hatte, war die total abgedreht.«

»Abgedreht?« Haie beobachtete, wie Elke die Kaffeemaschine befüllte und anstellte.

»Die ist doch damals mit so einem Typen durchgebrannt.«

»Echt?«

»Ja, ich glaube, Midlife-Crisis.« Elke schnitt den Kuchen an. Bei dem Anblick des saftigen Stücks, das sie ihm auftat, lief Haie das Wasser im Mund zusammen.

»Bekommen das nicht nur Männer?«

»Regina auf jeden Fall auch. Ich glaube, die hatte danach noch weitere Männer.«

Sie setzte sich zu ihm, und er nahm eine Gabel Kuchen. Köstlich. So etwas Leckeres hatte er lange nicht gegessen. Seine Backkünste reichten im Gegensatz zu seinen Kochkünsten, die er in den letzten Jahren entwickelt hatte, nicht zu solchen Köstlichkeiten. Er kannte niemanden, der solch einen Kuchen so hinbekam wie Elke.

»Und warum ist sie zu Carsten zurück?«

»Keine Ahnung«, gab Elke zu. »Wie gesagt, wir haben keinen Kontakt mehr, seit die sich damals getrennt hatten. Aber vielleicht ist sie wegen des Geldes zurück zu Carsten.«

»Wieso, hat Carsten viel Geld?«

»Schon, mit dem Labor verdienen die Brüder gut, soweit ich weiß, und Regina hat einen recht exklusiven Geschmack. Solch einen Mann musst du halt erst einmal finden, der dir diesen Lebensstil ermöglichen kann.«

»Hm.« Haie hatte sich gerade ein großes Stück Kuchen in den Mund geschoben und versuchte, sich an den Besuch bei der Witwe zu erinnern. Das Haus war imposant gewesen für die Gegend, aber da draußen waren die Immobilienpreise nicht besonders hoch, mutmaßte er.

»Und der Bruder?«

»Frank? Was soll mit dem sein?«

»Den habe ich vorhin bei Regina Carstensen getroffen, und ich hatte den Eindruck, dass der etwas zu verbergen hat.«

»Ach, du warst bei Regina?« Elke schaute ihn forschend an.

»Zusammen mit Dirk. Und Frank war eben auch da und hat sich seltsam verhalten.«

»Inwiefern?«

Haie zuckte mit den Schultern, doch mit Elkes Informationen über Regina Carstensens Lebenswandel kam ihm plötzlich eine Vermutung. »Vielleicht hatte Regina auch ein Verhältnis mit Frank.«

8. KAPITEL

Thamsen war nach dem Telefonat mit Ansgar noch einmal in den Bäckerladen zurückgegangen.

»Entschuldigung?«

Die Frau hinter dem Verkaufstresen musterte ihn fragend.

»Wissen Sie zufällig, ob es in der Gegend einen Tierschutzverein gibt?«

»Hier im Dorf nicht, aber in Leck, glaube ich.«

»So, und wo da?«

Die Angestellte zuckte mit den Schultern.

»Trotzdem danke«, entgegnete Dirk und verabschiedete sich.

Draußen wählte er erneut Ansgars Nummer, doch die Leitung war besetzt. Er nahm einen Schluck Kaffee, stieg in seinen Wagen und beschloss, einfach in Richtung Leck zu fahren und Rolfs gleich noch einmal anzurufen.

Von der Dorfstraße bog er in den Schnapsweg ein und sah Leck bereits in der Ferne, als sein Handy klingelte.

»Chef, also ich habe nun mit der Firma in Düsseldorf gesprochen. Schwer zu sagen, ob die was mit dem Fall zu tun haben. Und am Telefon ist das ja eh immer so eine Sache«, gab Rolfs zu bedenken. »Aber der war seltsam am Telefon.«

»Inwiefern?«

»Schwer zu sagen.«

»Lag es an deinem Anruf selbst oder tatsächlich an dem Mordfall?« Thamsen wusste nur zu gut, dass viele Menschen bereits komisch reagierten, wenn sie nur das Wort »Polizei« hörten.

»Ich glaube, es hatte eher etwas mit dem Mord zu tun. Denn am Anfang klang Felix Roth sehr professionell, doch im Verlauf des Gespräches hat der plötzlich angefangen, sämtliche Mitbewerber schlechtzumachen und den Verdacht auf die zu lenken.«

»Wie?«

»Na, er behauptet, dass die ihn ausschalten wollen, weil Beautyblue mit dem Schlangengift-Präparat so erfolgreich ist.«

»Und diese Konkurrenten bringen deswegen jemanden um?« Dirk schien diese Behauptung ein wenig zu sehr aus der Luft gegriffen.

»Ja, ich weiß auch nicht. Ich habe mir die genannten Firmen mal im Internet angeschaut, aber so kommen wir nicht weiter. Ich glaube, da brauchen wir Unterstützung vom LKA.«

»Wo uns noch nicht einmal die Kripo hilft«, rutschte es Thamsen heraus. »Bestell vorher den Bruder ein, dem will ich erst auf den Zahn fühlen, was es mit dieser Kosmetikfirma auf sich hat. Ich komme nachher dazu. Kannst du mir jetzt aber erst einmal die Adresse vom Tierschutzverein in Leck geben?«

Er hörte, wie Ansgar auf seinem Computer tippte, dann nannte er ihm die Adresse.

»Gut, also bis später«, verabschiedete Dirk sich und machte sich auf den Weg zur angegebenen Anschrift.

Das Gebäude des Tierschutzvereins wirkte verlassen, aber als er ausstieg, sah er, wie jemand aus einem angrenzenden Gebäude kam.

»Hallo, Entschuldigung?«, versuchte er auf sich aufmerksam zu machen. Die Frau im olivfarbenen Parka blickte zu ihm.

»Ja?«

»Ich komme von der Polizei und habe ein paar Fragen.«

»Fragen?« Sie musterte ihn.

»Sie gehören doch zum Tierschutzverein?«

Sie nickte. »Beate Scholz, zweite Vorsitzende«, stellte sie sich vor, während sie ihm die Hand reichte.

»Dirk Thamsen, Polizei Niebüll. Es geht um den Mord an Carsten Carstensen. Vielleicht haben Sie bereits davon gehört?«

»Schon«, entgegnete die Frau und verschränkte dabei die Arme vor der Brust.

»Kannten Sie Carsten Carstensen?«

»Nicht persönlich, aber ich weiß, was er getan hat.«

»Und sind Sie dagegen vorgegangen?«

»Bitte?« Die Frau im Parka drehte den Kopf leicht zur Seite und hielt ihm ihr Ohr hin.

»Haben Sie Maßnahmen gegen das Labor ergriffen?«

»Sie glauben doch nicht allen Ernstes, dass ich Carsten …«

»Nein, aber ich habe gehört, dass es Vorfälle gab.«

»Mit mir?«

»Nicht direkt, aber Ihr Verein geht doch gegen Tier-versuche vor, oder?«

»Finden Sie es denn richtig, dass Tiere gequält wer-den?«, versuchte sie es mit einer Gegenfrage.

»Nein, aber das rechtfertigt trotzdem keine Selbst-justiz.«

»Sagt ja keiner.«

»Was sagt man dann?«

»Dass die Tiere ein Recht auf ein anständiges Leben haben.«

Thamsen musterte die Frau. Er konnte ihre Beweg-gründe verstehen, er war selbst gegen Tierquälerei.

»Jedenfalls sollten Sie nicht wegen ein paar neuer Cremes leiden.«

Er stimmte ihr zu. »Und dagegen sind Sie vorgegan-gen?«

»Sagen wir mal so, bei einigen Tieren konnten wir helfen, das Leid zu verringern.«

»Inwiefern?«

»Wir haben sie befreit.«

»Jetzt, wo du es sagst.« Elke fuhr sich mit der Hand durchs Haar. »Könnte sein, aber meinst du, Carsten hätte davon nichts mitbekommen?«

»Vielleicht hat er«, mutmaßte Haie.

»Und hat sie trotzdem nicht rausgeworfen?« Elke musterte ihn, und Haie wurde plötzlich bewusst, dass sie in dem Gespräch an einem heiklen Punkt angekom-men waren. Das war kein Thema, das er mit Elke dis-kutieren sollte, dachte er.

»Ja, nun, er hat sie ja auch so zurückgenommen.«

»Stimmt.«

Elkes Blick schien ihn zu durchdringen, aber irgendwie musste er die Diskussion zu Ende bringen. »Vielleicht hat sich die Liebschaft erst nach ihrer Rückkehr ergeben.«

»Und nun wollten die beiden Carsten loswerden?«

»Warum nicht? Ich meine, das wäre doch ein Motiv, und das Labor hätten sie dann auch für sich, oder?«

»Hm.« Elke schnitt für Haie ein weiteres Stück Kuchen ab.

»Vielleicht kannst du ja mal Kontakt zu ihr aufnehmen?«

»Ich? Nach all der Zeit? Wie stellst du dir das vor?« Sie hielt in der Bewegung inne, sodass das Kuchenstück über seinem Teller schwebte.

»Du könntest sie anrufen und ihr kondolieren.«

Elke schwieg, während sie den Kuchen auf Haies Teller bugsierte. »Ja, und dann?«

Haie seufzte innerlich. Elke war wirklich nicht als Hilfsermittlerin zu gebrauchen. Kam nicht mal selbst auf die Idee, wie sie was herausfinden könnte. »Ach, vergiss es, war nur eine Idee«, murmelte er und schob sich ein großes Stück Kuchen in den Mund.

9. KAPITEL

»Ich habe aber nicht viel Zeit.«

»Das macht nichts«, entgegnete Ansgar, obwohl er sich fragte, wo Thamsen nur blieb. Er hatte Frank Carstensen wie angeordnet einbestellt. Der hatte ohnehin erst am späten Nachmittag auf die Dienststelle kommen können und eigentlich war Rolfs davon ausgegangen, dass Dirk dann schon vom Tierschutz zurück sein würde. Doch bisher war er nicht aufgetaucht.

»Kaffee?«, bot Ansgar an, um Zeit zu schinden.

»Ja, bitte.«

Rolfs ging in die Gemeinschaftsküche und holte einen Becher Kaffee, auf dem Rückweg sah er endlich Thamsen den Flur entlangkommen.

»Wo warst du?«

»Wieso?« Dirk schaute ihn verwundert an. »Ich hatte doch gesagt, du sollst schon mal anfangen. Bei mir hat es länger gedauert. Habe mir noch eine Liste der Mitglieder der Tierschutzorganisation geben lassen und …«

»Frank Carstensen sitzt in deinem Büro.«

»Oh, ja dann, gut.« Thamsen straffte die Schultern und ging zielstrebig in sein Büro. Rolfs folgte ihm mit dem Kaffeebecher, den er vor Carstensen auf den Schreibtisch stellte.

»Herr Carstensen, schön, dass Sie Zeit haben«, begrüßte Thamsen freundlich den Bruder des Mordopfers, der sauertöpfisch von seinem Stuhl aus aufblickte.

»Aber ich …«

»Wir haben da bereits ein paar Ermittlungsansätze und es ergeben sich Fragen, die Sie sicherlich beantworten können. Sie wollen ja auch, dass der Mord an Ihrem Bruder möglichst schnell aufgeklärt wird, oder?«

Der Angesprochene nickte stumm.

»Gut, mein Kollege hat mit der Kosmetikfirma gesprochen, die die Schlangengift-Studie bei Ihnen in Auftrag gegeben hat.« Dirk nickte Rolfs zu.

»Man hat die Zusammenarbeit mit Ihnen bestätigt. Der Geschäftsführer, Herr Roth, hat die Vermutung geäußert, dass Konkurrenzunternehmen etwas mit dem Mord an Ihrem Bruder zu tun haben könnten.«

»Inwiefern?« Frank Carstensen rückte auf seinem Stuhl ein Stück vor und saß nun kerzengerade.

»Roth hält es für möglich, dass die Konkurrenz Beautyblue ruinieren möchte, und er traut seinen Mitbewerbern dazu illegale Methoden zu.«

»Und der Mord mit Schlangengift an Ihrem Bruder, der mit Beautyblue zusammengearbeitet hat, könnte durchaus darauf hinweisen«, warf Dirk ein.

»Und was habe ich dann damit zu tun?«

»Hatten Sie Kontakt zu anderen Kosmetikfirmen aus dem Bereich?«, übernahm nun Rolfs wieder.

»Nein.«

»Und auch Ihr Bruder hatte keinerlei Kontakt zu Konkurrenten?«

»Nicht dass ich wüsste.«

»Wussten Sie, dass Ihr Bruder die Firma verkaufen wollte?«

Thamsen blickte zu Ansgar. Das war eine Neuigkeit, aber anscheinend nicht für Frank Carstensen.

»Wir haben darüber gesprochen.«

»Gesprochen oder gestritten?« Ansgar beugte sich ein Stück vor und stierte Carstensen an.

»Wir haben das ganz sachlich diskutiert.«

»Und zu welchem Ergebnis sind Sie gekommen?«

Frank Carstensen räusperte sich. »Leider zu keinem vor Carstens Tod.«

Auf dem Heimweg überlegte Haie, ob er eventuell noch einmal selbst zu Regina Carstensen fahren sollte, verwarf den Gedanken aber schnell. Sie hatte gesehen, dass er mit der Polizei zusammenarbeitete, da würde sie ihm wahrscheinlich nichts sagen, was relevant sein könnte. Zu dumm, dass Elke für derartige Ermittlungsarbeit nicht geeignet war.

War sie früher auch so unselbstständig, überlegte er, während er die Dorfstraße Richtung Maasbüll entlangradelte.

Zu Hause deckte er den Abendbrottisch, und als Niklas heimkam, aßen sie gemeinsam.

»Na, wie war es bei Benedikt?«, erkundigte Haie sich.

»Ganz nett. Die Tante hat uns mit der Xbox spielen lassen.«

»So?« Haie zog die Augenbrauen hoch. Er war kein besonders großer Freund von Computerspielen. »Und was hat Benedikts Mutter dazu gesagt?«

Niklas zuckte mit den Schultern. »Die habe ich gar nicht gesehen. Ist wohl krank und liegt im Bett.«

»Hoffentlich nichts Ansteckendes?« Niklas war zwar nicht empfindlich, aber er kränkelte schnell und war gegen einige Viren eben machtlos. Und Haie selbst wurde mit zunehmendem Alter auch immer anfälliger, hatte er festgestellt.

Niklas biss von seiner Scheibe Brot ab und kaute. »Hat denn Onkel Dirk den Mörder schon?« Das Thema schien den Jungen sehr zu beschäftigen.

»Noch nicht, kann aber nicht mehr lange dauern.«

Das Telefon klingelte und Niklas lief los. »Das ist bestimmt Papa.«

Haie blieb am Küchentisch sitzen und lauschte. Der Junge hatte recht, der Anrufer war Tom.

»Stell dir vor«, hörte er Niklas sagen, »der Mörder läuft hier noch rum.«

»Was erzählst du dem Jungen denn?«, fragte der Freund, als Haie das Gespräch wenig später übernommen hatte und Niklas im Bad verschwunden war.

»Na, er wird älter, das schnappt der von ganz allein auf«, verteidigte Haie sich.

»Hat sich schon etwas Neues ergeben?«

»Nee, nicht wirklich. Außer, dass der Bruder und die Witwe vielleicht ein Verhältnis hatten oder immer noch haben.«

»Wie kommst du darauf?«

»Habe mit Elke darüber geredet, die war früher mit Regina Carstensen befreundet.«

»Mit Elke?« Haie meinte an Toms Tonfall zu erkennen, dass der Freund die Augenbraue hochzog.

»Na, aus Eifersucht einen Nebenbuhler zu beseitigen, ist ein starkes Motiv«, gab Haie zu bedenken.

»Aber wieso dann in der Kleinbahn?«

»Wo würdest du denn jemanden umbringen? Doch bestimmt nicht bei dir zu Hause, oder? Da fällt der Verdacht ja gleich auf dich.«

Darüber hatte Tom sich wirklich noch nie Gedanken gemacht.

»Also ich finde, das spricht alles für einen der beiden. Sie kamen vermutlich an das Gift, hatten ein Motiv und die Firma gehört ihnen nun auch zusammen. Also, besser geht es ja nun nicht.«

»Wenn die beiden ein Paar sind«, gab Tom zu bedenken.

»Wenn.«

»Ruf am besten mal Dirk an«, riet er Haie. »Mit etwas Glück hat der ja auch schon Spuren, die deine Theorie untermauern.«

»Mann, das ist ein ganz schön harter Brocken«, stöhnte Rolfs, nachdem Frank Carstensen gegangen war. »Unter Garantie hat der etwas zu verbergen.« Er räumte die Kaffeetasse fort, die Carstensen nicht einmal berührt hatte.

»Woher wusstest du eigentlich, dass Carsten Carstensen die Firma verkaufen wollte?«

»Och, das habe ich so ins Blaue gesagt«, entgegnete

Ansgar und versetzte Thamsen geradezu ins Staunen. Solch eine Dreistigkeit hatte er seinem Mitarbeiter nicht zugetraut, aber mit der erdachten Behauptung hatte er ins Schwarze getroffen. Wirklich weiterhelfen konnte ihnen diese Information zunächst nicht, aber es war ein durchaus wichtiges Puzzleteil für die Ermittlungen.

»Vielleicht haben die Brüder doch mit anderen Firmen zusammengearbeitet und dabei sogar Firmengeheimnisse von Beautyblue preisgegeben«, kehrte Thamsen noch einmal zu seinen Schlussfolgerungen aus dem Gespräch zurück.

»Dann hätte Roth auf jeden Fall ein Motiv. Noch eine Pleite kann der sich nicht leisten.«

»Gut, dann nehmen wir den am besten noch einmal genau unter die Lupe.«

»Meinst du?« Ansgars Augen strahlten plötzlich.

»Ich werde mal die Kollegen in Düsseldorf anrufen, ob uns da jemand unterstützen kann. Notfalls muss ich halt hinfahren. Wäre vielleicht ohnehin besser, um sich ein Bild zu machen«, sagte Dirk eher zu sich selbst, als das Telefon klingelte und er daher Ansgars enttäuschten Gesichtsausdruck nicht bemerkte.

»Haie, was gibt's?«

»Ich habe einen Ermittlungsansatz«, pustete der Freund in den Hörer.

»So«, grinste Dirk, »dann schieß mal los.«

10. KAPITEL

Am nächsten Morgen war Elke früh auf den Beinen. Der Besuch von Haie hatte ihr keine Ruhe gelassen. Was er konnte, konnte sie schon lange. Sie wollte ihn beeindrucken, überraschen, vielleicht erkannte er dann, dass mehr in ihr steckte, als er annahm, und sie würden sich wieder näherkommen.

Sie nahm ihr Rad und schob es zunächst einmal nur hinunter bis zum Sparmarkt. Um diese Zeit war eine Menge los in dem kleinen Laden. Viele Berufstätige holten sich ihr Frühstück oder etwas zu essen für die Mittagspause. Elke hingegen suchte in dem Ständer vor der Kasse nach einer Trauerkarte – so etwas hatte Helene immer im Sortiment.

»Na, schallst Regina kondolieren?«, erkundigte sich Helene, als Elke an der Kasse an der Reihe war und die Karte bezahlte. »Is anständig. Ihr ward ja früher so dicke, näch? Wieso ist dat überhaupt auseinandergegangen?« Die Kaufmannsfrau musterte Elke eingehend. Momentan war jeder Fitzel an Information für sie in der Mordsache Carstensen von Bedeutung. Doch anders als Haie, der versuchte, durch solche Hinweise einen Mordfall zu klären, war Helene nur darauf aus, den neuesten Klatsch daraus zu spinnen und zu verbreiten. Daher zuckte Elke auch lediglich mit den Schultern, zahlte und stellte sich an den kleinen Tresen im Schaufenster, auf dem ein Kugelschreiber lag, der eigentlich dazu diente, Lottoscheine auszufüllen.

Elke überlegte kurz, dann schrieb sie lediglich:

Liebe Regina,
mein aufrichtiges Beileid und viel Kraft in dieser
schweren Zeit.
In alter Verbundenheit
Elke

Mit dem Umschlag im Gepäck machte sie sich auf nach Fahretoft. Es war ein Stück zu fahren. Elke besaß keinen Führerschein und war aufs Fahrrad angewiesen. Daher legte sie all ihre Wege meistens radelnd zurück, es sei denn, das Wetter war zu schlecht, dann gönnte sie sich eine Fahrt mit dem Bus, der zumindest zweimal am Tag vom Dorf aus nach Niebüll fuhr.

Nach einer Weile erreichte sie Fahretoft und die Adresse von Regina Carstensen. Elke war lange nicht hier draußen gewesen; hatte das Haus noch nicht gesehen und war daher erstaunt, was für ein modernes, großes Heim ihre ehemalige Freundin bewohnte. Als Regina und Elke noch befreundet gewesen waren, hatte sie mit ihrem Mann im Dorf gewohnt, in einem bescheidenen Bungalow. Kein Vergleich zu diesem Haus. Carsten musste in letzter Zeit mehr Geld verdient haben als damals, während sie noch im Dorf gelebt hatten und er als Tierarzt angestellt gewesen war. Zwar hatte er immer zu tun gehabt, aber die Bauern hatten ihn nur im Notfall gerufen, wenn Carstens Kollegen nicht konnten, denn angeblich hatte er nicht besonders gut mit Tieren umgehen können, was Elke gar nicht glauben wollte, denn wieso sollte man sonst Tierarzt werden, wenn nicht wegen der Tiere?

Aber diese Geschichten hatten im Dorf die Runde gemacht, und von Helene wusste Elke, dass die Carstensens zu dieser Zeit bereits beim Discounter anstatt bei ihr im Laden eingekauft hatten, weil sie sparen mussten. Schon komisch, wie sich die Zeiten änderten, dachte Elke, denn heute kaufte doch beinahe jeder beim Discounter ein, egal aus welcher Einkommensschicht er kam.

Und mittlerweile konnte Regina es sich anscheinend leisten, wieder bei Helene einzukaufen, dachte Elke, während sie das Haus betrachtete. Carstens finanzielle Situation musste sich extrem gebessert haben, seitdem er mit seinem Bruder das Labor eröffnet hatte und in die Forschung gegangen war.

Sie stellte ihr Rad ab und ging auf den Eingang zu. Vor der Garage stand ein SUV, über den Elke sich wunderte. Soweit sie wusste, hatte Regina keinen Führerschein. Oder hatte sie ihn zwischenzeitlich gemacht? Ohne Auto war man hier draußen im Koog ziemlich aufgeschmissen. Da war man ja noch abgeschnittener als im Dorf.

Die Tür öffnete sich unvermittelt und Elke sprang im Reflex zur Seite, versteckte sich hinter einem großen

Rhododendronbusch. Von dort aus konnte sie sehen, wie Frank Carstensen aus dem Haus trat. Das gibt es ja nicht, schoss es ihr durch den Kopf. Hat Haie etwa recht?

Thamsen hatte schlecht geschlafen, was nicht nur daran lag, dass Hanno die Nacht mehrmals wach geworden war. Seit sein Jüngster im Kindergarten in einer anderen Gruppe war, plagten ihn Albträume. Dörte hatte schon mit der Erzieherin gesprochen, doch ihr war nichts aufgefallen, was die Ursache hätte sein können. Trotzdem wachte ihr Sohn jede Nacht auf und wollte bei ihnen im Bett schlafen.

Generell wäre das kein Problem, wenn der Junge still liegen und nicht wild um sich schlagen würde, doch er rangelte im Bett herum, zog die Decke weg, schmatzte, schnaufte und trat, sodass Dirk schon lange nicht mehr hatte durchschlafen können.

In dieser Nacht hatte ihn zusätzlich der Fall beschäftigt. Mehrere Ansätze waren ihm durch den Kopf gegangen und das nicht zuletzt, weil heute ein Meeting mit den Husumern angesetzt war. Zu gern hätte Dirk ihnen etwas präsentiert, aber sie hatten nichts wirklich Verlässliches.

Nach zwei Tassen Kaffee fühlte er sich bereit, in die Dienststelle zu fahren.

Ansgar war bereits vor Ort und hatte den Besprechungsraum vorbereitet, Kaffee gekocht und sogar ein paar Kekse auf Tellern verteilt.

»Na, du fährst aber dick auf«, bemerkte Dirk und

hoffte, dass der Mitarbeiter sich nicht bei den Husumern einschleimen wollte. Ihn beschlich schon länger das Gefühl, dass er seinen besten Mitarbeiter an die Kripo verlieren könnte.

»Ich dachte, wenn wir schon keine Ergebnisse präsentieren können, dann wenigstens Kaffee und Kekse«, grinste Rolfs ihn an.

Thamsen nickte und holte seine Unterlagen. Als er zurück ins Besprechungszimmer gehen wollte, hörte er bereits Lorenz Meister und einen Kollegen im Flur. Thamsen stöhnte leicht, straffte die Schultern und trat aus dem Büro. »Guten Morgen, Kollegen«, begrüßte er die beiden, die ihn überrascht anblickten. Diese Freundlichkeiten waren sie von Thamsen nicht gewohnt.

Zusammen gingen sie zum Meeting-Raum. An der Tür ließ Dirk den Husumern den Vortritt und musterte dabei Meister und seine Begleitung. Wie immer trugen die Herren Anzüge. Thamsen fragte sich, wie sie sich darin im Einsatz bewegten. Besonders bei einer Verbrecherjagd zu Fuß konnte er nicht glauben, dass der feine Zwirn von Vorteil wäre. Unweigerlich musste er bei dem Gedanken daran grinsen, was die beiden wohl auf sich bezogen, denn sie lächelten zurück und zeigten sich mehr als erfreut über die Kekse.

»Was habt ihr bisher?«, kam Lorenz Meister gleich zur Sache.

»Den Obduktionsbericht habt ihr sicherlich gelesen?« Thamsen schaute die beiden herausfordernd an. Irgendetwas konnten die Kripobeamten schließlich auch machen.

»Natürlich, aber es wäre gut, wenn du kurz noch einmal zusammenfasst.« Meister verzog den Mund zu einem falschen Lächeln.

»Die Vergiftung mit Reptilase legt natürlich den Verdacht nahe, der Mord könne etwas mit den Tierversuchen im Labor zu tun haben.«

Meister nickte.

»Rolfs hat die Firma kontaktiert, die die Studien in Bezug auf das Schlangengift in Auftrag gegeben hat.« Thamsen nickte Ansgar zu, der daraufhin von seinem Telefonat und den Recherchen im Internet berichtete.

»Gut«, lobte Meister. »Und wie bringt uns das jetzt weiter?«

»Wir vermuten, dass Felix Roth absichtlich die Konkurrenten benennt. Was darauf hindeuten könnte, dass man bei Beautyblue etwas zu verbergen hat«, erklärte Rolfs.

»Möglich«, überlegte Meister. »Wann seid ihr da vor Ort?«

»Ich habe um Amtshilfe gebeten«, mischte Thamsen sich ein.

»Und?« Meister rückte seine Brille gerade.

»Bisher haben sich die Kollegen nicht besonders kooperativ gezeigt. Sie hätten jede Menge um die Ohren und wenn man nicht benennen könne, was genau sie in der Firma sollten, dann könnten sie nicht helfen. Zu ermitteln hätten sie selbst genug«, fasste Dirk die Auskunft zusammen, die er per Mail erhalten hatte. Thamsen hatte sich über die Mitteilung geärgert, was er jedoch verschwieg. Er wollte auf keinen Fall bei den Husumern den Eindruck erwecken, er könne nicht überregional arbeiten. Das hatte er bereits mehrere Male erfolgreich bewiesen.

»Dann fahr selbst hin«, forderte Meister.

»Ich?« Dirk erschien im Geiste sofort Dörtes verärgertes Gesicht.

»Ja, das ist doch wenigstens eine Spur. Oder habt ihr weitere lohnende Ansätze?«

»Wir vermuten, dass der Bruder ein Verhältnis mit der Frau des Toten haben könnte.«

»Mord, um den Nebenbuhler zu beseitigen, und dann den Verdacht auf die Kosmetikfirma lenken«, fasste Meister gekonnt zusammen. So ganz dumm schien die Kripo nicht zu sein, musste Thamsen anerkennen.

»Aber das kann Rolfs hier ja managen. Wollt ihr den Bruder und die Witwe überwachen?«

»Überwachen?« Thamsen fragte sich, ob Meister eine Vorstellung über die Personalkapazitäten ihrer Dienststelle hatte. »Nein, wir hoffen hier eher auf Hinweise aus der Bevölkerung.«

»Etwa von deinem Hilfssheriff?« Auch die Husumer wussten von Haie Ketelsen.

»Oder von jemand anderem.«

Elke traute sich in ihrem Versteck kaum, Luft zu holen. Warum nur war sie in Deckung gegangen? Wenn Frank Carstensen sie hier entdeckte, wie sah das aus? Was sollte sie sagen? Ihr Herz hämmerte in ihrer Brust, sie bekam langsam, aber sicher eine Panikattacke und musste dringend auf Toilette. Dennoch versuchte sie, den Blick auf den Eingang gerichtet zu halten. Dort stand Frank Carstensen nach wie vor mit dem Rücken zu ihr und redete mit Regina.

Elke schob sich ein wenig vor, doch es drangen nur Wortfetzen an ihr Ohr, die sie nicht sinnhaft zusammensetzen konnte. Dann sah sie, wie Frank Carstensen sich vorbeugte, Regina umarmte und – Elke vergaß zu atmen – küsste. »Nee, nä«, entfuhr es Elke, zum Glück sehr, sehr leise. Das ist ja wohl … Der Ehemann ist noch nicht mal unter der Erde und Regina turtelt mit dem Bruder rum, empörte sie sich in Gedanken und beobachtete dabei, wie Frank in den Wagen stieg und rückwärts aus der Auffahrt fuhr. Elke machte einen Schritt weiter in den Busch hinein und spürte, wie sich die Äste in ihren Haaren verhakten. Sie wartete reglos, bis es still geworden war, dann trat sie hinaus aus dem Gebüsch.

»Das ist ja echt …« Sie fand immer noch keine Worte. Doch nun wollte sie erst recht der Witwe kondolieren, um deren Reaktion zu sehen. Vorsichtshalber wartete sie einen weiteren Moment. Nicht dass der Verdacht entstand, sie könne die beiden gesehen haben. Dann ging sie auf die Tür zu und klingelte.

Es erklang eine Melodie und kurz darauf öffnete Regina Carstensen die Tür. Das Erstaunen stand ihr ins Gesicht geschrieben. Mit ihr schien sie nicht gerechnet zu haben, aber da war noch eine weitere Regung, die sich in Regina Carstensens Miene abzeichnete. Elke deutete sie als Angst.

Sie kramte in ihrer Handtasche nach der Kondolenzkarte, die sie Regina reichte. Dabei fiel ihr die exklusive Kleidung und vor allem der Schmuck auf, den die ehemalige Freundin trug und der äußerst teuer wirkte.

»Eigentlich wollte ich nur die Karte einwerfen, aber ich dachte …«

»Wie nett von dir. Komm rein.«

Elke trat sich die Schuhe an der Matte ab und tapste vorsichtig in den Flur.

»Magst du einen Kaffee?«

»Ich möchte keine Umstände machen.«

»Das macht keine«, erwiderte Regina Carstensen und stöckelte auf ihren Pumps voraus in die Küche. »Kaffee, Cappuccino oder lieber einen Latte?«

»Ja, also einen Kaffee würde ich nehmen.«

Elke folgte der Witwe in die Küche, wo ein Kaffeevollautomat der oberen Preisklasse stand. Solch einen Luxus konnte sie sich nicht leisten. Als sie an der Tasse nippte, fand sie allerdings, dass ihr von Hand gefilterter Kaffee dem aus der Luxusmaschine in nichts nachstand.

»Das ist schrecklich mit Carsten«, begann sie dann das Gespräch. »Es tut mir wirklich leid.«

»Ja, ich kann es auch noch gar nicht fassen. Von jetzt auf gleich ist er tot.« Regina Carstensen setzte sich an den Tisch, an dem sie zuvor Elke einen Platz angeboten hatte. Sie nippte an ihrem Cappuccino.

»Einfach so in der Bahn. Weißt du denn, wo er hinwollte?«

Regina Carstensen zuckte mit den Schultern und blickte sie an. Ein kleiner Milchschaumbart hatte sich auf ihrer Oberlippe gebildet. »Er ist morgens ganz früh aus dem Haus.«

»Und hat nicht gesagt wohin?«

»Ich habe nicht gefragt, nahm an, es sei etwas mit den Tieren im Labor.«

»Ach ja, das Labor. Meinst du, es hat etwas mit den Versuchen zu tun?«

Regina Carstensen runzelte leicht die Stirn. »Möglich, obwohl, ich weiß nicht und die Polizei weiß auch nichts. Das ist doch furchtbar, dass er einfach umgebracht wird und es keine Spur gibt.« Sie schluchzte laut.

»Die Polizei tut wahrscheinlich ihr Möglichstes, aber wenn selbst du nicht wusstest, was er vorhatte und ob er bedroht wurde.«

Elke beobachtete ihr Gegenüber genau. War die Trauer nur gespielt? Hatte Regina gar selbst etwas mit dem Mord an Carsten zu tun? Sie schnäuzte sich laut und trank dann erneut von ihrem Cappuccino.

»Was sagt Frank denn? Wusste er nicht Bescheid?«

Die Witwe horchte auf. »Frank? Nee, woher denn?«

»Die beiden arbeiten schließlich zusammen und sind Brüder.« Nun nahm auch Elke einen Schluck von ihrem Kaffee.

»Was heißt das schon?«, entgegnete Regina.

»Wie meinst du das?«

»Carsten und Frank waren nicht nur äußerlich verschieden, in der Firma hatte jeder seinen Bereich. Frank weiß von nichts.«

»Und du hast nicht mal einen Verdacht? Vielleicht hatte er eine Geliebte?« Elke lehnte sich nun immer weiter aus dem Fenster.

»Was soll das hier? Warum bist du gekommen? Schickt Haie dich oder brauchst du nur Stoff für Helene?« Regina war aufgestanden und verschränkte die Arme vor der Brust.

Elke stellte ihre Tasse ab. »Ich dachte, weil wir früher ...« Sie stockte und stand auf. »Aber ich habe mich wohl getäuscht.« Oder auch nicht, fügte sie in Gedanken hinzu.

11. KAPITEL

»Ich muss dringend nach Düsseldorf.« Thamsen war nach Hause gefahren und packte ein paar Sachen in eine Reisetasche.

»Und lässt mich mit alldem hier wieder einmal alleine.« Dörte stand im Türrahmen, die Hände in die Hüften gestemmt.

»Es ist beruflich, ich mache keinen Urlaub.«

»Immer ist alles beruflich«, entgegnete sie und verschwand in die Küche. Thamsen seufzte, als er ins Bad ging und seinen Kulturbeutel suchte.

Es war sicherlich nicht leicht für Dörte, er verstand sie ja – zumindest zum Teil. Aber sie arbeitete nicht, kümmerte sich zwar um die Kinder, die jedoch einen großen Teil des Tages anderweitig betreut wurden. Er war nun einmal zuständig für den Verdienst der Familie und momentan bedeutete das, dass er einen Mordfall zu klären hatte, für dessen Ermittlungen er nach Düsseldorf fahren musste. Wieso konnte Dörte das nicht verstehen?

Gut, er freute sich zumindest ein wenig, mal aus dem gewohnten Trott herauszukommen. Viel zu selten fuhren sie in Urlaub oder machten Ausflüge, sodass er so gut wie nie etwas anderes zu sehen bekam. Aber die Fahrt nach Düsseldorf war alles andere als Urlaub, schließlich musste er mit den Kollegen vor Ort zusammenarbeiten und Ermittlungen anstellen. Das war kein Vergnügen, jedenfalls nicht nach der Mail, die er erhalten hatte. Er schätzte die Düsseldorfer Kripo nicht viel kooperativer ein als die Husumer.

Er stellte die Tasche in den Flur und ging zu Dörte in die Küche, die die Spülmaschine ausräumte. Zumindest den Haushalt hatte sie mittlerweile im Griff. Es gab Zeiten, da sah es bei ihnen aus … Thamsen mochte nicht daran zurückdenken.

»Jetzt schmoll doch nicht. Ich würde auch lieber hierbleiben.«

»Wirklich?« Dörte zog die Augenbrauen hoch.

Er nahm sie in den Arm. »Wenn der Fall gelöst ist, dann machen wir ein paar Tage frei.«

»Das sagst du immer.«

Haie saß mit Tom am Küchentisch und trank Kaffee. Der Freund war gerade von seinem Kongress in Wien nach Hause gekommen und sah reichlich müde aus.

»Und was gibt es Neues?«, erkundigte er sich trotzdem.

»Och, bisher nicht viel. Ich habe Dirk gestern noch von meinem Ansatz berichtet, aber seitdem nichts von ihm gehört. Wahrscheinlich liege ich daneben.«

Haies Stimme klang demotiviert, was Tom ein wenig erstaunte. So kannte er den Freund gar nicht. Er war doch sonst stets Feuer und Flamme, wenn es einen Mordfall aufzuklären galt. Ob es am Alter lag, dass

Haies Begeisterung nachließ, oder beschäftigte ihn etwas anderes?

»Was ist denn los?«

»Ach, ich denke nur nach«, gab Haie zu.

»Worüber?«

»Niklas hat doch Besuch von einem Freund und der ist irgendwie merkwürdig.«

»Inwiefern?«

»Weiß nicht.« Haie zuckte mit den Schultern. »Aber ich habe das Gefühl, bei dem stimmt zu Hause etwas nicht.«

»Wie kommst du darauf?«

»Ich habe vorhin gefragt, ob er ein paar Kekse wollte, aber er sagt, seine Eltern erlauben ihm keine Süßigkeiten.«

»Kann doch gut möglich sein?«

»Klar, schon, aber welches Kind hält sich schon an solche Verbote, wenn die Eltern nicht da sind?«

»Vielleicht mag er keine Kekse«, mutmaßte Tom und goss sich eine weitere Tasse Kaffee ein. »Außerdem bleiben so mehr für uns«, grinste er, als er sich anschließend einen Hafertaler nahm.

»Niklas hat erzählt, die Mutter sei krank.«

»Dann ist es doch gut, wenn der Junge mal zu Hause rauskommt.«

»Hast recht. Wahrscheinlich ist auch nichts«, stimmte Haie Tom zu und griff nun selbst nach einem Keks.

»Du bist immer übersensibel, wenn es um die Freunde von Niklas geht. Da ist bestimmt nichts.« Tom stopfte sich ebenfalls ein Plätzchen in den Mund.

Plötzlich ertönte die Türglocke. Haie sah Tom fragend an. Wer klingelte bei ihnen? Jeder, der sie kannte, wusste, dass die Tür immer offen stand.

»Bestimmt die Zeugen Jehovas, die waren lange nicht hier«, bemerkte Haie und Tom bot an, aufzustehen und sie abzuwimmeln.

Kurz darauf kam der Freund zurück in die Küche.

»Das ging aber schnell. Wie bist du sie losgeworden?« Hinter Tom tauchte plötzlich das Gesicht von Elke auf, deren Miene sich fragend zusammenzog. Auch Tom versuchte mit den Augen eine Frage an den Freund zu richten, aber der war so perplex, dass er nicht wusste, wie er reagieren sollte. »Elke«, entfuhr es ihm lediglich. »Du hier?«

»Also, wenn ich ungelegen komme …« Sie blickte zwischen Haie und Tom hin und her. Anscheinend hatte sie gehofft, Haie allein anzutreffen. Nun stand sie unschlüssig in der Küchentür, knetete die Hände ineinander und trippelte von einem Fuß auf den anderen.

»Nein, nein, setz dich doch«, bot Haie schließlich an. »Willst du einen Kaffee?«

»Gerne.«

Tom, der ohnehin noch stand, holte eine Tasse aus dem Küchenschrank, und Haie goss den Kaffee für Elke ein.

»Was treibt dich her?«, wollte Tom nun endlich wissen, da sie an der Tür nur gesagt hatte, sie müsse Haie sprechen.

»Nun«, antwortete sie und schaute dabei zu Haie. »Ich war bei Regina.«

»Was?«, entfuhr es ihm.

Elke nickte mit einem leicht triumphalen Lächeln im Gesicht.

»Aber du hast doch gesagt, du hast keinen Kontakt mehr zu ihr.«

Tom musste unweigerlich grienen. Anscheinend hatte der Freund seine Exfrau zur Spionage angestiftet. Das Feuer schien also doch noch in Haie zu lodern – selbstverständlich nur jenes für die Ermittlungen, jedenfalls hoffte er das.

»Ich weiß, aber das hat mir keine Ruhe gelassen und da bin ich hin und wollte ihr mein Beileid aussprechen.«

»Und?«

»Frank war bei ihr, und du hattest recht. Die beiden haben eine Affäre.«

»Nee. Woher weißt du das?« Haies Wangen glühten.

»Ich habe gesehen, wie sie sich geküsst haben«, berichtete Elke mit ebenfalls geröteten Wangen.

»Die haben dich aber hoffentlich nicht gesehen, oder?«

»Nein, wo denkst du hin«, brüstete sie sich, als sei sie eine erfahrene Ermittlerin.

Toms Grinsen verstärkte sich.

»Ich war getarnt und anschließend habe ich mir nichts anmerken lassen.«

»Und was hat Regina gesagt?«

»Leider nicht wirklich etwas Interessantes. Aber wahrscheinlich hast du recht, und der Mord hat etwas mit dem Verhältnis der beiden zu tun. Sie war jedenfalls recht komisch, als ich mich nach Frank erkundigt habe.«

»Inwiefern?«

»Sie hat mich quasi rausgeworfen.«

Kurz vor Hamburg wurde der Verkehr dichter. Dirk war zu solch einer ungünstigen Zeit losgefahren, dass er nun in den Feierabendverkehr kam. Er hoffte, den Rest der Strecke schneller bewerkstelligen zu können, aber früher war er einfach nicht weggekommen, da er noch einiges vor seiner Abreise hatte regeln müssen. Er hoffte, übermorgen zurück zu sein. Auch wenn er nicht aus der Welt war und jederzeit zu erreichen war, hatte er Ansgar einige Aufgaben übertragen und auch die anderen Mitarbeiter über seine Abwesenheit informiert.

Ab dem Kreuz Nordwest ging plötzlich nichts mehr voran, und er überlegte abzufahren und einen befreundeten Kommissar anzurufen. Aber Thamsen hatte kein Hotelzimmer in Düsseldorf gebucht und musste sich daher noch eine Unterkunft suchen, was sicherlich zu späterer Stunde nicht unbedingt leichter werden würde. Also quälte er sich durch den langsam fließenden Verkehr, der sich tatsächlich hinter Hamburg auflöste.

Um Bremen herum gab es noch einmal ein paar Stockungen, dann aber lief der Verkehr flüssig und in weiteren drei Stunden hatte er Düsseldorf erreicht.

Er war froh, ein Navigationsgerät dabeizuhaben, denn im Gegensatz zu Norddeutschland, wo es recht wenige Autobahnen gab, verwirrte ihn das Geflecht aus Straßen und Kreuzen. Es erschien ihm, als ginge eine Stadt in die andere über, und er stellte fest, wie sehr er doch die Weite der Landschaft in Nordfriesland liebte, wenngleich sie ihm manchmal öde erschien, aber hier sah er im Prinzip nicht mal Landschaft zwischen den Städten.

Düsseldorf als solches war jedoch sehr schön, zumindest um die Königsallee herum und die Altstadt, musste Thamsen feststellen. Er hatte sich von seinem Navi ein paar Hotels anzeigen lassen und steuerte das erste am Carlsplatz an.

»Mein Herr, es ist Messe, das tut mir leid, aber ich fürchte, da werden Sie heute kein Glück haben.« Bedauernd blickte ihn der Mann an der Rezeption an.

»Wie, was heißt das?«

»Dass die Stadt seit Wochen ausgebucht ist. Warum haben Sie denn nicht reserviert?«

»Weil ich unerwartet hier zu tun habe. Und nun?« Thamsen fühlte sich ratlos. Er kannte sich in der Stadt nicht aus und hatte keine Ahnung, wo er unterkommen konnte.

»Sie können es natürlich woanders versuchen, aber viel Hoffnung kann ich Ihnen nicht machen.«

Dirk bedankte sich und steuerte ein Hotel einige Straßen weiter an, doch auch dort schüttelte man den Kopf und er erhielt im Prinzip dieselbe Auskunft.

»Mist«, fluchte er leise beim Verlassen des Hotels. Was sollte er nun machen? Mit so etwas hatte er wirklich nicht gerechnet. Er wählte die Nummer von Rolfs, Dörte wollte er damit nicht belasten.

»Nee, Chef«, antwortete der, als er die Suche im Internet eingegeben hatte, »ein Zimmer im Steigenberger wäre noch frei. Moment … Oh, ich weiß nicht, ob das

Polizeibudget das hergibt. Es ist nur noch die Suite frei und die kostet 1.250 Euro die Nacht.«

»Was?« Dirk schluckte. »Und wenn du mal im Umland schaust? Kannst du mir da etwas buchen?«

Was blieb ihm anderes übrig? Nun erwies es sich von Vorteil, dass die nächste Stadt nicht weit entfernt lag.

»Ist Duisburg genehm?«

»Also ich glaube es nicht«, bemerkte Tom, nachdem Elke gegangen war, »jetzt stiftest du schon deine Exfrau an, sich als Ermittlerin zu betätigen.« Er grinste.

»Ich habe sie nicht angestiftet.«

»Sondern?«

»Na ja, vielleicht ein wenig«, gab Haie zu. »Aber es ist doch erstaunlich, was sie rausgefunden hat, und bringt Dirk auf jeden Fall weiter.«

»Was denn?« Tom war ziemlich skeptisch, dass Elkes Amateurermittlungen der Polizei in dem Fall wirklich nützlich waren.

»Na, dass die Witwe und der Bruder des Opfers ein Verhältnis haben. Das ist doch beinahe ein Beweis.«

»Ich weiß nicht. Was soll das denn deiner Meinung nach beweisen?«

»Auf jeden Fall hatten die beiden ein Motiv, und Frank Carstensen kam bestimmt an das Gift. Wer sonst sollte Schlangengift besorgen können?«

Das war ein valider Punkt, musste Tom eingestehen. Schließlich konnte man nicht einfach in einen Laden gehen und Schlangengift kaufen. Wie wurde das überhaupt hergestellt?

»Ich habe mal im Fernsehen gesehen, dass die Schlangen gemolken werden. Die müssen in ein mit Folie bespanntes Gefäß beißen«, erklärte Haie.

»Und wie viel Gift wird so erzeugt? Reicht einmal melken, um einen Menschen damit umzubringen?«

»Keine Ahnung, aber Frank Carstensen wird das sicherlich wissen.«

»Wieso, ich dachte der Tote war Tierarzt?«, gab Tom zu bedenken.

»Schon, aber Frank sitzt ja an der Quelle, der kann das sicherlich leicht herausfinden. Das ist ein ziemlich starkes Indiz, oder nicht? Außerdem wird Carsten seinen Mörder wahrscheinlich gekannt haben, denn ein Streit oder ein Handgemenge in der Kleinbahn wäre auf jeden Fall aufgefallen, oder was meinst du?«

»Sind denn um diese Zeit bereits so viele Leute mit der Bahn unterwegs?«

»Keine Ahnung«, musste Haie eingestehen, »aber die Gefahr bestand und der setzt man sich als Täter doch nicht unbedingt aus, oder?«

»Was hat er überhaupt in der Bahn gewollt? Wo wollte er hin?«

»Hast ja selbst gehört, was Elke gesagt hat. Regina wusste auch nicht, wo ihr Mann hinwollte.«

»Oder sie verschweigt es.«

12. KAPITEL

Dirk wachte am nächsten Morgen schlecht gelaunt auf. Das Hotel, das Ansgar ihm gebucht hatte, war mehr als hellhörig. Er hatte die ganze Nacht kaum ein Auge zugetan. Gestern Abend hatte er aus Mangel an Alternativen in einem Dönerladen das Sultan Menü bestellt, was er die gesamte Nacht bereut hatte, denn der Döner hatte ihm wie ein Stein im Magen gelegen.

Dirk sprang unter die Dusche, trocknete sich mit einem recht abgenutzten Handtuch ab und machte sich auf zum Frühstücksraum. Das überschaubare Buffet sah nicht besonders verlockend aus, aber ohne Kaffee würde er die Strecke bis Düsseldorf nicht schaffen, daher trank er zumindest eine Tasse und machte sich dann auf den Weg.

Bei Tageslicht betrachtet wirkte Duisburg noch trostloser als am Abend. Welch krasser Gegensatz zu Düsseldorf, wo ganz offensichtlich mehr Kapital ansässig war als hier.

Bis Düsseldorf war es zwar kein besonders langer, dafür aber ein quälender Weg, denn die Blechlawine Richtung Rheinmetropole bewegte sich schleppend langsam auf der total verstopften Autobahn voran. So viel Verkehr und das vermutlich jeden Tag, da lobte sich Thamsen seinen kurzen Arbeitsweg, auf dem höchstens die Verkehrsampel und der Kreisel ein Hindernis darstellten.

Gut eine Dreiviertelstunde später erreichte er endlich das Polizeipräsidium in Düsseldorf, wo allerdings das nächste Problem auf ihn wartete: Der Besucherparkplatz war belegt und weitere Stellplätze waren durch eine Schranke gesichert, für die er keine Zufahrtsberechtigung hatte. Er kreiste ein paarmal ums Präsidium, bis er in einer Nebenstraße schließlich eine Lücke am Straßenrand fand. Mit energischen Schritten stapfte er zum Polizeigebäude.

»Ich möchte zu Hauptkommissar Hagen Brandt«, nannte er den Grund seines Besuchs und legte seinen Dienstausweis vor.

»Ich glaube, der ist noch nicht …«, der ältere Mann reckte seinen Kopf und schüttelte ihn dann, »da.«

Thamsen drehte sich um. In seinem Rücken befand sich ein Fahrradständer. Schlau, dachte er, der kommt vermutlich mit dem Rad, wenn er in der Stadt wohnt. »Kann ich warten?«, wandte er sich wieder an den Herrn vom Empfang.

»Selbstverständlich.« Der Ältere wies ihm den Weg ins Foyer, wo Dirk sich suchend umschaute. Ein Paternoster dominierte die Eingangshalle von der sternförmig Flure abgingen. Sitzmöbel gab es wenige, dafür Skulpturen. Er trat an eine heran und las Titel und Namen des Künstlers, als er plötzlich seinen Namen hörte.

»Mögen Sie Kunst?« Ein Mann in Cordhose und mit

rosiger Gesichtsfarbe, etwa in seinem Alter, war neben ihn getreten.

Thamsen zuckte die Schultern. »Manchmal.«

Hagen Brandt grinste. Warf dann einen Blick auf die Skulptur. »Ich verstehe, was Sie meinen. Kommen Sie, haben Sie heute schon einen anständigen Kaffee gehabt? Wo sind Sie überhaupt untergekommen? In der Stadt ist doch Messe.«

Der Kollege war Dirk sofort sympathisch. »In Duisburg«, entgegnete er.

»Duisburg?« Brandt runzelte die Stirn. »Na, da haben Sie ja gleich einen tollen Eindruck von uns hier im Rheinland gewonnen. Ich wette, Sie haben auch keinen Parkplatz vorm Präsidium bekommen?«

Thamsen schüttelte den Kopf.

»Oje, wie kann ich das nur wiedergutmachen?«

»Vielleicht mit einem Kaffee?«

»Das lässt sich machen. Kommen Sie.«

Ähnlich wie sein Freund Tom, der nie mit dem Aufzug fuhr, wählte Brandt die Treppe anstelle des Paternosters. Das Polizeipräsidium war im Vergleich zu Thamsens Dienststelle riesig. Sie gelangten erst über mehrere Flure zum Büro des Kommissars. Dort stand eine Nespressomaschine, die Hagen Brandt sofort anschaltete, ehe er seine Jacke über einen Stuhl warf und Thamsen anbot, Platz zu nehmen.

»Sie hatten gemailt wegen irgendeines Kosmetikunternehmens, stimmt's?«

Dirk nickte und fragte sich, ob die Antwort auf seine Nachricht von Brandt verfasst worden war. Als könne sein Gegenüber Gedanken lesen, entgegnete der: »Wahrscheinlich haben Sie keine so nette Antwort darauf erhalten?«

»Nun, also …«

»Wissen Sie, wir haben hier wirklich viel zu tun, aber einige Kollegen sind mehr als überlastet und treffen sicherlich nicht immer den richtigen Ton. Das ist bei Ihnen bestimmt nicht anders, oder?«

Thamsen schwieg, denn im Prinzip konnten sie sich nicht beschweren. Im Vergleich zu einer größeren Stadt ging es in Niebüll nun einmal beschaulicher zu. Gut, sie hatten auch immer zu tun, waren ausgelastet, aber eben nicht unbedingt überlastet – jedenfalls noch nicht, denn erst neulich hatte er wieder ein Rundschreiben gelesen, in dem das Innenministerium die Erweiterung der Aufgaben der Polizei in einigen Bereichen ankündigte.

»Aber wie genau können wir denn nun helfen?« Hagen Brandt setzte eine dampfende Tasse vor ihm ab.

»Wir haben einen Mordfall aufzuklären, und da ergaben sich im Laufe der Ermittlungen Verbindungen zu Beautyblue hier in Düsseldorf.«

»Inwiefern?« Brandt hatte sich selbst auch eine Tasse Kaffee gemacht und setzte sich nun zu ihm.

Während Thamsen die Sachlage schilderte, nippte der Düsseldorfer an seinem Getränk und nickte ab und zu.

»Wir haben vor Kurzem auch einmal gegen Beautyblue ermittelt. Verdacht auf Betrug, soweit ich weiß, warten Sie.« Brandt stand auf und verschwand für einen Augenblick, ehe er mit einem jungen Kollegen im Schlepptau kurz darauf zurückkehrte. »Das ist mein

Kollege Nils Teichert«, stellte er den Mann vor. »Nils, du hast doch Kontakte zum Betrugsdezernat, oder?«

»Ein Freund arbeitet dort.«

»Hast du mir nicht neulich erzählt, dass die gegen Beautyblue ermitteln?«

»Ja, aber soweit ich weiß, hat man da nichts gefunden.« Der jüngere Kollege ging hinüber zu Brandts Kaffeemaschine und bediente sich wie selbstverständlich.

»Weißt du, worum es ging?«

Teichert wartete mit seiner Antwort, bis der Kaffee durchgelaufen war. »Angeblich sollten irgendwelche Ergebnisse gefälscht sein, die die Marktzulassung für ein Präparat rechtfertigten.«

»Oh, Ergebnisse«, horchte Dirk auf. »Von was für einem Präparat?«

»Sorry, das weiß ich nicht mehr, aber wenn Sie wollen, kann ich mich da bei meinen Kollegen umhören.«

Haie war an diesem Morgen mit Tom zusammen nach Leck gefahren. Tom hatte einen Termin mit einem ehemaligen Mandanten und Haie wollte für Niklas im Sportgeschäft nach ein paar neuen Jogginghosen schauen. Zum Glück war der Kleine noch nicht so modebewusst, dennoch war Haie klar, dass er gerne ein paar Markenhosen gehabt hätte, und er wollte ihm diesen Wunsch erfüllen.

Im Prinzip tat Haie fast alles für den Jungen. Er sah in ihm seine Freundin Marlene weiterleben und fühlte sich ihr gegenüber verpflichtet. Obwohl er eigentlich wusste, dass Marlene dem Kind nicht alles erlaubt und es wahrscheinlich nicht derart verwöhnt hätte wie er.

Haie betrat den Sportladen in der Hauptstraße des Ortes und blickte sich um. Jetzt, am Vormittag, war nicht viel los und die Verkäuferin erspähte ihn natürlich sofort.

»Kann ich helfen?«

»Nee, ich guck nur mal«, erklärte Haie und war froh, als die Frau sich tatsächlich zurückzog. Er hasste nichts mehr, als beim Einkauf beobachtet zu werden. In der linken Ecke sah Haie die Kinderabteilung und ging hinüber. Schnell hatte er gefunden, wonach er suchte. Ein Blick auf das Preisschild ließ ihn jedoch schlucken. So viel Geld für so ein bisschen Stoff, dachte er und begann, den Ständer nach einer günstigen Alternative abzusuchen, als er plötzlich eine Frauenstimme aus der Umkleidekabine hinter sich hörte.

»Mensch, ich glaube, ich probiere doch mal so eine Anti-Aging-Creme aus. Guck dir mal die Falten hier an.«

Unweigerlich drehte Haie sich um. Es gab nur eine Kabine, allerdings entdeckte er vier Füße in dem Streifen zwischen Boden und Vorhang.

»Bist du dir sicher?«, hörte er nun eine andere Stimme. »Guck dir doch die Botoxfressen an, wie entstellt die Leute aussehen.«

»Botox, ts, davon habe ich auch nicht gesprochen. Es gibt da doch was relativ Neues mit Schlangengift.«

Bei dem letzten Wort wurde Haie sofort hellhörig. Er trat ein paar Schritte näher an die Kabine heran.

»Ich weiß nicht, ist das denn schon richtig erprobt?«

»Nehme ich doch an, sonst dürfte das nicht verkauft werden.«

»Ja, aber Botox ist auch auf dem Markt.«

»Aber das soll viel besser sein.«

Der Vorhang wurde plötzlich zur Seite geschoben. Zwei relativ junge Frauen traten aus der Kabine und musterten Haie argwöhnisch. Der wedelte demonstrativ mit der Sporthose in seiner Hand.

»Entschuldigung, ich habe da zufällig gerade gehört, wie Sie über Schlangengift gesprochen haben.«

»Hä?« Eine der beiden Frauen kniff die Augen zusammen.

»Na, dieses neue Mittel gegen Falten.«

Plötzlich breitete sich ein Grinsen auf den Gesichtern der Frauen aus.

»Wieso, wollen Sie das ausprobieren?«

Haie spürte, wie ihm das Blut in die Wangen schoss. »Nee, ich meine nur …«, stammelte er.

»Wenn die Falten erst mal richtig da sind, bringt das auch nichts mehr. Nichts für ungut.« Eine der beiden Frauen klopfte ihm auf die Schulter.

Haie verschlug es die Sprache. Sonst war er nicht auf den Mund gefallen, aber es fiel ihm partout nichts ein, was er darauf erwidern konnte.

Als Tom ihn später aufsammelte, war er immer noch ein wenig durch den Wind.

»Na, was hast du denn?«

»Ach, ich habe mitbekommen, dass auch hier solche Mittel mit Schlangengift genommen werden.«

»Warum denn auch nicht?«, fragte der Freund. »Wir wohnen hier schließlich nicht hinterm Mond.«

»Nee, aber hinterm Deich.«

»Jungs, das ist ein Kollege aus Norddeutschland«, stellte Teichert Dirk vor. »Die haben da einen Mordfall, in dem auch Beautyblue eine Rolle spielt.«

»Aha, inwiefern?« Der Kollege klang nicht besonders interessiert und musterte Thamsen von seinem Schreibtisch aus.

Dirk wiederholte die Sachlage.

»Interessant«, kommentierte der Beamte gelangweilt. »Wir konnten denen damals nichts nachweisen.«

»Haben Sie denn auch das Labor, das die Ergebnisse geliefert hat, überprüft?«, fragte Thamsen.

»Das Übliche, Unternehmen und die verantwortlichen Personen durchs Raster laufen lassen, aber da schien alles okay. Und was sollten die auch für einen Grund gehabt haben, falsche Ergebnisse zu liefern?« Der Mann blickte auf den Bildschirm seines Computers, während er antwortete.

Thamsen konnte sich zwar mindestens einen Grund dafür vorstellen, schwieg aber lieber.

»Wenn, dann war das bestimmt dieser Felix Roth – ganz schöner Lackaffe, wie der schon aussieht«, lästerte nun ein anderer Mitarbeiter aus dem Team. »Ist bestimmt selbst sein bester Kunde.«

»Sie haben ihn befragt?«, erkundigte Dirk sich.

»Ja, natürlich, aber der ist aalglatt. Aus dem kriegt man nichts raus.«

»Echt? Meinem Mitarbeiter hat er drei weitere Firmen genannt, die ihm angeblich an den Karren fahren wollen und deshalb den Laborinhaber umgebracht haben könnten.«

»Hä, aber was hätten die davon?« Beide Beamte schauten ihn an.

»Angeblich will die Konkurrenz ihn aus dem Verkehr ziehen und ihm deswegen einen Mord anhängen.«

»Der wird ja immer abgedrehter«, kommentierte einer der Kollegen die Aussage Roths.

»Wieso, es heißt doch, die gehen über Leichen in der Branche«, mischte Teichert sich nun ein.

»Ja, wenn ihr meint.« Die Männer wandten sich wieder ihrer Arbeit zu. »So würde ich den zwar nicht einschätzen, aber ihr könnt ihn ja selbst noch mal verhören. Wir konnten dem nichts nachweisen, außer einer Art Teflonbeschichtung.«

13. KAPITEL

Wenig später fuhr Thamsen zusammen mit Brandt zu Beautyblue. »Danke, dass Sie mitkommen«, bemerkte Dirk, während er sich durch den dichten Verkehr quälte.

»Ist doch selbstverständlich. Müssen wir ja sogar, denn das ist ja nicht Ihr Zuständigkeitsbereich.«

Thamsen nickte, während er den Anweisungen des Navis folgte und bald darauf von einer Straße am Rhein abbog, um auf einen Parkplatz zu fahren.

»Oh«, entgegnete er, als er das Firmengebäude sah, »ich dachte, das wäre hier auch die Produktionsstätte.«

»Nee, die sitzen woanders, dafür ist Düsseldorf zu teuer. Die meisten Firmen haben zwar ihren Sitz hier, aber lassen woanders produzieren«, entgegnete Brandt und stieg aus.

»Das ist bei uns ein wenig anders, wobei so viele große Firmen gibt es in Nordfriesland nicht.« Thamsen fühlte sich wie das Landei schlechthin. Er folgte dem Kollegen zum Eingang.

»Wenn Sie keinen Termin haben«, sagte die Dame am Empfang, »kann ich da leider nichts für Sie tun.«

»Fräulein, vielleicht fragen Sie zumindest mal, ob er mit uns sprechen oder lieber vorgeladen werden will.« So schnell ließ Brandt sich nicht abwimmeln.

»Gut, na dann.« Die Frau wirkte sehr jung und Dirk sah ihr an, dass sie Angst hatte, etwas falsch zu machen. Mit zitternder Hand nahm sie den Telefonhörer auf und wies dabei gleichzeitig in Richtung einer Sitzecke. »Meine Kollegin holt Sie gleich ab.«

Nur wenig später stolzierte eine Dame auf sie zu und wirkte dabei, als sei sie aus einem Modeheft gefallen. Thamsen verschlug es beinahe die Sprache. So eine hübsche Frau hatte er lange nicht gesehen. Unweigerlich drängte sich ihm Dörtes Bild auf, die meist im Schlabberpullover und Jogginghose zu Hause mit den Kindern rumtobte. Gut, wies er sich zurecht, es kommt auf die inneren Werte an, musste sich aber eingestehen, dass die Frau ihn faszinierte. Schweigend folgten Brandt und er ihr zu einem Büro.

Die Kollegen vom Betrugsdezernat hatten nicht übertrieben. Felix Roth sah aus wie aus dem Ei gepellt. Glatte Babypopohaut, und das, obwohl Thamsen ihn auf mindestens 50 schätzte. Er lächelte falsch und brachte dadurch gebleichte Zähne zum Vorschein, sodass Dirk sich beinahe für seine gepflegten, aber bei Weitem nicht so weißen Zähne schämte und deshalb kaum den Mund öffnete, als er seine Fragen stellte.

»Aber ich habe doch Ihrem Kollegen schon gesagt, dass wir mit der Firma nichts mehr zu tun haben.«

»Wieso nicht? Haben die nicht gut gearbeitet?«

»Doch, doch«, beeilte Roth sich zu antworten, »aber wir hatten in letzter Zeit kaum neue Studien, jedenfalls keine, die in das Profil des Labors passten.«

»Profil?« Dirk runzelte die Stirn.

»Wir haben neue Anweisungen, und da passte das Labor aus Norddeutschland nicht zu den Policies.«

»Vielleicht weil es sich weigerte, Ergebnisse zu fälschen?« Dirk zuckte zusammen, als Brandt sich in die Befragung einmischte. Er hielt die Taktik nicht gerade für klug, war dennoch gespannt darauf, wie Roth reagieren würde.

»Wir fälschen hier nichts.«

»Habe ich auch nicht gesagt, aber das Labor vielleicht.«

»Das ist mir nicht bekannt.«

»Trotzdem würde es letztendlich auf Sie als Firma zurückfallen. Und überhaupt, muss man nicht Vergleichsstudien anstellen? Was ist, wenn das Präparat Schäden anrichtet? So wie bei diesen Silikonimplantaten aus Frankreich. Wer haftet denn da?« Brandt redete sich förmlich in Rage.

»Also nun vergleichen Sie aber Äpfel mit Birnen. Und ich kann Ihnen versichern, hier geht alles mit rechten Dingen zu. Ihre Kollegen haben jedenfalls nichts gefunden. Vielleicht kümmern Sie sich doch lieber mal um meine Konkurrenten? Ich habe schon ausgesagt, dass ich vermute, man will uns den Mord eventuell anhängen. Daher auch das Schlangengift.« Felix Roth, in dessen Gesicht sich rote Flecken gebildet hatten, verschränkte die Arme vor der Brust und signalisierte damit, dass er das Gespräch für beendet hielt.

Thamsen fragte sich, ob er mit seiner Taktik weitergekommen wäre, aber wenn er sich den Typen so anschaute, bezweifelte er das. Schließlich hatte selbst

Ansgar nicht mehr aus Roth herausbekommen, und er bereitete seine Gespräche immer taktisch gut vor.

Sie verabschiedeten sich für den Moment.

»Der ist wirklich aalglatt«, bestätigte Brandt das Urteil der Kollegen, als sie zu Thamsens Wagen gingen. »Irgendwie …«

»Irgendwie was?« Dirk horchte auf. War ihm etwas entgangen?

»Ich weiß nicht«, winkte Brandt jedoch ab. »Wollen Sie noch die anderen Firmen, die genannt worden sind, überprüfen?«

»Auf jeden Fall. Wenn ich schon mal hier bin.«

»Gut, dann fahren Sie mal da lang«, wies Hagen Brandt ihm den Weg.

»Heute Nachmittag kann ich nicht auf Niklas aufpassen und anscheinend hat keiner seiner Freunde Zeit.« Haie stand in der Tür zu Toms Büro.

»Was heißt das?« Tom blickte nicht mal vom Bildschirm auf.

»Dass du …«

»Wieso, was hast du denn vor?«

»Ich muss weg.«

»Und wohin?« Tom vermutete, dass Haie mal wieder in dem Mordfall ermittelte, und war neugierig, welchen Ansatz er wohl verfolgte.

»Hier und da … Habe halt einiges zu erledigen.«

»Aha.«

»Also, kannst du Niklas übernehmen?«

»Jaja«, gab Tom sich geschlagen, wenn die Mission

so geheim war, würde Haie momentan sowieso nichts erzählen. Er hoffte nur, dass der Freund sich nicht in Gefahr brachte.

»Aber achte darauf, dass er nicht so viele Videospiele spielt.« Trotz allem vergaß Haie nicht seine Erziehungspflichten.

Wenig später holte er sein E-Bike aus dem Schuppen und fuhr in den Koog hinaus. Das Wetter war durchwachsen, und Haie fröstelte leicht, doch schnell hatte er sich warm getreten und kurz darauf bereits sein Ziel erreicht – das Labor von Carsten und Frank Carstensen.

Das Areal war durch einen hohen Zaun geschützt. Haie stieg von seinem Fahrrad ab und schob es bis zum Tor. Dort lehnte er es an den Zaun und schaute durch die Streben. Das Gelände wirkte verlassen, lediglich ein alter Fiat stand vor dem Gebäude. Er blickte sich ratlos um. Wie sollte er auf das Grundstück gelangen? Langsam ging er am Zaun entlang, doch der wies keine Lücke auf. Dann musste er halt klettern. Haie schwang seinen Fuß in eine der Maschen und zog sich mühsam nach oben. Er war keine 20 mehr, musste er feststellen. Die ungewohnte Anstrengung brachte ihn zum Schwitzen.

Als er leicht ächzend den zweiten Fuß in den Zaun setzte, hörte er eine harsche Stimme. »Was machen Sie da?«

Aufs Klettern fokussiert hatte er nicht bemerkt, wie sich von der anderen Seite des Zaunes eine Frau genähert hatte. Mit finsterer Miene blickte sie ihn an, während sie sich breitbeinig und mit den Händen in den Hüften vor ihm aufbaute.

Für einen Moment war Haie sprachlos, dann aber brach es aus ihm heraus. »Ich wollte zu Ihnen, aber am Tor habe ich keine Glocke gefunden.«

»Zu mir?« Die Frau schaute ihn argwöhnisch an.

»Ja«, nickte Haie. »Ich, also, na ja …« Er ließ sich langsam am Zaun hinuntergleiten und überlegte fieberhaft, was er antworten sollte. Schließlich arbeitete er nicht offiziell für die Polizei und hatte hier im Grunde genommen nichts verloren. »Ich komme wegen des Mordfalls.«

»Nicht wegen der Tiere?« Anscheinend hatte sie gedacht, er habe etwas anderes im Sinn.

»Nein, nein. Wo denken Sie hin«, beeilte er sich deshalb zu sagen.

»Nicht so weit, denn hier tauchen ständig Leute auf, die …« Sie zögerte, musterte ihn und entgegnete: »Kommen Sie doch zum Tor.«

Kurz darauf öffnete sie die Pforte und ließ ihn eintreten. »Aber was genau wollen Sie wissen, und in welchem Auftrag arbeiten Sie? Die Polizei hat Herrn Carstensen, soweit ich weiß, doch schon befragt.«

»Und Sie?«

»Mich nicht, aber ich habe mit dem Mord ja auch nichts zu tun«, beteuerte sie sogleich und hob dabei abwehrend die Hände.

»Nein, so meine ich das auch nicht, aber Sie haben ja mit Carsten Carstensen zusammengearbeitet.«

»Wenig, ich kümmere mich hier hauptsächlich um die Tiere.« Sie schaute zu Boden.

»Trotzdem haben Sie vielleicht mitbekommen, ob es

irgendwie …«, Haie machte eine Pause und suchte nach dem passenden Wort, »Ärger gab.«

»Ärger? Jede Menge. Wie gesagt, hier kommen ständig …«

»Das meine ich nicht.«

»Nicht?«

»Nee, ich dachte vielmehr an einen Streit zwischen den beiden Brüdern.«

»Also um ehrlich zu sein …«

»Ja?« Haie horchte auf.

»Neulich, da habe ich die beiden tatsächlich lautstark im Büro streiten hören.«

»Mensch, ist das Voraussetzung in der Branche, so aalglatt zu sein?«, bemerkte Thamsen, als sie das Büro von Ruhrkosmetik verließen. Es war die zweite Firma, die Felix Roth ihnen genannt hatte und die sie aufgesucht hatten. Bisher hatten die Gespräche allerdings keine bahnbrechenden Ergebnisse geliefert und langsam wurde es dunkel.

»Wollen Sie heute Abend noch zurück?«

»Eigentlich schon, aber irgendwie habe ich das Gefühl, wir sind hier noch nicht fertig.« Außerdem hatte Dirk wenig Lust, um diese Zeit noch gut fünf Stunden oder länger nach Hause zu fahren. Noch weniger Lust hatte er allerdings auf eine Diskussion mit Dörte, warum er heute nicht zurückkönne.

»Ich kenne da ein nettes Hotel bei mir um die Ecke, die haben bestimmt noch ein Zimmer und ein Alt, und einen Halven Hahn sollten Sie probieren, wenn Sie schon mal in Düsseldorf sind.« Hagen Brandt grinste ihn an, und Dirk fand, dass diese Einladung sehr verlockend klang. Er überlegte nicht lange und stimmte zu. Nach einem Bier konnte er ohnehin nicht mehr fahren und das würde Dörte auch verstehen und als vernünftig ansehen. Hoffte er zumindest.

Brandt lotste ihn zu einer versteckten kleinen Pension im Stadtteil Düsseltal. Der Kollege hatte nicht zu viel versprochen. In dem kleinen Hotel war tatsächlich noch ein Zimmer frei.

»In die Altstadt fahren wir am besten mit der Bahn«, schlug Hagen Brandt vor.

Gesagt, getan. Wenig später stiegen sie an der Heinrich-Heine-Allee aus und stürzten sich ins Getümmel. Die Atmosphäre, die Leute, das Bier, alles war so anders als in Niebüll. Thamsen genoss die gelöste Stimmung und schnell waren die Arbeit und Dörte vergessen. Fasziniert hörte er Brandt zu, der ihm einiges über Düsseldorf erzählte.

»Ich bin hier geboren, aber die Stadt hat sich ganz schön gewandelt seitdem. Manchmal ist es mir hier fast zu kirmelig.«

»Kirmelig?« Thamsen krauste die Stirn.

»Zu viel los.«

»Ach so.«

»Und bei dir?« Ohne großes Aufsehen waren sie zum Du übergegangen. Ganz so, als wäre es nie anders gewesen.

»Och, Niebüll ist ja eher beschaulich, außerdem gehe ich selten aus«, ergänzte Dirk. In dem Moment klingelte sein Telefon. »Entschuldige bitte«, sagte er zu Brandt und verließ das Lokal.

»Dirk? Wieso meldest du dich nicht?« Dörte klang leicht angesäuert.

»Wir stecken hier noch mitten in den Ermittlungen, entschuldige.« Musik drang aus der Kneipe, eine Gruppe grölender Junggesellen stolperte an ihm vorbei.

»Das höre ich«, bemerkte Dörte bissig.

»Nee, du ... hier ist einfach viel los.«

»Aha, und wann kommst du wieder nach Hause?«

»Ehrlich gesagt, ich weiß noch nicht genau, also morgen stehen noch weitere Befragungen an, hängt davon ab, wie wir da vorankommen.«

Es war nur eine Firma, die sie noch nicht besucht hatten, und wenn er da keine weiteren Ansätze fand, war seine Arbeit in Düsseldorf im Prinzip zunächst beendet. Aber irgendwas in ihm hegte den Wunsch, noch länger zu bleiben.

»Deine Kinder vermissen dich.«

»Und du?«, rutschte es ihm heraus.

Seit die Kinder auf der Welt waren, existierten sie als Paar kaum noch, manchmal hatte er das Gefühl, sich daran gewöhnt zu haben, aber wenn er mal aus seinem Trott herauskam, fiel ihm auf, dass er sich nach einem anderen Leben sehnte. Einem Leben mit einer Partnerin an seiner Seite und nicht nur mit einer Frau, die sich um die Kinder kümmerte.

»Auch«, tönte es aus dem Telefon, aber besonders überzeugend klang es für ihn nicht.

»Ich melde mich, sobald ich absehen kann, wann ich zurückkomme«, beendete er das Gespräch und ging zurück in die Gastwirtschaft.

»Neuigkeiten?« Brandt nahm an, dass Dirks Dienststelle ihn wegen des Falls angerufen hatte.

Thamsen schüttelte den Kopf. »Nee, eher Ärger. Meine Lebensgefährtin ...« Er hatte plötzlich das Bedürfnis, mit jemandem über seine Beziehung zu sprechen. Doch Brandt sah ihn ernst an.

»Du solltest dich um sie kümmern. Unser Job ist für unsere Familien nicht leicht.«

»Ja, ich weiß, aber wir haben noch zwei kleine Kinder.«

»Echt?« Hagen Brandt zog die Augenbrauen in die Höhe.

»Ja, so ganz geplant waren die von meiner Seite nicht, ich habe ja schon zwei erwachsene Kinder aus erster Ehe. Lotta und Hanno sind eher Nachzügler.«

»Aber du liebst sie?«

»Natürlich, es ist nur ...«

»Man ist nicht mehr der Jüngste. Stimmt's? Ich habe selbst ein Pubertier zu Hause.« Brandt lachte auf.

»Ja, schon, ich war lange alleine und dann traf ich Dörte. Eine Beziehung hatte ich mir gewünscht, aber seit die Kinder da sind ...«

»Ich nehme an, du kannst sie wenig unterstützen.«

»Kaum«, gab Dirk zu. »Ich bin Dienststellenleiter, da bleibt alles an mir hängen. Aber Dörte versteht das nicht.«

»Verstehst du sie denn?«

Thamsen überlegte. »Ehrlich gesagt, nein.«

»Ich kann dir nur einen Rat geben: Versau es nicht. Du hast nur dieses eine Leben – und sie auch«, fügte er etwas leiser an.

14. KAPITEL

Haies Wangen glühten, als er den Abendbrottisch deckte.

»Na, schönen Nachmittag gehabt?«, fragte Tom, als er in die Küche kam.

»Stell dir vor, die beiden Brüder haben Streit gehabt«, platzte Haie sofort mit den Neuigkeiten heraus.

»Sagt wer?«

»Britta Jürgensen, die Tierpflegerin, die in dem Labor arbeitet.«

»Und weiß sie auch warum?«

»Nee, aber das kann ja nur wegen der Frau sein, oder?«

Tom zuckte die Schultern. Er befürchtete, dass Haie sich in seine Idee verrannt hatte.

»Das wird Dirk sicherlich schon geklärt haben, der hat die doch garantiert befragt, deine Britta.«

»Eben nicht. Und nun versuche ich ihn seit Stunden zu erreichen, aber Ansgar sagt, er sei in Düsseldorf. Was der da wohl macht?«

»Bestimmt wegen dieser Kosmetikfirma.«

»Meinst du?« Haie fuhr sich mit der Hand durch sein Haar, das in der letzten Zeit merklich dünner geworden war.

»Hast du denn mit Ansgar über den Streit der Carstensens gesprochen?«

»Nee, meinst du, ich soll?«

Bisher waren Haies exklusive Insiderinfos stets Dirk vorbehalten. Aber der befreundete Kommissar war nun einmal nicht vor Ort, und was, wenn der Bruder sich nun mit der Witwe absetzte?

Haie ging ins Wohnzimmer und wählte die Nummer der Dienststelle. Er hatte Glück. Ansgar hatte mehr oder weniger Dirks Vertretung übernommen und saß noch im Büro.

»Ich kann Dirk nicht erreichen, habe aber ein paar Informationen«, begann Haie umständlich das Gespräch.

»Was denn für Informationen?«

Noch immer fiel es Haie schwer, jemand anderem außer Thamsen seine Hinweise mitzuteilen. Er musste sich regelrecht einen Ruck geben. »Die Tierpflegerin, habt ihr die befragt?«

»Soweit ich weiß, noch nicht. Wieso?«

»Sie hat mir etwas von einem Streit zwischen Carsten und Frank Carstensen erzählt, und Elke hat herausgefunden, dass die Frau von Carsten ein Verhältnis mit Frank hat.«

»Wie das denn?«

»Wie, wie das denn?« Haie wunderte sich über Rolfs' Frage und begann zu zweifeln, ob er gerade das Richtige tat.

»Sie hat die beiden zusammen gesehen.«

»Ach so.« Der Groschen schien gefallen zu sein und endlich hatte Haie das Gefühl, Ansgar sei interessiert an dem, was er herausgefunden hatte.

»Daher könnte es sein, dass Frank Carstensen seinen Bruder umgebracht hat, um bei dessen Frau freie Fahrt zu haben. Oder Regina und er haben sogar gemeinsame Sache gemacht, schließlich ist die schon mal durchgebrannt, und wer weiß, zu was allem die fähig ist«, redete sich Haie in Rage.

»Möglich.«

»Möglich, das müsst ihr untersuchen. Wann kommt Dirk denn wieder?«

Ansgar fand Haies Ansatz durchaus interessant, wusste aber, dass man solche Anschuldigungen mit Vorsicht genießen musste. Wie oft hatte er schon erlebt, dass die Leute sich einfach etwas zusammendichteten. In Haies Fall musste er aber zugeben, dass der Rentner aus Risum schon oft entscheidende Hinweise zu dem einen oder anderen Fall geliefert hatte. Außerdem hatte Rolfs die Finanzlage des Labors gecheckt und festgestellt, dass die Brüder gut verdienten. Und vielleicht war es eben um mehr als nur um Geld gegangen bei dem Mord. Hatte Frank Carstensen einfach nicht länger teilen wollen? Weder Geld noch Frau?

»Ja, gut, Haie, danke, ich gebe das weiter und überprüfe das«, beendete er jedoch zunächst einmal das Gespräch.

»Und?« Tom bestrich gerade ein Brot mit Leberwurst, als Haie mit vorgeschobener Unterlippe zurück in die Küche kam.

»Er prüft das.«

Tom hatte den Eindruck, als bereue der Freund, Ansgar angerufen zu haben. »Das war richtig. Ansgar ist doch schon lange bei der Polizei, der weiß, was zu tun ist.«

So recht wusste Ansgar allerdings zunächst nicht, was er tun sollte. Klar konnte er selbst noch einmal die Tierpflegerin befragen, schließlich hatten sie das bisher versäumt. Aber würde sie ihm mehr sagen als Haie? Meistens war es eher umgekehrt. Gegenüber der Polizei hielten sich viele Leute einfach zurück. Es sei denn, sie wollten sich wichtigmachen, aber in dem Fall konnte man auf die Infos verzichten.

Er versuchte, Thamsen zu erreichen, bevor er Feierabend machte, aber es meldete sich nur die Mailbox.

Dirk hörte das Telefon nicht, denn er wankte mit Hagen Brandt zur Straßenbahn. Sie taten gut daran, das Auto stehen zu lassen, denn aus dem einen Altbier waren viele geworden, nicht zuletzt weil Thamsen immer wieder behauptet hatte, dass er niemals gedacht hätte, wie lecker solch ein dunkles Bier schmecken konnte.

Außerdem hatte es ihm geholfen, sich mit jemandem zwanglos zu unterhalten, denn nachdem sie den Fall hinter sich gelassen hatten, hatten sie über Gott und die Welt gesprochen. Es war schön, mal eine andere Sichtweise auf so manche Dinge zu erhalten. Thamsen hatte selten Zeit und wenn er ehrlich war, hatte er seine Freundschaften in den letzten Jahren derart vernachlässigt, dass es außer Haie und Tom eigentlich niemanden mehr in seinem Leben gab, den er *Freund* nennen konnte. Und auch sonst traf er selten Leute, mit denen er sich einfach nur unterhielt. Meistens arbeitete er oder er war zu müde, um etwas zu unternehmen. Er beschloss, das in Zukunft zu ändern und sich auch um Dörte mehr zu kümmern, so wie Brandt es ihm empfohlen hatte.

An der Haltestelle Wehrhahn verabschiedeten sie sich und verabredeten sich für den nächsten Morgen.

»Eine Firma in der Nähe von Köln haben wir ja noch, vielleicht bringt dich das Gespräch weiter«, meinte Brandt, obwohl Thamsen wenig Hoffnung hatte, auf diese Art weitere Erkenntnisse für den Fall zu gewinnen.

15. KAPITEL

Im Gegensatz zum Vortag war das Hotel in Düsseltal eine wahre Luxusunterkunft. Thamsen betrat gut ausgeschlafen den Frühstücksraum, in dem es hervorragend nach frisch gebrühtem Kaffee roch. Das Buffet war ein Traum. Rührei und frisches Obst. Er langte ordentlich zu. Wenn er nach der Befragung heute den Heimweg antreten würde, war fraglich, wann er das nächste Mal etwas zwischen die Zähne bekam.

Erst am Frühstückstisch checkte er sein Handy, was total ungewöhnlich für ihn war, aber die Auszeit hatte ihm gutgetan. Er sah, dass Haie mehrere Male angerufen hatte – und auch Ansgar. Den rief er zuerst zurück, denn das erschien Dirk wichtiger.

»Chef, ich bin gerade auf dem Weg zum Labor.«

»Wieso?«

»Haie Ketelsen hat mich gestern darauf aufmerksam gemacht, dass wir die Tierpflegerin nicht vernommen haben.«

Thamsen spürte, wie ihm warm wurde, was nicht nur an dem heißen Kaffee lag. »Gut, hat er sonst noch etwas gesagt?«

»Die Frau hat wohl einen Streit zwischen den Brüdern beobachtet, und ich wollte sie dazu befragen.

Anschließend würde ich noch mal mit Frank Carstensen sprechen.«

»Mach das. Vielleicht war das Motiv Eifersucht, sollte Frank Carstensen eine Affäre mit der Frau seines Bruders gehabt haben.«

»Das sieht ganz so aus. Ich meine, das mit der Affäre. Haie hat erzählt, dass Elke die beiden beobachtet hat.«

»Elke?« Thamsen musste grinsen. Mit Sicherheit hatte der Freund sie zur Spionage angestiftet, denn Haies Ex tat fast alles für ihn.

»Ja, aber es könnte auch um Geld gegangen sein. Die Firma wirft gut was ab.«

»Dann haben die vielleicht um die Verteilung des Geldes gestritten. Klär das doch mal und halt mich auf dem Laufenden.«

»Mach ich, Chef!«, bestätigte Rolfs.

»Hat die Spusi sich gemeldet?«, erkundigte Thamsen sich anschließend. Immerhin warteten sie noch auf die Ergebnisse von dem eingereichten Drohbrief.

»Ja, aber da gab es nichts Brauchbares. Wohl einen Abdruck, aber keinen Match. Schon gar nicht mit den bisher gesicherten Abdrücken«, sagte Rolfs, während er vor dem Tor des Labors stoppte. Sofort machte sich ein schlechtes Gefühl in seiner Magengegend breit. Das Wissen, dass hinter diesen Türen Tiere leiden mussten, löste in ihm Beklemmungen aus und er fragte sich, ob es wirklich nötig war, Tiere für ein paar Cremes zu quälen.

Rolfs war kein militanter Tierschützer. Aber er bezweifelte, ob es immer mehr neue Produkte brauchte? Ging es dabei nicht ausschließlich um Profit?

Er seufzte, als er ausstieg. Aber was konnte man heute überhaupt noch mit gutem Gewissen verwenden? Bei den meisten Dingen wusste man nicht, wie sie entstanden waren, geschweige denn woher sie kamen. Da war man als Verbraucher fast immer der Dumme.

Ansgar suchte nach einer Klingel und läutete. Kurz darauf nannte er an der Gegensprechanlage seinen Namen, woraufhin das Tor sich öffnete. Er hatte Glück, auch heute war die Pflegerin allein auf dem Gelände.

»Einer muss sich ja um die Tiere kümmern«, entgegnete sie, als Ansgar nach dem Chef fragte.

»Wie soll es denn überhaupt weitergehen?«

»Woher soll ich das wissen?« Die Frau zuckte mit den Schultern.

»Hat Herr Carstensen vielleicht erwähnt, wie er die Lücke schließen will?«

Wenn Frank Carstensen seinen Bruder tatsächlich umgebracht hatte, musste er sich Gedanken darüber gemacht haben, wer die Arbeit seines Bruders übernehmen könnte, es sei denn, er hatte vor, die Firma zu verkaufen. Doch war das Labor ohne seinen Bruder etwas wert? Rolfs kannte sich, was das anging, wenig aus. Vielleicht sollte er einmal Tom Meissner, den Freund von Haie Ketelsen, fragen, denn der war, soweit er wusste, Unternehmensberater und konnte die Situation eventuell einschätzen.

»Ich habe nur neulich mitbekommen, dass Carsten zu seinem Bruder gesagt hat, dass er das nicht länger mitmacht.«

»Was mitmacht?«

»Worum genau es ging, weiß ich nicht; möglich, dass Carsten aussteigen wollte. Er hat bei den letzten Versuchen mal etwas angedeutet in die Richtung.«

»Inwiefern?«

»Dass er seinen Beruf eigentlich nicht dafür erlernt hätte.«

»Wofür?«

Die Pflegerin glotzte ihn mit großen Augen an. »Na, was meinen Sie, was wir hier tun?«, herrschte sie ihn plötzlich an.

Er hatte gar nicht bemerkt, dass sie derart unter Strom stand. Aber auch Britta Jürgensen schien die Situation sehr zu belasten, und er fragte sich, ob sie nicht eventuell sogar etwas mit dem Mord zu tun haben könnte.

»Was denn?«, versuchte er, sie erneut zu provozieren.

»Meinen Sie, wir tun das hier gerne? Tiere quälen?«

Ansgar schwieg zu der provokanten Frage. Er wusste, dass Leute für Geld so einiges taten. Unabhängig davon, ob es ethisch vertretbar war oder nicht. Und Geld war ja wohl auch der Grund, warum diese Frau hier arbeitete.

Ihre Aussage unterstrich jedoch einen Aspekt, denn Carsten Carstensen hatte tatsächlich aus der Firma aussteigen wollen. Er war es, der die Firma verkaufen wollte. Und wie wäre es mit Frank Carstensen dann weitergegangen?

Streitpunkt, ja. Mordmotiv?

Wenn Frank Carstensen seinen Bruder umgebracht hatte, dann hatte er allerdings ein Problem, denn ohne den Mediziner konnte er das Unternehmen nicht fortführen, es sei denn, er hatte schon einen Nachfolger gefunden. Er nahm sich vor, diesen Ansatz weiterzuverfolgen, aber auch die Affäre zwischen Regina und Frank Carstensen, wenn Elke Ketelsen denn richtig lag, durfte er nicht außer Acht lassen.

»War denn Regina Carstensen mal hier?«

»Selten. Die wollte, glaube ich, nicht wissen, woher das Geld kam, das sie mit vollen Händen ausgab.«

»Wie kommen Sie darauf?«

»Schauen Sie sich die Frau doch mal genauer an. So etepetete, wie die ist.«

»Und haben Sie mal mitbekommen, dass da zwischen Regina und ihrem Mann oder Frank Carstensen etwas auffällig war?«

Die Pflegerin überlegte, schüttelte dann aber den Kopf. »Nee, ist mir nicht aufgefallen. Mir erschien die immer nur wie jemand, der nur Geld im Kopf hat und sonst nichts.«

Thamsen hatte Hagen unweit seines Hotels zu Hause abgeholt. »Das ist aber nett hier«, stellte er fest, als der Düsseldorfer in seinen Wagen stieg.

»Ja«, gab Brandt zu, »aber der Stadtteil hat sich erst in den letzten Jahren entwickelt. Früher war das hier eine üble Arbeitergegend. Die Toten Hosen kommen übrigens von hier.«

»Echt?« Thamsen war beeindruckt. Niebüll konnte, soweit er wusste, keine Berühmtheiten vorweisen, jedenfalls keine Lebenden.

»Ach«, Brandt geriet ins Schwärmen, »Düsseldorf ist schon ein nettes Fleckchen, obwohl ich den Norden auch mag.«

»Warst du schon mal dort?«

»Früher mit meiner Frau, da waren wir mal auf Föhr. Ist lange her, vielleicht sollte ich mal wieder einen Urlaub an der See planen, jetzt wo Lore alt genug ist und ohnehin nicht mehr mit ihrem alten Herrn zusammen verreisen will.« Er griente.

»Sag das nicht. Wir haben jede Menge zu bieten, auch für Teenager. Die hängen doch am liebsten am Strand ab.«

»Habt ihr denn einen in der Nähe?«

»Nicht direkt, aber Dänemark ist nicht weit und sonst eben auf den Inseln.«

»Ich dachte, du wohnst direkt am Meer?«

»Schon, bis zur Nordsee ist es nicht weit, aber in Dagebüll gibt es nur einen Badedeich. Ich mag das – wahrscheinlich weil ich damit aufgewachsen bin, aber viele haben von einem Strand natürlich eine ganz andere Vorstellung. Obwohl so ein Badedeich auch seine Vorteile hat.«

»Welche?« Brandt musterte ihn zweifelnd von der Seite.

»Na, das Eincremen geht ganz ohne Körperpeeling und wenn du ein Sandwich essen möchtest, beißt du nicht auf Sand. Und die Kinder schleppen nicht eine halbe Sandkiste mit nach Hause …«, zählte Thamsen auf und versuchte so, Brandt die See schmackhaft zu machen. Er würde sich wirklich freuen, wenn der Kollege mal zu Besuch käme.

Sie fuhren Richtung Süden durch die Stadt und waren schnell auf der Autobahn.

»Das ist hier natürlich praktisch«, bemerkte Thamsen, da sie zügig vorankamen.

»Wenn nicht überall ständig Stau wäre.«

»Fahrt ihr viel raus?« Dirk schaute Hagen kurz von der Seite an, wandte dann aber seinen Blick zurück auf die Straße.

»Nee, viele Verbrechen ereignen sich in der Stadt, und privat fahre ich nicht mit dem Wagen.«

»Nicht?« Thamsen konnte sich ein Leben ohne Auto gar nicht vorstellen. In Nordfriesland war man so gut wie aufgeschmissen ohne Pkw, denn der öffentliche Nahverkehr war doch sehr eingeschränkt, was hier im Ruhrgebiet sicherlich nicht der Fall war.

»Bist du so ein Umweltschützer?«, bemerkte er grinsend.

»Nee, hat andere Gründe«, entgegnete Hagen und wechselte das Thema. »Die nächste Firma ist ziemlich groß. Ein wichtiger Arbeitgeber in der Gegend.«

»Schauen wir mal. Viel Hoffnung habe ich zwar nicht, dass wir hier etwas Relevantes erfahren, aber man weiß ja nie.«

Ansgar hatte nach dem Gespräch mit der Tierpflegerin kurz überlegt, wen er zuerst besuchen sollte: Frank Carstensen oder die Witwe. Er wollte den Bruder des Opfers direkt mit dem Streit und seiner Beziehung zu Regina Carstensen konfrontieren und die Witwe ebenfalls nach einer Affäre befragen. Da er dazu noch ein paar Infos benötigte, wählte er Haies Nummer, doch dieser ging nicht ans Telefon.

Dann also zuerst den Bruder, beschloss Rolfs und fuhr durch den Koog Richtung Dagebüll, wo Frank Carstensen wohnte. Als er vor einem Bahnübergang auf die vorbeifahrende Kleinbahn warten musste, traute er seinen Augen kaum. Vor dem Übergang stand Haie Ketelsen mit seinem Rad.

»Mich laust der Affe, wenn der nicht zu Frank Carstensen will«, entfuhr es Ansgar.

Da außer ihnen niemand sonst in der Nähe war, machte er durch ein kurzes Hupen auf sich aufmerksam. Haie Ketelsen war derart in Gedanken vertieft, dass er kräftig zusammenzuckte. Ansgar hatte nicht damit gerechnet, dass der alte Mann sich derart erschrecken würde. Nicht dass der noch einen Herzinfarkt bekommt, dachte er. Mit schlechtem Gewissen schnallte er sich ab und stieg aus.

»Sie?«, fragte Haie, als er Ansgar erkannte.

»Ja, na ja«, stotterte Ansgar. »Ich habe vorhin versucht, Sie zu erreichen.«

Haie zog die Augenbrauen hoch. »Wieso?«

»Ich habe noch ein paar Fragen zu der Witwe. Sie haben erzählt, Ihre Frau hätte sie mit Frank Carstensen zusammen beobachtet – in einer eindeutigen Situation?«

»Exfrau«, korrigierte Haie. »Aber ja, das hat sie jedenfalls erzählt.«

»Und Sie glauben ihr?«

Haie überlegte kurz, ob Elke sich vielleicht nur bei ihm wichtigmachen wollte. Auszuschließen war das nicht, immerhin bemühte sie sich, jede Chance zu nutzen, um sich an ihn ranzumachen. Er glaubte ihr jedoch, da Elke selbst ein wenig ungläubig, beinahe geschockt gewirkt hatte – wahrscheinlich hatte sie das nicht von ihrer ehemals besten Freundin erwartet –, als sie ihm den Vorfall mitgeteilt hatte. Haie nickte daher auf Rolfs' Frage.

»Und was genau hat sie gesehen?«

»Dass Regina und Frank sich geküsst haben.«

»Und könnte das nicht nur ein freundschaftlicher Kuss gewesen sein? Immerhin haben die beiden gerade einen Angehörigen verloren«, hakte Ansgar nach.

»Na, so genau kann ich das nicht sagen, ich war schließlich nicht dabei. Aber wenn Elke sagt, dass das aussah, als hätten die beiden was miteinander, dann wird das wohl so sein.« Das traute er seiner Ex jedenfalls zu, auch wenn sie, was ihn betraf, eher resistent gegen eindeutige Zeichen zu sein schien. »Wollen Sie Regina dazu befragen?«

Ansgar nickte. »Ich habe mit der Tierpflegerin gesprochen. In dem Streit der Brüder könnte es um die Affäre gegangen sein.«

»Sag ich doch. Aber in dieser Richtung wohnt die nicht«, merkte Haie an.

»Nee, ich wollte auch erst zu Frank Carstensen.«

»Weil er der Hauptverdächtige ist?«

»Immerhin hat er ein Motiv, wenn sich die Affäre bestätigt, und an Gift kommt Frank Carstensen bestimmt auch.«

»Ja, aber Gift …« Haie kratzte sich am Kinn. »Ist das nicht eher die Handschrift einer Frau?«

»Aber in diesem Fall passt es zum Bruder. Zumal er noch einen weiteren Grund gehabt haben könnte.«

»Welchen?«

»Carsten Carstensen wollte die Firma verkaufen oder zumindest aussteigen.«

»Aha.«

»Wo wollen Sie denn eigentlich hin?«

Haie blickte zu Boden und überlegte, doch Ansgar hatte bereits einen Verdacht.

»Soll ich Sie mitnehmen?«

»Herr Nötken, das sind schwerwiegende Vorwürfe, die Herr Roth gegen Sie vorbringt. Kannten Sie denn Herrn Carstensen überhaupt?«

Der ältere Mann schüttelte den Kopf. Im Gegensatz zu seinen Mitbewerbern war der Geschäftsführer der Soulskin aus einem ganz anderen Holz geschnitzt. Bodenständig wirkte er auf Dirk und durchaus sympathisch. Nicht wie die anderen Lackaffen, die er in der Branche bisher kennengelernt hatte.

»Aber diese Anschuldigungen sind haltlos. Wir haben unsere Forschungen in dem Bereich aufgegeben, sind an einer vielversprechenderen Methode dran.«

»Oh, und an welcher?«, erkundigte Thamsen sich.

»Das kann ich Ihnen natürlich nicht sagen, aber mit Schlangengift haben wir nichts mehr am Hut, das ist Schnee von gestern.«

»Tatsächlich?« Brandt war noch nicht überzeugt. Er vermutete zwar, dass die Branche ebenso schnelllebig war wie manch andere, aber wenn erst einmal ein funktionierendes Präparat gefunden worden war, dann würde doch jeder versuchen, auf der Erfolgswelle mitzuschwimmen. Das war doch wesentlich leichter, als ein neues Präparat auf dem Markt zu etablieren.

»Außerdem«, fuhr Herr Nötken fort, »habe ich gehört, dass es einige Vorfälle gegeben haben soll.«

»Vorfälle?« Hagen Brandt runzelte die Stirn.

»Ja, es gibt Schadensersatzforderungen, soweit ich weiß.«

»Gegen wen?«

Der Mann vor ihnen verdrehte die Augen. »Na, gegen Beautyblue.«

»Und weswegen?«

»Das wird sehr unter dem Deckmantel der Verschwiegenheit gehalten, aber ich habe gehört, dass es zu allergischen Reaktionen bei einigen Benutzern gekommen ist.«

»Ist das nicht normal? Es gibt wahrscheinlich immer mal Menschen, die gegen eine Creme allergisch sind, oder?«, mutmaßte Dirk nun. Er hatte Verständnis dafür, dass Nötken den Spieß umdrehen und den Schwarzen Peter Roth zuschieben wollte.

»Ja, natürlich, aber das müssen schwere Reaktionen gewesen sein, wird erzählt. Und es muss Beautyblue eine Menge Geld gekostet haben, die Sache bisher geheim zu halten.«

»Sie meinen, die haben Schweigegeld gezahlt?«

Nötken nickte.

16. KAPITEL

»Da haben wir mehr erfahren, als wir gedacht haben«, fasste Hagen Brandt auf der Rückfahrt nach Düsseldorf die Ergebnisse des Gesprächs zusammen.

»Schon, aber helfen die Informationen in dem Mordfall wirklich weiter?«

»Zumindest liefern sie euch neue Ansätze, denn so hatte Felix Roth ein Motiv, sich an diesem Carstensen zu rächen.«

»Wieso? Meinst du, das Labor hat falsche Ergebnisse geliefert?« Dirk zweifelte daran, dass der Hinweis von Nötken sie weiterbrachte.

»Oder gefälscht?«

»Hm, so gesehen könnte Roth ein Motiv haben. Eventuell hat er die gefälschten Ergebnisse sogar in Auftrag gegeben, und Carsten Carstensen hat nach den ersten Vorfällen gedroht, das öffentlich zu machen.«

»Und so sein Labor zu schädigen? Ich weiß nicht. Da müsste er schon sterbenskrank gewesen sein, um reinen Tisch machen zu wollen. Gab es da Hinweise bei der Obduktion?« Brandt schaute Thamsen fragend an.

»Nee. Aber es macht auf jeden Fall Sinn, Felix Roth noch einmal genauer unter die Lupe zu nehmen. Mal sehen, was er zu den Vorfällen und Schweigegeldzahlungen zu sagen hat.«

»Stimmt, nur heute«, Brandt schaute auf die Uhr, »wird das wohl nichts mehr, wir brauchen jetzt im Feierabendverkehr nach Düsseldorf mindestens eine Stunde.«

»Was, das sind doch nur ein paar Kilometer?«

»Hast du eine Ahnung, was hier los ist. Am besten, du bleibst noch eine Nacht und wir befragen Felix Roth morgen noch einmal zusammen.«

Thamsen überlegte kurz. Er konnte sich Dörtes Reaktion bildhaft vorstellen, wenn er ihr sagte, dass er erst am nächsten Tag zurückkommen würde. Egal, sie war ohnehin beleidigt, da kam es auf einen Tag mehr oder weniger auch nicht an, beschloss er und nickte. »Meinst du, ich kann noch mal in dem Hotel bei dir um die Ecke unterkommen?«

Die Türglocke schrillte sehr laut, was aber vermutlich daran lag, dass es um sie herum gerade so still war. Ansgar und Haie nahmen dennoch an, dass Frank Carstensen zu Hause war, da sein Wagen vor der Garage geparkt stand.

Es dauerte sehr lange, bis sich die Tür öffnete und ein ziemlich zerknitterter Frank Carstensen sie anschaute. Ob er geschlafen hatte, war schwer zu sagen, auf jeden Fall hatte er Alkohol getrunken, das roch Haie bereits aus zig Metern Entfernung, und auch Ansgar schien die Fahne zu bemerken. Er warf Haie einen entsprechenden Blick zu.

»Nanu, was wollen Sie denn?«

»Wir haben da ein paar Fragen.«

Wie selbstverständlich sprach Rolfs von ihnen als Team, was Haie mit Stolz bemerkte und woraufhin er die Brust ein wenig mehr hervorstreckte.

»Und um was geht es?« Frank Carstensen machte keinerlei Anstalten, sie hereinzubitten.

Haie runzelte die Stirn. Was war das für eine Frage, immerhin war sein Bruder ermordet worden.

»Nun, wir haben gehört, dass es vor ein paar Tagen einen Streit zwischen Ihnen und Ihrem Bruder gab.«

»Sagt wer?«

»Frau Jürgensen.«

Haie schluckte. Durfte Rolfs einfach den Namen nennen? Das würde doch Konsequenzen für die Angestellte haben.

»Und was hat sie gesagt?«

»Dass es eine lautstarke Auseinandersetzung zwischen Ihnen beiden gegeben hat. Worum ging es da?«

»Geht Sie das was an?«

»Um die Affäre zwischen Regina und Ihnen?«, platzte es aus Haie heraus.

»Was?« Die Augen des Angesprochenen quollen beinahe aus den Höhlen. »Was erlauben Sie sich?«, polterte er los.

»Sie sind beobachtet worden.« Ansgar Rolfs, der im ersten Moment von Haie überrumpelt worden war, hatte sich gefasst und versuchte, die Gesprächsführung wieder zu übernehmen.

»Von wem?«

Haie verspürte plötzlich Angst um Elke und platzte dazwischen: »Geheimer Informant.«

»Geheimer Informant? Hat das auch Frau Jürgensen behauptet?«

»Nein.« Ansgar ließ sich nicht aus der Ruhe bringen. »Also, worum ging es in dem Streit?«

»Wie Sie vermuten, um meine Beziehung zu Regina. Sie wollte Carsten verlassen. Mal wieder.«

»Mal wieder?« Ansgar wusste nichts über die Ehe des Opfers.

»Und zu Ihnen ziehen?«, fragte Haie, der über Regina Carstensens Lebenswandel Bescheid wusste.

»Gottbewahre«, wehrte Frank Carstensen ab. »Nein, ich bin ein eingefleischter Single. Regina möchte zwar gerne hier einziehen, aber ich brauche meine Freiheit.«

»Wo wollte sie dann hin?«

Frank Carstensen zuckte mit den Schultern. »Carsten hat sie rausgeworfen, oder es zumindest angedroht. Zu mir hat er gesagt, ich solle dazu stehen und Regina bei mir wohnen lassen.«

»Das sahen Sie nicht ein, oder?« Ansgar musterte den Mann.

»Nein, ist schließlich nicht meine Frau. Ich habe ganz bewusst nicht geheiratet.«

»Aber gepimpert hast du sie schon«, rutschte es Haie raus. Ansgar warf Haie einen erstaunten Blick zu, schwieg aber.

»Ist ja nicht verboten.« Frank Carstensen verschränkte demonstrativ die Arme vor der Brust.

»Hatte die Affäre denn Auswirkungen auf die

Firma?«, wollte Rolfs wissen. Er konnte sich nicht vorstellen, dass es keine Probleme gegeben hatte. Frank Carstensen schluckte auf die Frage schwer. »War das der Grund, warum Ihr Bruder aussteigen wollte?«

»Verkaufen wollte er die Firma.«

Haie schaute auf das teure Auto und ließ dann seinen Blick demonstrativ über das Anwesen schweifen. »Und was wäre dann aus Ihnen geworden?«

»Nee, Dörte, wir haben hier wirklich eine ganz heiße Spur und wenn ich durch die den Fall lösen kann, dann habe ich schneller Zeit für euch.«

»Das sagst du immer!«

»Ich weiß, aber ich verspreche dir, nach der Aufklärung dieses Mordfalls ist Familie angesagt. Oder möchtest du vielleicht einmal mit mir allein wegfahren?«

»Allein? Ohne Kinder? Willst du sie loswerden?« Dörtes Stimme nahm eine gefährlich schrille Tonlage an.

»Nee, so ist das nicht gemeint, ich dachte nur, wir beide könnten zusa…«

»Also hör mal, du kannst gerne mit den Kindern wegfahren und ich mache mir eine schöne freie Zeit«, unterbrach Dörte ihn.

Thamsen schwieg. Warum musste alles immer nur so kompliziert sein? Warum stritten sie ständig?

»Na gut, wenn du das wirklich willst«, gab er nach und meinte zu hören, wie sie schluckte. »Aber erst muss ich den Fall lösen. Und deshalb komme ich heute nicht nach Hause.« Dirk legte auf und ließ sich stöhnend auf das Bett fallen. Wie er es auch machte, es war falsch. Er schloss die Augen, doch dann erschien ihm der Raum plötzlich zu eng, zu klein. Er sprang auf und ging ans Fenster. Warum hatte er bloß keine Laufsachen eingepackt? Die Bewegung half ihm immer beim Nachdenken. Dann eben ein strammer Marsch zum Rhein, beschloss er. Er schnappte sich seine Jacke und zog seine Sneaker an. An der Rezeption ließ er sich grob den Weg erklären. »Ist aber ein gutes Stück zu laufen«, bemerkte der Mann hinter dem Tresen.

»Kommt mir gerade recht«, entgegnete Thamsen und verließ das Hotel.

Die Bewegung half ihm wirklich. Der Streit wirkte gleich halb so schlimm, irgendwie würde sich das wieder hinbiegen lassen, überlegte er. Wenn der Fall gelöst war. Mit etwas Glück hatte Beautyblue tatsächlich etwas mit dem Mord an dem Laborbesitzer zu tun.

Angenommen die Ergebnisse der Studie waren gefälscht, dann hatte Felix Roth allen Grund, auf Carsten Carstensen sauer zu sein. Oder aber es verhielt sich andersherum und Felix Roth hatte Carstensen angestiftet, die Ergebnisse zu fälschen. Das würde auch erklären, warum sie den Geschädigten stillschweigend Geld gezahlt und nicht das Labor verantwortlich gemacht hatten. Er zückte sein Handy und wählte Ansgars Nummer.

»Und, wie läuft es am Rhein, Chef? Wann kommst du zurück?«

»Wir haben eine heiße Spur.« Er berichtete von seinen Ermittlungen.

»Hm, guter Ansatz. Aber wir haben auch Neuigkeiten.«

»Inwiefern?«

Ansgar berichtete zunächst von der Affäre. »Aber das war nicht der einzige Streitpunkt zwischen den Brüdern. Carsten Carstensen wollte die Firma verkaufen, aussteigen und irgendetwas Neues anfangen – ohne Frau und Bruder.«

»Und was sagt Frank Carstensen dazu?«

»Die Frau wollte er jedenfalls nicht haben, und die Firma wollte er verständlicherweise nicht verkaufen. Er hätte seinen Bruder ausgezahlt, aber Frank Carstensen meinte, das habe der nicht gewollt.«

»Wieso denn nicht?«, wunderte sich Thamsen.

»Keine Ahnung.«

»Und was sagt die Witwe?«

»Oh«, musste Rolfs zugeben, »den Besuch bei ihr habe ich verschoben. Musste erst Haie Ketelsen noch zurück zu seinem Fahrrad bringen und dann rief die Dienststelle an, weil es Probleme gab.«

»Probleme?«, horchte Dirk sofort auf.

»Ja, nichts Dramatisches. Internet und Telefon waren ausgefallen, aber das haben wir lösen können. Zu Regina Carstensen schaffe ich es deshalb erst morgen.«

Vielleicht hatte Carsten Carstensen Angst vor Schadensersatzforderungen gehabt, grübelte Thamsen im Anschluss an das Telefonat, und wollte deshalb alles loswerden? Immerhin hatte es schon Vorfälle in Zusammenhang mit dem getesteten Produkt gegeben. Ahnte Carstensen, was auf ihn zukam? Gab es noch weitere Anschuldigungen oder sogar Kunden, die sich nicht mit Geld abspeisen lassen wollten? Hoffentlich brachte das morgige Gespräch mit Felix Roth mehr Licht in die Sache. Es passte einiges noch nicht ganz zusammen, aber dass der Mord etwas mit der Schlangengiftcreme zu tun hatte, da war Dirk sich beinahe sicher.

Er hatte den Rhein erreicht und blieb stehen. Seltsam, dachte Thamsen, während er aufs Wasser blickte. Obwohl Hamburg auch an einem Fluss liegt, fühlt sich das ganz anders an. Er erinnerte sich an sein letztes Treffen mit einem befreundeten Kommissar in der Strandperle in Övelgönne. In dem kleinen Bistro hatte er das Gefühl gehabt, direkt am Meer zu sitzen. Kein Vergleich zum Rhein. Könnte er hier leben? Leben schon, dachte er, aber wohlfühlen, heimisch sein, das wahrscheinlich nicht. Auch wenn er sich manchmal aus der Enge und Öde der Kleinstadt wegwünschte, liebte er die Landschaft seiner Heimat doch zu sehr. Die Weite, den Horizont, den Wind.

Das milde Lüftchen, das ihn hier umschmeichelte, war etwas ganz anderes. Woran er sich jedoch gewöhnen könnte, wäre das Altbier, fiel ihm ein. Er drehte sich um und ging Richtung Altstadt. Und die leckeren Frikadellen in diesem Brauhaus. Wie hieß es noch mal? Uerige?

17. KAPITEL

Haie hatte Niklas ins Bett geschickt und es sich auf dem Sofa bequem gemacht. Er zappte durch die Programme, als Tom das Wohnzimmer betrat. »Ach, hier steckst du?«

»Warum?«

»Nur so.« Tom trat neben das Sofa. »Nichts im Fernsehen?«

Haie schüttelte den Kopf. »Jedenfalls nichts Interessantes. Wir könnten in die Kneipe gehen.«

»Hm?« Tom zog die Augenbrauen hoch. »Und Niklas?«

»Der ist doch schon groß genug und kann anrufen, falls was ist.«

Tom überlegte, konnte Haies Argumenten aber nichts entgegensetzen. Sie waren untypisch für den Freund, der den Jungen ansonsten eher zu sehr bemutterte. »Na gut, warum nicht. Haben wir lange nicht gemacht. Zu Fuß oder mit dem Auto?«

»Willst du nichts trinken?« Haie schaltete den Fernseher aus und erhob sich umständlich von dem leicht durchgesessenen Sofa.

»Gut, zu Fuß«, entschied Tom.

Wie ein altes Ehepaar gingen sie die Dorfstraße entlang, nachdem sie Niklas Bescheid gegeben hatten. Der hatte seine Freude über die sturmfreie Bude kaum verbergen können, und Haie hatte ihn mehrfach ermahnt, um Punkt neun das Licht auszuschalten.

»Was hast du heute gemacht?«, erkundigte Tom sich, obwohl er sich denken konnte, dass Haie auch heute in dem Mordfall ermittelt hatte.

»Ach, ich war mit Rolfs unterwegs.«

»Echt? Wieso das denn?«

»Dirk ist noch am Rhein.«

»Na, hoffentlich kommt der wieder«, murmelte Tom, der wusste, dass es im Hause Thamsen nicht immer zum Besten stand, doch Haie warf ihm einen fragenden Blick zu.

»Warum sollte er nicht? Er hat hier schließlich einen Mörder zu verhaften.« Für ihn war völlig undenkbar, dass der Freund nicht seinen Verpflichtungen nachkam. Außerdem würde er Dörte und die Kinder nie im Stich lassen.

»So, und wen?« Tom war neugierig, wen Haie als Mörder ins Auge gefasst hatte.

»Wir waren heute bei Frank Carstensen.«

»Wegen der Affäre, von der Elke erzählt hat?«

»Auch, aber Rolfs hat herausgefunden, dass Carsten Carstensen das Labor verkaufen wollte.«

»Machen die denn wirklich so viel Kohle?« Tom zweifelte, dass man mit solch einem Image heute noch Geld verdiente. Oder war es gerade deswegen, weil die Kosmetik- und Pharmafirmen diesen Teil auslagerten, um sich nicht komplett in Verruf zu bringen? Er kratzte sich am Kinn.

»Und deswegen, glaubt ihr, hat Frank Carstensen seinen Bruder umgebracht?«

»Geld ist doch immer ein Motiv«, gab Haie an.

Sie hatten die kleine Gastwirtschaft, die etwas zurückgelegen auf einem kleinen Hügel lag, erreicht und gingen zum Eingang hoch.

»Scheint ganz schön was los zu sein«, bemerkte Tom, dem sofort die vielen Wagen auf dem Vorplatz aufgefallen waren. Aus dem Inneren der Wirtschaft drang ihnen ein lautes Stimmenmeer entgegen. Als sie den Raum betraten, kam ihnen ein Schwall miefiger Luft entgegen. Die Stimmen verstummten jedoch nicht, obwohl man sich kurz den eintretenden Gästen zuwandte.

Tom erinnerte sich an seine ersten Besuche in der Kneipe, da hatten alle geschwiegen und ihn angestarrt wie einen Aussätzigen. Er war zwar mittlerweile integriert im Dorf, aber er gehörte nicht so zur Gemeinschaft wie Haie und führte das Verhalten der Wirtshausbesucher daher auf die Begleitung des Freundes zurück.

Der Wirt grüßte vom Tresen aus. »Na, wie geht's mit den Ermittlungen voran?« Jedem der Anwesenden war Haies Tätigkeit als Hilfssheriff bekannt. Im aktuellen Fall erschienen die Leute allerdings eher neugierig als betroffen oder schockiert von der Tatsache, dass ein Mörder in der Gegend frei herumlief. Tom fragte sich, ob Carsten Carstensen beliebt gewesen war.

Haie streckte die Brust ein Stück hervor und steuerte einen Tisch im hinteren Bereich an, an dem noch zwei Plätze frei waren. Der Wirt brachte kurz darauf zwei Herrengedecke. Tom war dem Freund gefolgt. Es befanden sich überwiegend Männer in dem Gastraum, doch am Tresen hatte er eine Frau gesehen, die er nicht kannte. Er stupste Haie an, doch der war bereits mit seinem Sitznachbarn in ein Gespräch vertieft.

»Na, dat kann ik mi gut vorstellen, dat die was mit dem Bruder gehabt hat.«

»Wieso?« Haie schaute seinen Nachbarn forschend an.

»Die versucht dat doch bei jedem.«

»Bi di ok?«

»Ik bin doch verheiratet.« Demonstrativ streckte der Grauhaarige Haie die rechte Hand entgegen.

»Ach, du meinst, die hat nur mit Unverheirateten …?«

»Nee, so ok nich, aber ik würde doch nicht …«

Haie winkte ab. »Lass gut sein, Oke, wir wissen doch, was fürn Schürzenjäger du warst.«

»Betonung liegt auf *warst*.« Der Mann setzte sich auf. »Aber mit der hatte ich nix. Ehrenwort.«

»Kennst du denn einen, der mit Regina zusammen war?«

»Ich glaube, der Heinz, oder?« Haies Sitznachbar wandte sich an den anderen Mann am Tisch. Tom verfolgte das Gespräch. Er hatte gar nicht gewusst, dass auch Männer solche Klatschweiber sein konnten. Oder lag das am Alkohol? Ihr Gegenüber hatte jedenfalls reichlich glasige Augen.

»Mich hat auf jeden Fall gewundert, dass Carsten sie zurückgenommen hat«, bemerkte Oke Nissen, da von seinem Sitznachbarn keine Antwort kam.

»Liebe?«, mutmaßte Haie, der sich jedoch nicht vorstellen konnte, wie eine Beziehung nach solch einem Betrug weiter funktionieren sollte. Er jedenfalls hatte damals einen Schlussstrich gezogen, als herauskam, dass Elke ihn betrogen hatte.

»Ach wat, dat glöv ich nich. Wat schall das denn für eine Liebe sein?«, antwortete nun auch Oke Nissen. »Vielleicht hat die ihm gedroht?«

»Womit?« Haie wurde hellhörig.

»Marga Jakobs hat erzählt, dass Regina sich in der Bücherei über irgendwelche medizinischen Sachen schlaugemacht hat. Sogar Fernleihe hat sie wohl gemacht.«

»Und was?«

»Keine Ahnung, da musst du Marga fragen, was die ausgeliehen hat.«

»Du meinst also, Regina hatte in Bezug auf das Labor was rausgefunden und wollte Carsten damit erpressen?« Haie war förmlich anzusehen, wie sich die wildesten Szenen in seinem Kopf abspielten.

»Das sind doch alles nur Vermutungen«, mischte Tom sich nun ein, dem das Gespräch ein wenig zu sehr aus dem Ruder lief. Haie blickte ihn finster an. Er fand, dass das wichtige Informationen waren und nicht nur Dorfklatsch oder üble Nachrede.

»Wer ist denn die Frau da?«, versuchte Tom das Thema zu wechseln. Er fand die Fremde äußerst attraktiv. Es war das erste Mal seit Marlenes Tod, dass er sich für eine Frau interessierte. Mit der Zeit schienen die Wunden zu heilen und er war zu jung, um ewig allein zu bleiben. Zumindest hatten das bereits mehrere Leute zu ihm gesagt, bisher hatte er es nicht hören wollen. Das änderte diese mysteriöse Unbekannte zu seinem eigenen Erstaunen jedoch schlagartig.

Haie folgte dem leichten Kopfnicken des Freundes und kniff die Augen zusammen. »Habe ich noch nie gesehen, wart mal.« Er beugte sich zu Oke Nissen, der zuckte ebenfalls mit den Schultern.

Die Frau stand am Tresen und unterhielt sich angeregt mit dem Wirt. Als der kurz darauf die nächste Runde brachte, wurde er von Haie zu der Fremden befragt.

»Das ist Lina Pohl, die Schwester von Jutta Klewer«, erklärte der Gastwirt.

»Ach«, bemerkte Haie, »die ist bestimmt hier, weil Jutta krank ist.«

»Woher weißt du das denn?«, wunderte sich der Wirt.

»Hat Niklas erzählt.«

18. KAPITEL

Thamsen war am nächsten Morgen früh auf den Beinen und gut gelaunt. Durchgeschlafene Nächte vollbrachten wahre Wunder. Sein schlechtes Gewissen nagte jedoch an ihm; schnell schob er es fort und beruhigte sich mit der Tatsache, dass er heute nach Hause fahren und, wenn der Fall erst einmal gelöst war, Dörte entlasten würde. Er packte seine Tasche, als sein Handy klingelte. Es war Dörte. »Schatz, ich packe gerade meine Sachen.«

»So?« Ihre Stimme klang überrascht.

»Ja, noch ein Gespräch und dann fahre ich zurück. Wirklich.« Er hoffte, dass es so sein würde.

»Und wo warst du gestern Abend? Ich habe versucht, dich zu erreichen.«

Dirk hatte gestern absichtlich das Handy ausgeschaltet. Nun holte ihn dieser Umstand ein. »Echt, ich muss schon geschlafen haben. Wir haben hier hart gearbeitet und dann war ich früh im Bett.«

»Um acht?«

»Möglich, ja. Aber du, ich muss los. Bis später und Kuss an die Kinder.« Er schmatzte ins Telefon und legte auf.

Nach dem Frühstück checkte er aus. »Und Sie verlassen uns heute wirklich?« Der Rezeptionist griente.

»Mal sehen.« Dirk grinste zurück.

Auch Haie war früh aufgestanden, obwohl er eigentlich immer zeitig auf den Beinen war. Der Harndrang ließ ihm seit Jahren in den frühen Morgenstunden keine Ruhe mehr. Daher deckte er wie jeden Tag den Frühstückstisch, kochte Kaffee und weckte Niklas, der wenig später schnatternd am Tisch saß.

»Darf ich nach der Schule zu Benedikt?«

Die Jungen schienen sich angefreundet zu haben, dennoch hatte Haie Bedenken. »Wird das seiner Mutter nicht zu viel? Du hast doch gesagt, sie sei krank?«

»Nee, die Tante ist jetzt da und hilft.«

Haie erinnerte sich an die Frau in der Wirtschaft. Seltsam, dass sie Tom aufgefallen war. Ihn interessierten die Leute im Dorf normalerweise nicht besonders und Frauen seit Marlenes Tod gar nicht. Jedenfalls war das Haies Eindruck. Oder täuschte er sich und das änderte sich gerade? Zu wünschen wäre es ihm. Marlene hätte sicher nicht gewollt, dass Tom für immer alleine blieb.

»Na gut, aber um sechs bist du spätestens zu Hause«, sagte er und packte Niklas' Pausenbrote in den Ranzen.

Nachdem er dem Jungen hinterhergewinkt hatte, machte er sich selbst fertig. Es war zwar noch früh, aber es hielt ihn nicht zu Hause. Er wollte nach Niebüll fahren, in die Bücherei. Er hoffte herausfinden zu können, welche Bücher Regina Carstensen sich ausgeliehen hatte.

Er holte sein E-Bike aus dem Schuppen und stieg auf. Es war ganz schön windig heute, stellte er nach den ersten Metern fest und war froh, dass er den Motor zu Hilfe nehmen konnte.

Er fuhr über den Risumer Weg, da es dort ein wenig geschützter war als auf dem alten Außendeich. Trotzdem kam er ein wenig aus der Puste und brauchte länger als üblich. Haie war jedoch noch vor Öffnung der Bücherei in Niebüll und gönnte sich daher einen Kaffee beim Stadtbäcker. Während er an einem kleinen Tisch saß, beobachtete er die Leute, die den Laden betraten. Einige kannte er und nickte ihnen zum Gruß zu.

Endlich stand der Zeiger seiner Uhr auf zehn und er ging hinüber zur Bücherei. So früh am Vormittag herrschte dort wenig Betrieb. Als Haie die Bücherei betrat, sah er nur eine weitere Besucherin, die in den Regalen stöberte. An der Ausleihtheke saß Marga Jakobs, wie er gehofft hatte. Sie hob die Augenbrauen, als sie Haie sah, denn natürlich kannte sie ihn aus dem Dorf, nicht aber als Nutzer der Bücherei.

»Na, wat verschlägt di denn to uns?«

Haie war froh, dass er beinahe allein in dem Raum war. »Och, wollt mich mal ein beeten umschauen …«

»Umschauen? Suchst du was Bestimmtes?«

Er nickte und trat näher an den Tresen. »Was Medizinisches.«

»Was Medizinisches? Du?« Marga Jakobs musterte ihn.

»Ja.«

»Und was?«

»Regina Carstensen hat mir erzählt, sie hätte da neulich etwas ganz Interessantes gelesen.«

»Regina Carstensen? Seit wann hast du mit der was zu tun?«

»Über Elke.«

»Über Elke?«

Haie merkte, dass Marga ihm das nicht abkaufte, und beschloss, seine Karten offen auf den Tisch zu legen. »Nee, ik heff hört, die hätte sich einiges ausgeliehen und nu, wo Carsten umbröcht worn ist. Sind dir da keine Zusammenhänge aufgefallen?«

Marga Jakobs lehnte sich in ihrem Stuhl zurück. »Jetzt wo du es sagst, aber wie ist Carsten noch mal umgebracht worden?«

Haie blickte sich zu der anderen Besucherin um, die scheinbar vertieft einige Titel studierte, und beugte sich anschließend ein Stück über die Theke. »Vergiftet, mit Schlangengift.«

»Schlangengift? Wofür braucht man dat denn?«

»Für Kosmetik«, mischte sich plötzlich die Frau ein, die unbemerkt vom Regal neben Haie getreten war.

»Echt?« Marga Jakobs runzelte hinter der Ausleihe die Stirn. »Und wogegen ist das?«

»Nicht wogegen, wofür«, korrigierte Haie, der sich aufgrund des belauschten Gespräches im Sportgeschäft als Fachmann fühlte. »Das ist Anti-Aging. Ganz neu.«

»Aha. Aber ist das nicht gefährlich?«, wollte nun die Haie unbekannte Kundin der Bücherei wissen.

»Na ja, sieht man ja an Carsten«, antwortete Haie.

»Wieso, was hat der damit zu tun?« Marga Jakobs

setzte sich gerade auf und nahm der anderen Frau ein Buch ab.

»Die haben das Zeug in seinem Labor getestet und nu ist er tot.«

»Ach so. Und daher meinst du, die Regina hat was damit zu tun?«

»Na, meistens kommt der Täter aus dem näheren Umfeld des Opfers«, brüstete Haie sich nun mit seinen Kenntnissen.

»Mag sein«, entgegnete Marga.

»Und Regina hat doch bei euch medizinische Fachbücher ausgeliehen.«

»Schon«, auf Marga Jakobs' Gesicht begann sich ein Grinsen abzuzeichnen. »Aber alle zum Thema Reizdarm.«

Bei ihrem heutigen Besuch bei Felix Roth traten Brandt und Thamsen weitaus selbstbewusster auf als beim letzten Mal, denn diesmal glaubten sie, etwas gegen Beautyblue in der Hand zu haben. Roth ahnte anscheinend nichts davon und empfing sie ebenso arrogant wie gehabt.

»Na, was gibt es denn noch zu klären? Ich habe wenig Zeit.« Demonstrativ blickte er auf seine teure Armbanduhr.

»Wir waren bei Ihren Konkurrenten.«

»Und da haben Sie noch Fragen, weil ich als Zeuge aussagen soll?« Er tat erleichtert, doch Dirk spürte die Anspannung hinter dem vermeintlich arglosen Lächeln.

»Nicht so ganz.«

»Sondern?«

»Einer Ihrer Mitbewerber hat ausgesagt, dass es Klagen gegen Sie gab. Er gab an, daher von Produkten mit Schlangenserum Abstand genommen zu haben und lieber in neuere Entwicklungen zu investieren.«

»Was, das ist … Soll ich Ihnen unsere Umsätze zeigen?« Er stemmte die Hände in die Hüften. »Die wollen uns nur das Geschäft kaputt machen, sag ich doch, deswegen auch der Mord.« Felix Roths Stimme überschlug sich.

»Ja, gab es denn da nun Klagen oder nicht?«, wollte Hagen Brandt wissen.

»Ach«, winkte Roth ab, »die eine oder andere Unverträglichkeit. Das ist ganz normal, das gibt es in jedem Kosmetikbereich. Nicht umsonst haben wir eine eigene Rechtsabteilung. Da kommen ständig Klagen und Beschwerden rein. Hören Sie sich gerne um, das ist normal in unserer Branche. Hat Ihnen das Herr Nötken nicht erzählt?«

»Und bei Ihren Produkten mit dem Schlangenserum waren es nicht mehr Klagen als üblich?«, hakte Thamsen nach.

»Nicht der Rede wert, außerdem haben wir uns da gütlich einigen können.«

»Sie haben Schweigegeld gezahlt«, kommentierte Brandt Roths Aussage.

»Schweigegeld, nein, nur entstandene Kosten ausgeglichen.«

»Kosten?«

»Ja, für Arztrechnungen und Medikamente.« Roth schaute wieder auf seine Uhr.

»Aha. Und sonst gab es da keine Konfrontationen?«

»Inwiefern?« Das Lächeln im Gesicht des Geschäftsführers wirkte immer angespannter.

»Na, dass zum Beispiel Geschädigte hier persönlich aufgetaucht sind?«

Felix Roth schluckte. »Nein, nicht soweit ich davon in Kenntnis gesetzt wurde. Ich befasse mich ja nicht mit jeder Kleinigkeit. Meine Zeit ...«, er blickte wieder auf die Uhr, »ist begrenzt. Gibt es noch was?«

»Ich glaube dem nicht«, bemerkte Dirk später, als er mit Brandt zurück zum Polizeipräsidium fuhr. »Der hat was zu verbergen, und das hat vielleicht doch mit dem Labor zu tun. Ich lasse mal ein Team die Räume durchsuchen. Die sollen speziell die Ergebnisse prüfen. Vielleicht ist darüber was zu finden.«

»Gute Idee. Das heißt, du fährst heute wieder?«

Dirk nickte. »Macht Sinn, das vor Ort zu betreuen. Ich denke, das ist Chefsache und hier ist so weit erst mal alles geklärt. Und ansonsten darf ich ...?«

»Klar, kannst mich anrufen, wenn was ist.«

Thamsen hielt vor dem Polizeipräsidium. »Danke für alles, wir hören voneinander«, verabschiedete er sich und blickte Hagen hinterher, wie er zum Eingang hinüberging. Dann gab er Gas und fuhr Richtung Heimat.

19. KAPITEL

Haie verließ reichlich niedergeschlagen die Bücherei. Die vermeintlich heiße Spur hatte sich in Luft aufgelöst. Dabei hatte er wirklich gedacht, Regina Carstensen auf den Fersen zu sein. Er schloss sein Fahrrad auf und schob es über den Rathausplatz.

»Haie?«, hörte er plötzlich eine Stimme hinter sich und drehte sich um. Hinter ihm stand Lianna, eine alte Schulfreundin.

»Was machst du denn hier? Ich denke, du wohnst in Bayern«, sagte er.

»Schon lange nicht mehr«, entgegnete sie, während sie auf ihn zutrat. »Seit die Enkel da sind, bin ich zurück. Meine Kinder brauchen mich. Und was machst du so? Hast du Lust auf einen Kaffee?«

»Klar.«

Da Niklas nicht zum Mittag nach Hause kam, hatte er heute reichlich Zeit und freute sich, Lianna nach so langer Zeit zu treffen. Früher, bevor er mit Elke zusammengekommen war, waren sie ein Paar gewesen. Es war lange her, aber von ihrer Schönheit hatte sie nichts eingebüßt.

Sie gingen hinüber ins Rathauscafé und wählten einen Tisch am Fenster. Haie bestellte einen Kaffee und ein

Stück Kuchen, während Lianna lediglich einen grünen Tee orderte.

»Und erzähl mal, was machst du so?«, wollte sie wissen, nachdem der Kellner ihre Bestellung aufgenommen hatte.

Haie erzählte, dass er bereits seit einigen Jahren in Rente war und seinen Ruhestand genoss.

»Und Elke?«, erkundigte Lianna sich wie selbstverständlich.

»Wir sind geschieden.«

»Ehrlich?« Ihre Augen weiteten sich.

»Und du?«

»Verwitwet, seit zehn Jahren. Horst ist leider früh gestorben. Krebs.«

»Das tut mir leid.«

Sie nickte stumm. »Seit ich hier bin, engagiere ich mich ehrenamtlich im Tierschutzverein.«

»Und was macht ihr da so?« Das Thema interessierte Haie natürlich.

Lianna begann zu erzählen, dabei glühten ihre Wangen. Man sah ihr an, dass sie Feuer und Flamme für ihre Tätigkeit war, und Haie faszinierte das. Er hing geradezu an ihren Lippen und als das Wort »Labor« fiel, zuckte er zusammen.

»Ihr macht Aktionen gegen die Carstensens?«

»Ich nicht«, wehrte sie ab. »Illegale Sachen habe ich von vornherein abgelehnt, aber es gibt da einige, die gegen die Tierversuche massiv vorgegangen sind.«

»Inwiefern?«

Lianna rückte näher an Haie heran. »Die sind da rein und haben einige der Tiere befreien können. Die beiden Carstensens sind aber gekommen, und dann kam es zu Handgreiflichkeiten.«

»Und haben die nicht die Polizei gerufen?«

»Nee, seltsamerweise nicht, deswegen gehe ich ja davon aus, dass die da illegale Sachen machen. Also ganz fiese Versuche, die verboten sind.«

»Echt? Und was?«

Lianna zuckte die Schultern.

»Du weißt, dass Carsten Carstensen tot ist?«

»Habe davon in der Zeitung gelesen.«

»Und keine Zusammenhänge zu euren Aktionen gesehen?«

Es schien, als überlege sie erst jetzt, aber dann nickte sie. »Es gibt da einen ganz militanten Tierschützer. Karsten heißt der.«

»Und dem traust du einen Mord zu?« Haie rutschte auf seinem Stuhl hin und her.

»Vielleicht«, antwortete Lianna nach einem kurzen Schweigen. »Steckt man ja nicht drin in solch einem Mörder, oder?«

»Und soll ich mit den Kollegen warten, bis du da bist, oder sollen wir schon mal anfangen?«, wollte Ansgar wissen.

»Nee, fangt an, ich stecke hier vorm Elbtunnel im Stau, das dauert noch«, entgegnete Thamsen. Er hatte von unterwegs mit den Kieler Kollegen gesprochen und die Aktion von der Staatsanwaltschaft absegnen lassen. Das Team der Spurensicherung stand parat, nur Thamsen hing im Verkehr fest.

Ich hätte mit dem Zug fahren sollen, dachte er, während er im Schneckentempo auf den Elbtunnel zusteuerte. Der Verkehr auf deutschen Autobahnen wurde immer dichter, und dann diese vielen Lkws, da ging stellenweise gar nichts mehr voran.

Ansgar legte auf und ging zu den Kollegen. »Es geht los.« Er stieg in seinen Wagen und führte die Kolonne über den alten Außendeich, durch den Koog zum Labor.

Lediglich das Auto der Tierpflegerin stand auf dem Gelände, als sie vorfuhren. Super Voraussetzungen, freute Ansgar sich, so haben wir erst einmal freie Hand.

Er klingelte und wenig später surrte das Eingangstor auf, sodass sie auf den Hof fahren konnten.

Die Pflegerin reagierte recht emotionslos, als sie sah, wie Rolfs und die Kieler Kollegen sich aufteilten, um die Räume zu durchsuchen. Britta Jürgensen hatte es offensichtlich nicht besonders eilig, ihren Chef zu informieren. Daher waren sie so gut wie fertig, als Frank Carstensen schließlich das Labor betrat.

»Was soll das hier?«, fuhr er Ansgar an. »Mein Bruder war das Opfer – schon vergessen?«

»Deswegen suchen wir auch nach Hinweisen, warum er umgebracht wurde.« Rolfs ließ sich nicht so schnell aus der Ruhe bringen.

»Hier?«

»Ja, hier.« Ansgar hoffte, dass sie zumindest etwas fanden, das dazu führte, das Labor zu schließen. Er hatte bei der Durchsuchung die Tiere gesehen. Jemand, der mit dieser Art von Arbeit sein Geld verdiente, war der nicht auch zu einem Mord fähig? Er musterte Frank Carstensen, der schäumend vor Wut vor ihm stand, während die Kieler einige Kisten in den Autos verstauten und Thamsen endlich auf den Hof fuhr.

»Und, alles klar?«, begrüßte er Rolfs und die Kollegen.

»Müssen mal schauen, wann wir alles gesichtet haben«, antwortete der Leiter des Teams der Spurensicherung. »Sieht sehr fachmännisch aus, da müssen Experten ran.«

»Das ist fachmännisch«, mischte sich Frank Carstensen ein, »was glauben Sie, was wir hier machen?«

»Das werden wir schon rausfinden«, entgegnete der Kieler Beamte und verabschiedete sich. Rolfs, Thamsen und Carstensen schauten den Wagen hinterher.

»Und wie stellen Sie sich vor, wie es hier weitergehen soll?« Frank Carstensen war nach wie vor aufgebracht und blitzte die beiden wütend an.

Am liebsten gar nicht, dachte Dirk, doch er versuchte, diplomatisch zu sein. »Zunächst haben Sie sicherlich mit der Beerdigung zu tun. Die Leiche Ihres Bruders ist freigegeben und wenn wir Ergebnisse haben, melden wir uns.« Er stieg in seinen Wagen, fuhr aber mit Rolfs in die Dienststelle anstatt nach Hause. »Hoffentlich finden die etwas«, murmelte Thamsen, als sie wenig später in seinem Büro zusammensaßen und sich gegenseitig von den Ereignissen der letzten Tage berichteten.

»Aber das könnte wirklich eine heiße Spur sein, wenn dieser Roth die Ergebnisse manipulieren ließ.«

»Oder aber die beiden Brüder haben das auf eigene Faust gemacht«, bemerkte Dirk und gähnte. Es war bereits spät, er sollte Feierabend machen. Doch auch nachdem er das Büro verlassen hatte, ließ ihn der Fall nicht los. Tausend Sachen schwirrten in seinem Kopf. Er war daher froh, dass zu Hause bereits alle schliefen, als er gegen Mitternacht ins Haus schlich. Er warf seine Tasche in den Flur, putzte sich flüchtig die Zähne und krabbelte gleich darauf zu Dörte ins Bett.

»Wenn der Fall zu Ende ist, habe ich wieder mehr Zeit für euch«, flüsterte er völlig erschlagen und schlief sofort ein.

20. KAPITEL

Für den nächsten Tag hatte Haie sich mit Lianna verabredet.

»Wer ist denn das?«, fragte Tom interessiert, der sich wunderte, dass Haie sich mit einer Frau traf. Seit der Trennung von Elke hatte es nur eine weitere Bekanntschaft gegeben, und als die Beziehung auseinanderging, hatte Tom das Gefühl, dass Haie mit dem Kapitel Frauen abgeschlossen hatte. Daher wunderte er sich, dass der Freund sich herausputzte und nach Leck fahren wollte.

»Eine alte Schulfreundin, aber das Interessante ist, sie arbeitet für den Tierschutzverein und hat da von einem Typen erzählt, der wohl recht radikal gegen das Labor vorgegangen ist.«

Daher weht der Wind, dachte Tom, obwohl er Haie durchaus eine Freundin gegönnt hätte. Er selbst fühlte sich oft einsam, neun Jahre waren seit Marlenes Tod vergangen und noch immer schmerzte ihn der Verlust. Doch langsam wurde es eine andere Art von Schmerz, und die schöne Unbekannte aus der Gastwirtschaft beschäftigte ihn gedanklich seit ihrer Begegnung. Aber er war schließlich nicht allein – Niklas war auch noch da, und Tom fragte sich, wie er wohl auf eine Frau in ihrem Familienleben reagieren würde. Das und vieles mehr ging Tom durch den Kopf, denn eins war für ihn sicher: Bis zum Ende seines Lebens wollte er nicht allein bleiben. Niklas wäre irgendwann erwachsen und Haie würde sicherlich alt, aber keine hundert werden. Warum sollte er da weiter als Single leben? Denn vor der Einsamkeit hatte er große Angst.

»Na, dann wünsche ich dir viel Spaß und übertreib nicht mit deinen Ermittlungen«, ermahnte Tom den Freund, obwohl er wusste, dass Haie, wenn es drauf ankam, nicht zu bremsen war. Schon mehr als einmal hatte er sich in Gefahr gebracht und stets großes Glück gehabt. Das sollte er jedoch nicht überstrapazieren, dachte Tom.

Haie schwang sich auf sein E-Bike und radelte los. Es war kein schöner Tag, aber trocken. Für später hatten die Nachrichten jedoch Regen und Sturm angesagt, daher hatte er das Treffen mit Lianna auf den Vormittag gelegt.

Über die Dorfstraße radelte er zum Browäi und dann am Bahndamm entlang. Schnell erreichte er Leck und fuhr über die Hauptstraße zum Tierschutzverein, der sich in einer kleinen Einliegerwohnung eines Einfamilienhauses in einer Wohnsiedlung befand. Haie stellte sein Fahrrad an der Hauswand ab und trat vor die Tür. Ehe er klopfte, hörte er Liannas aufgeregte Stimme: »Das ist nicht rechtens, das könnt ihr nicht tun!«

»Ich finde aber, jeder hat ein Recht zu erfahren, was für ein Tierquäler das war«, erklang daraufhin eine tiefe Stimme.

»Aber das geht nicht und das verbessert das Leid der Tiere auch nicht.«

»Na, sein Tod hat das aber schon.«

Es folgte Stille.

Haie klopfte und trat in die kleine Wohnung. Während Lianna ihn anstrahlte, kniff der Mann seine Augen zusammen und musterte ihn feindselig. »Was wollen Sie?«, fauchte er ihn an.

Oh, mit dem ist nicht gut Kirschen essen, dachte Haie sofort und entgegnete: »Ich wollte zu Lianna.« Er nickte der Schulfreundin zu.

»Das ist Haie Ketelsen. Interessiert sich dafür, was wir hier machen.«

»Inwiefern? Willst du hier rumschnüffeln, oder was?« Karsten Boysen kannte Haie offensichtlich. Über seine Zusammenarbeit mit der Polizei war schon öfters in der Zeitung berichtet worden.

»Nee, geht mir um Tiere«, versuchte Haie so, den eigentlichen Grund seines Erscheinens zu leugnen.

»Klar, ganz zufällig, weil es den Typen vom Versuchslabor getroffen hat. Glaubst wohl, wir haben was damit zu tun.«

»Und, habt ihr?« Wenn der Typ so direkt fragte, konnte er das Versteckspiel auch gleich aufgeben, obwohl er wusste, dass er so nichts herausfinden würde. Es sei denn, der Typ verplapperte sich in seiner aufgebrachten Stimmung.

»Klar«, entgegnete Boysen, »nur weil wir den nicht mochten, haben wir den gleich umgebracht.«

»Kein unübliches Tatmotiv.« Haie zeigte sich unbeeindruckt.

»Nun lasst das doch, was soll das denn?«, fuhr Lianna dazwischen. »Haie geht es um die Tiere, genau wie uns.«

»Ach.« Karsten winkte ab und verließ den Raum ohne ein weiteres Wort. Durch das Fenster sah Haie, wie er sich draußen eine Zigarette anzündete und ins Auto stieg.

»Ist der immer so?« Haie wandte sich Lianna zu, die mit geröteten Wangen an einem Schreibtisch stand.

»Ja, leider. Ich finde das nicht okay, schädigt den Ruf des gesamten Vereins. Stell dir vor, der will einen Nachruf im Namen der Tiere veröffentlichen und sich bei Gott bedanken, dass Carsten Carstensen tot ist.« Sie hielt ihm ein Stück Papier hin, auf dem Karsten Boysen den Nachruf verfasst hatte.

Haie zog die Augenbrauen hoch, fand aber, dass diese Aktion zu dem Mann passte. Trotzdem sagte das nichts darüber aus, ob Karsten Boysen selbst etwas mit dem Mord zu tun hatte. »Hat der denn sonst was erzählt?«

»Worüber?«

»Über den Mord.«

»Nee, nur dass er froh ist, dass der endlich tot ist.«

»Und sind schon irgendwelche Ergebnisse da?« Thamsen steckte seinen Kopf in Rolfs' Büro, wo der an seinem Schreibtisch saß und auf den Bildschirm seines Computers starrte.

Dirk war heute etwas später dran, da er mit Dörte und den Kindern zusammen gefrühstückt und anschließend Lotta und Hanno in die Kita gebracht hatte.

»Nee, noch nicht, aber die Kollegen sind dran.«

»Und sonst, irgendetwas Neues?«

»Nee, aber ich fahre nachher noch zu der Witwe. Hat ja gestern wegen der Laboraktion nicht geklappt.«

Leicht frustriert ging Dirk in sein Büro. Irgendwie kamen sie trotz zahlreicher Hinweise und Spuren nicht weiter. Dadurch gestalteten die Ermittlungen sich zäh wie ein Kaugummi, den man bereits zu lange im Mund hatte. Es musste doch etwas geben, irgendetwas, auf das sie bisher noch nicht gestoßen waren.

Er fuhr den Computer hoch. In einer Mail las er, dass bereits heute die Beerdigung von Carsten Carstensen war. Auch das noch. Da hatte er gar keine Lust drauf. Aber in diesem Fall war es sicherlich wichtig, dass sie sich da blicken ließen, denn es war nach wie vor möglich, dass der Täter aus dem näheren Umfeld stammte oder an der Trauerfeier teilnahm. Er stand auf, holte sich eine Tasse Kaffee aus der Gemeinschaftsküche und machte erneut bei Ansgar Halt.

»Heute ist die Beerdigung.«

Rolfs machte ein wenig begeistertes Gesicht. »Och ja, dann wird das wahrscheinlich nichts mit der Befragung, aber wir müssen dahin, oder?«

Thamsen nahm einen Schluck Kaffee und nickte. »Kommen wir nicht drum herum.«

Am Vormittag zeichnete er die liegen gebliebenen Berichte ab und erkundigte sich zweimal bei den Kollegen in Kiel nach Ergebnissen aus den laufenden Untersuchungen.

»Das sind komplexe Sachverhalte, da müssen wir uns erst einarbeiten mit den Experten. Es dauert, so lange wie es dauert«, gab der Kieler Kollege genervt Auskunft.

Thamsen legte seufzend den Hörer weg, als plötzlich Haie in sein Büro stürmte.

»Endlich bist du wieder da!«, schnaufte der Freund aufgeregt. »Hat dein Besuch in Düsseldorf etwas Neues gebracht?« Er ließ sich auf den Stuhl vor dem Schreibtisch plumpsen.

»Moin erst mal«, begrüßte Thamsen ihn. »Wir warten noch auf die Ergebnisse der Durchsuchung. Was treibt dich hierher?«

»Durchsuchung?« Haie bekam schlagartig einen geraden Rücken.

»Ja, wir haben den Hinweis bekommen, dass die Ergebnisse der Studie mit Schlangengift gefälscht sein könnten. Die Kollegen in Kiel überprüfen das anhand des Materials aus dem Labor.«

»Und wie sieht es mit dem Giftbestand aus?«

»Wie kommst du darauf?« Thamsen runzelte die Stirn.

Haie berichtete von seinem Besuch beim Tierschutzverein. »Lianna hat erzählt, dass Karsten Boysen vor ein paar Wochen ins Labor eingebrochen ist. Angeblich um die Tiere zu befreien, aber er könnte natürlich das Schlangengift gestohlen haben.«

»Echt?«

»Der Typ ist ohnehin recht komisch; also ich traue dem einen Mord zu!« Mit geröteten Wangen erzählte Haie von dem Nachruf.

»Woher weißt du das alles? Bist du jetzt Mitglied im Tierschutzverein?« Dirk wunderte sich, wie Haie an diese Informationen gekommen war.

»Och«, winkte Haie ab und griente, »Beziehungen.«

Thamsen nahm den Hörer in die Hand und wählte erneut die Kieler Nummer.

»Wir können nicht hexen«, meldete sich der Kollege.

»Weiß ich doch, aber ich habe einen neuen Hinweis. Könnt ihr bitte den Giftbestand überprüfen, ich meine, die Eintragungen? Ich fahre gleich mal hin und schaue die Mengen noch einmal nach.«

»Aber die Bestände haben wir auch aufgenommen.«

»Sicher ist sicher«, kommentierte Dirk sein Vorhaben, als er das Telefonat beendete und aufstand.

Haie blickte ihn erwartungsvoll an, doch Thamsen wollte ihn nicht zu sehr involvieren. Der Freund sah müde aus.

»Heute Nachmittag ist die Beerdigung. Sehen wir uns da?«, fragte er daher, als er sich verabschiedete.

Haie war enttäuscht, ja beinahe wütend. Er brachte einen entscheidenden Hinweis und durfte nicht mal mit zur Überprüfung. Fahrig schloss er sein Fahrrad auf und radelte los. Das Wetter hatte umgeschlagen wie vorhergesagt, es nieselte leicht und der Wind hatte beachtlich zugenommen. Gut, dass er den Motor zuschalten konnte, denn auf der Rückfahrt hatte er, wie so oft in Nordfriesland, Gegenwind.

Er fuhr am Bahndamm entlang bis zur Steege, als er plötzlich bemerkte, wie der Antrieb des Rades schwächer und schwächer wurde und schließlich erstarb. »Mist«, entfuhr es Haie. Die Batterie war leer. Er hatte die heutige Tour nicht eingeplant und gestern vergessen, den Akku zu laden. Ein Stück strampelte er weiter, doch schnell ging ihm die Puste aus und er merkte, wie schlapp und müde er sich fühlte. Er verschnaufte einen Moment, dann schob er das Fahrrad weiter. Der Regen nahm stetig zu. Dicke Tropfen fielen beinahe seitwärts vom Himmel, und er spürte, wie die Feuchtigkeit seine Haut erreichte. Er war völlig durchnässt und begann zu frieren.

Nicht auch das noch, dachte er, eine Erkältung konnte er sich jetzt nicht leisten. Er beschloss, das Fahrrad durch das Wohngebiet zur Dorfstraße hinauf und bis zu Elke zu schieben. Dort konnte er sich von Tom abholen lassen oder weiterfahren, wenn es aufhörte zu regnen.

Elke machte große Augen, als sie ihn vor ihrer Haustür erblickte, aber die Freude über den Besuch konnte sie nicht lange verbergen. »Komm in«, forderte sie Haie auf und nahm ihm die nasse Jacke ab. »Willst du einen Tee?«

Haie nickte dankbar.

»Du musst aber aus den nassen Sachen raus.«

»Ach, das geht«, winkte Haie ab. Es war ihm nun doch etwas unangenehm, sie in diesem Zustand zu belästigen. Zumal er wusste, dass Elke mehr in den Besuch hineininterpretieren könnte, als ihm lieb war.

»Du holst dir den Tod«, behauptete sie vehement und schob ihn ins Bad.

21. KAPITEL

Im Labor war nur die Tierpflegerin anwesend, als Dirk eintraf. Frank Carstensen hatte er von unterwegs informiert. Obwohl dieser den kürzeren Weg hatte, war er noch nicht da. Am Telefon hatte er ihn noch angeblafft, ob das nicht bis nach der Beerdigung warten könne.

»Kann es nicht«, hatte Thamsen darauf bestanden. Er musste den Giftbestand überprüfen. Immerhin war es gut möglich, dass jemand oder gar der Tierschützer etwas bei dem Einbruch entwendet und damit Carsten Carstensen ermordet hatte. So wie Haie den Typen beschrieben hatte, schien der zu einigem fähig zu sein.

Thamsen wartete in dem Büro von Frank Carstensen, das in schlichter Eleganz ausgestattet war. Die Geräusche der Tiere drangen bis hierher und er fragte sich, ob für die Kosmetikartikel in seinem Bad auch Tiere leiden mussten.

Er wollte aufstehen und zur Pflegerin gehen, als er in der Tür mit Frank Carstensen zusammenstieß. »Was schleichen Sie hier rum?«

»Ich wollte nur schauen, wo Sie bleiben, schließlich haben Sie es ja nicht so weit«, entfuhr es Dirk, worauf Carstensen ihn grimmig anblickte.

»Dann kommen Sie, ich muss schließlich gleich meinen Bruder beerdigen«, betonte er, anstatt die unangebrachte Untersuchung noch einmal direkt zu benennen.

Dirk folgte dem Mann zum Giftschrank, der sich im Büro des Opfers befand. Der Schlüssel lag in der Schublade des Schreibtisches.

»Oh, das ist ja nicht besonders gesichert«, bemerkte Thamsen, woraufhin Carstensen etwas Unverständliches brummte. Er schloss die Tür eines kleinen weißen Schranks auf, in dem mehrere Flaschen und Behälter standen.

»Sind das alle Bestände?«

Frank Carstensen warf Thamsen einen Blick über die Schulter zu. »Was denken Sie denn, was wir hier veranstalten?« Carstensen nahm eine Flasche und hielt sie gegen das Licht.

Dirk konnte sehen, dass darin eine ölige Flüssigkeit schimmerte.

»25 Milliliter, die ein Gewicht von …«, sagte Carstensen und ging zum Schreibtisch, auf dem eine digitale Waage stand, »40,723 Gramm haben, inklusive Flasche.«

Thamsen notierte die Angaben in sein Merkbuch. »Danke.«

Frank Carstensen stellte die Flasche in den Schrank zurück, schloss diesen ab und legte den Schlüssel zurück in die Schreibtischschublade. »Ich muss dann.« Er verließ ohne ein weiteres Wort das Büro.

Thamsen folgte dem Laborbesitzer nach draußen und beobachtete, wie er in seinen Wagen stieg und davonfuhr. Seltsam, wunderte Dirk sich, dass der mich hier so alleine lässt. Er überlegte, ob er zurückgehen und mit der Tierpflegerin sprechen sollte, entschied sich allerdings, zunächst einmal die Kieler Kollegen über den Giftbestand zu informieren.

»Na, dich hat es ja ganz schön erwischt«, bemerkte Tom grinsend, als er Elkes Küche betrat, in der Haie nackt in ein Badetuch eingemummelt auf der Eckbank saß und Tee schlürfte. Er konnte sich ein Grienen nicht verkneifen. Elke strahlte wie ein Honigkuchenpferd und rannte um Haie herum. »Hier, nimm noch ein wenig Echinacin.« Sie reichte ihm ein Fläschchen.

»Wie kommt es eigentlich, dass du liegen geblieben bist?«, fragte Tom, nachdem er von Elke auf einen Stuhl manövriert worden war. Es war noch nie vorgekommen, dass Haie vergessen hatte, den Akku seines Fahrrades aufzuladen. Ob er vergesslich wurde?

»Na, nachdem ich bei Lianna war, bin ich direkt zu Dirk. War nicht geplant die Tour.«

»Lianna?«, hakte Elke nach und ihr Strahlen erlosch augenblicklich.

»Ja, meine alte Schulfreundin.«

»Was hast du denn mit der zu tun? Seit wann ist die überhaupt wieder in der Gegend?« Elkes Stimme nahm einen leicht feindseligen Ton an.

Haie ging jedoch nicht auf die Fragen ein, sondern berichtete gleich von Karsten Boysen, der in das Versuchslabor eingebrochen war.

»Da musste ich gleich zu Dirk, der ist auch los und hat

das überprüft.« Er blickte auf die Uhr. »Müsste eigentlich schon fertig sein.«

»Okay, und ihr seid euch sicher?«

Der Kollege hatte exakt die Menge aus dem Fläschchen bestätigt. »Ist in der Liste der Giftbestände erfasst. Da fehlt nix.«

Wäre auch zu schön gewesen, dachte Dirk und legte auf. Er blickte sich um. Verlassen lag das Labor da, beinahe friedlich in dieser schönen Landschaft und ließ nicht erahnen, was hinter den Mauern vor sich ging. Er schüttelte den Kopf, als er in seinen Wagen stieg. Obwohl aus dem Labor anscheinend kein Gift gestohlen worden war, wollte er Karsten Boysen einen Besuch abstatten. Vielleicht hatte er das Gift woanders herbekommen. Wobei Dirk sich keine großen Hoffnungen machte, denn so einfach kam man sicherlich nicht in den Besitz von Schlangengift. Aber vielleicht war das ein weiterer Ansatzpunkt, den sie noch einmal genauer verfolgen sollten. Er wählte Ansgars Nummer und beauftragte ihn, sämtliche Informationen zu dem Gift und dessen Beschaffungsmöglichkeiten zusammenzutragen. »Vielleicht kommen wir über diesen Weg dem Täter auf die Spur«, begründete er die Anweisung und lenkte seinen Wagen durch das Dorf Richtung B 5.

Der Verdächtige wohnte laut Melderegister in Klintum. Dirk kannte von dem Ort eigentlich nur den angrenzenden Wald, in dem er ab und zu mit Dörte und den Kindern spazieren ging. Der letzte Ausflug lag schon einige Zeit zurück und unweigerlich musste er an Hagen

Brandts Worte denken. Es musste sich in seiner Familie wirklich etwas verändern. Er musste etwas ändern.

Dirk stoppte den Wagen vor einem schmalen Haus in einer Stichstraße und betrachtete die Gegend, die auf ihn ziemlich normal wirkte. »Aber was ist schon normal«, murmelte er, als er ausstieg und auf den Eingang zuging. Er hatte die Tür noch nicht erreicht, da öffnete sich diese plötzlich und ein Mann in Lederkluft trat aus dem Haus.

»Herr Boysen?«

Thamsen beobachtete die Reaktion auf seine Frage.

Der Angesprochene musterte ihn. »Sind Sie nicht von der Polizei?« Thamsen war einigen Leuten durchaus aus der Zeitung bekannt. »Hat die Alte doch gepetzt?«

»Hat sie«, bestätigte Thamsen und verschwieg dabei, dass es eigentlich Haie gewesen war, der Karsten Boysen angeschwärzt hatte.

»Und nun kommen Sie gleich angetrabt und glauben, ich hätte den Kerl tatsächlich umgebracht?«

»Ist das so abwegig?«

Boysen zuckte mit den Schultern. »Haben Sie denn Beweise, außer dass Sie gehört haben, dass ich über Carstensens Tod froh bin?«

»Sie hatten zu seinen Lebzeiten ja schon etwas gegen den Laborbesitzer, oder?«

»Berechtigterweise. Der quälte schließlich Tiere.«

Dagegen konnte Thamsen nichts sagen, das entsprach der Wahrheit. Nachweisen konnte er Karsten Boysen nichts. »Wo waren Sie denn am Montagmorgen so zwischen 5:30 und 6 Uhr?«

»Hier.«

»Gibt es dafür Zeugen?«

»Meinen Hund?« Karsten Boysen grinste schief.

»Oh, die Beerdigung!« Haie fuhr von der Bank auf. »Wir müssen los. Elke, wo sind meine Sachen?«

»Du willst jetzt nicht wirklich bei dem Wetter zur Beerdigung?« Tom schaute ihn zweifelnd an.

»Natürlich. Dirk kommt auch.«

»Oh Mann«, seufzte Elke. Sie wusste, dass man Haie nicht würde davon abbringen können.

»Aber so willst du nicht gehen, oder?« Tom beobachtete, wie Haie in die klammen Klamotten stieg.

»Na, umziehen schaffen wir jetzt nicht mehr. Du musst mich fahren, das Fahrrad hole ich dann später ab.«

Tom schüttelte den Kopf, erhob sich aber und verabschiedete sich von Elke. Als sie vor die Tür traten, empfing sie ein Platzregen.

»Richtiges Beerdigungswetter«, kommentierte Tom den Regen, als sie endlich im Auto saßen und Richtung Friedhof fuhren. »Du holst dir bestimmt den Tod«, prophezeite er dem Freund, als sie vor dem hölzernen Tor hielten. Es waren noch eine Menge Parkplätze frei, das schlechte Wetter lockte anscheinend nicht viele Leute zur Trauerfeier. Auch Dirks Wagen war nicht zu sehen.

»Ich geh trotzdem mal rein. Kommst du?«, fragte Haie.

Tom schüttelte den Kopf. »Ich warte hier.« Seit Marlenes Tod ertrug er keine Trauerfeiern. Er ging überhaupt selten auf den Friedhof. Marlenes Grab besuchte er so gut wie nie. Zu groß war seine Angst, von den Erinnerungen eingeholt zu werden. Auch wenn es in der letzten Zeit langsam besser geworden war und er seltener an sie dachte, sicher war sicher, meinte er und blieb daher im Auto sitzen.

Haie stieg aus und lief zwischen den anderen wenigen Trauergästen, die langsam eintrafen, zur Kirche. Normalerweise zog ein Mord die Leute an, aber heute waren kaum Gäste in der Kirche, und Haie fand einen Platz in einer der mittleren Bänke, in der Helene bereits Platz genommen hatte. Sie ließ sich solch ein Ereignis natürlich nicht entgehen und hatte sogar den Laden dafür geschlossen. Haie nickte ihr zu.

Die Witwe saß in der vordersten Reihe, daneben der Bruder. Mehr Angehörige hatte Carsten Carstensen nicht, aber genau diese waren in Haies Augen höchst verdächtig. Schließlich hatten die beiden das stärkste Motiv.

Haie blickte sich ein wenig um. Etwas weiter hinten sah er den Vater von Benedikt. Dann ging es der Mutter wohl noch nicht besser, und diese Lina passte auf die Kinder auf, denn Niklas war heute schon wieder bei seinem Freund. Er nahm sich vor, Benedikts Vater zu fragen, ob das okay war, und wollte anbieten, dass die Jungs auch mal bei ihnen spielen konnten. Immerhin ging es Benedikts Mutter nicht gut, das wurde ihr bestimmt zu viel, auch wenn ihre Schwester augenblicklich ein paar Tage hier war und ihr half.

Die Orgel setzte ein und der Trauergottesdienst begann. Wo blieb Thamsen nur?

22. KAPITEL

Dirk war nach dem Besuch in Klintum spät dran. Auf der B 5 hatte es noch dazu einen Unfall gegeben, sodass er einen Umweg fahren musste. Spät erreichte er die Kirche und sah Tom, der im Auto saß und wartete. Sofort erfasste ihn ein Schuldgefühl, denn an Marlenes Tod traf ihn in seinen Augen eine Art Mitschuld. Wenn er damals die Ermittlungen nicht hätte schleifen lassen, dann … Er seufzte und stieg aus. Die Zeit konnte er nicht zurückdrehen und was geschehen war nicht ungeschehen machen. Er hob die Hand zum Gruß und eilte zur Kirche.

Der Chor sang bereits, als Thamsen den Kirchenraum betrat. Schnell huschte er in eine der hinteren Bänke und ließ seinen Blick über die anwesenden Trauergäste schweifen. Eigentlich hatte er erwartet, dass mehr Leute kommen würden, aber die Trauergemeinschaft war überschaubar. Er kannte die meisten nicht und nahm sich vor, Haie zu fragen, ob ihm jemand Fremdes aufgefallen war. Gut, dass der Freund gekommen war, obwohl er etwas merkwürdig zusammengesunken in einer der mittleren Bänke saß.

Ein Gebet beendete den Gottesdienst, dann erhoben sich die Sargträger und gleich darauf die Witwe und der Bruder, die sich gegenseitig eingehakt hatten. Wie scheinheilig, fuhr es Thamsen durch den Kopf. Trauert um den Mann und hält den Geliebten im Arm. Er wartete, bis die Gäste die Kirche verlassen hatten und Haie sich zu ihm gesellte.

»Und«, flüsterte er, »ist dir was aufgefallen?«

Haie schüttelte den Kopf. »Nicht wirklich, außer das verlogene Pack aus der ersten Reihe.« Dirk nickte. Sie folgten dem Zug nach draußen. Der Friedhof war übersichtlich, und sie stellten sich etwas abseits unter einen Baum, der den Regen zumindest ein wenig abhielt. Aufgrund des Wetters waren einige Trauergäste bereits gegangen, sodass die Gruppe um das Grab nur aus wenigen Personen bestand.

Thamsen ließ noch einmal seinen Blick über die Anwesenden schweifen. »Ich glaube, das lohnt nicht«, bemerkte er dann. Ihm war kalt.

»Aber kondolieren sollten wir noch«, gab Haie zu bedenken. »Mal sehen, wie die reagieren, wenn sie dich sehen.«

Sie warteten die kurze Grabrede ab und wie jeder der Reihe nach eine Schaufel Sand ins Grab warf, um anschließend der Familie zu kondolieren.

»Mein Beileid«, entgegnete Dirk, als er Regina Carstensen die regennasse Hand schüttelte. Der Gesichtsausdruck der Witwe blieb unverändert. Frank Carstensen hingegen blickte ihn feindselig an.

»Und, haben Sie etwas gefunden?«, zischte er, doch Thamsen ging einfach weiter, schließlich standen hinter ihm noch zwei weitere Gäste, die ihr Beileid aussprechen wollten.

»Ich war noch bei Karsten Boysen. Deshalb war ich spät dran«, erzählte er Haie, als sie zum Parkplatz gingen.

»Und?«

»Hast recht. Seltsamer Typ, aber da im Labor nachweislich kein Gift fehlt, haben wir gegen ihn nichts in der Hand. Und diesen Nachruf hat er ja noch nicht veröffentlicht. Wird sich jetzt wahrscheinlich davor hüten«, vermutete Dirk.

»Mist«, fluchte Haie leise. »Das heißt, wir haben momentan nichts?«

Thamsen nickte.

Ansgar wollte gerade Tee kochen, als sein Telefon klingelte. »Rolfs?«, meldete er sich.

»Oh, doch jemand erreichbar«, schallte ihm leicht hämisch die Stimme des Kieler Kollegen aus dem Hörer entgegen. »Thamsen geht ja nicht ran.«

»Der ist zur Trauerfeier des Opfers. Hat das Handy bestimmt aus. Gibt es denn Neuigkeiten?«

»Auf jeden Fall. Unsere Experten haben die Versuchsreihen abgeglichen und dabei starke Abweichungen zu den Ergebnissen, die die Kosmetikfirma ausweist, festgestellt.«

»Aha, das heißt?«

»Entweder ist dem Labor ein Fehler unterlaufen, oder die haben die Ergebnisse schlichtweg gefälscht«, erklärte der Kieler Kollege.

»Gefälscht?« Ansgar überlegte, ob Carstensen das absichtlich oder auf Wunsch von Beautyblue gemacht haben könnte. Wahrscheinlich hatte Carstensen sich schmieren lassen, vermutete Rolfs, denn umsonst schönte keiner Ergebnisse, oder? »Könnt ihr mal in den Unterlagen schauen, wie viel Geld Carstensen für das Projekt kassiert hat?«

»Haben wir schon, Moment …«, ein Rascheln war zu hören, »2,3 Millionen Euro.«

»Was, so viel?« Ansgar rauschte der Kopf bei dem Gedanken an solche Beträge.

»Ja.«

»Gut, danke«, verabschiedete er sich.

Nachdem er sich den Tee gekocht hatte und wieder an seinem Schreibtisch saß, suchte er nach der Telefonnummer von einer der anderen Firmen und ließ sich mit Herrn Nötken verbinden. Aus Thamsens Schilderungen wusste er, dass der Mann sich bei der Befragung äußerst kooperativ verhalten hatte.

»Können Sie mir sagen, was Sie im Schnitt für Versuchsreihen zahlen?«

»Nein, das ist nun wirklich geheim, da können wir keine Auskünfte geben«, bestand der sonst hilfsbereite Geschäftsführer auf Diskretion.

Mist, fluchte Ansgar gedanklich. Wie konnte er herausfinden, ob das ein üblicher Betrag für derartige Studien war? Vielleicht hatte sein Chef eine Idee?

Thamsen hatte sich mittlerweile von Haie verabschiedet und war auf dem Weg nach Hause, als Ansgar ihn anrief und von den gefälschten Ergebnissen und dem Entgelt für die Studie erzählte.

»Die Kollegen können natürlich nicht sagen, ob dem Labor ein Fehler unterlaufen ist, aber ich schätze bei der Sachlage und dem Umstand, dass Carstensen tot ist, dass vermutlich eher bewusst manipuliert worden ist. Außerdem hat Beautyblue eine Menge Geld dafür gezahlt, wobei ich den üblichen Preis für derartige Arbeiten nicht kenne.«

»Das erscheint mir auch hoch«, stimmte Thamsen Rolfs zu. »Ich frage mal bei den Kollegen in Düsseldorf an. Die hatten die Firma schon mal unter die Lupe genommen. Vielleicht haben die Zahlen von vergleichbaren Studien. Soweit ich verstanden habe, haben die den Laden komplett auseinandergenommen.«

»Alles klar, Chef, dann bis gleich.«

Eigentlich hatte Dirk heute früher Feierabend machen wollen, aber je schneller der Fall abgeschlossen war, umso eher hatte er Zeit für die Familie, tröstete er sich und wählte bereits Brandts Nummer.

»Ach, hallo, Dirk. Wieder gut in Nordfriesland angekommen? Was macht der Fall? Kommt ihr voran?«

»Deswegen rufe ich an. Könntest du bei deinen Kollegen mal fragen, ob die Zahlen darüber haben, welche Summen Beautyblue generell für Studien zahlt? An das Labor von Carstensen haben sie jedenfalls 2,3 Millionen bezahlt.«

»Soweit ich weiß, sind da recht hohe Summen im Spiel, aber das kommt mir auch viel vor. Ich horche mal bei den Kollegen nach und melde mich wieder.«

»Danke!«

Thamsen legte auf und seufzte leise. Er fühlte plötzlich eine bleierne Müdigkeit in sich aufsteigen und überlegte kurz, doch nach Hause zu fahren, entschied sich aber für die Dienststelle, denn Dörte und die Kinder waren anstrengender als sein Mitarbeiter, stellte er fest.

23. KAPITEL

Der nächste Tag begann grau und ungemütlich. Haie spürte seine alten Knochen und hatte das Gefühl, dass eine Erkältung im Anmarsch war. Doch heute konnte er sich nicht erlauben, krank zu sein. Niklas wollte nach der Schule Benedikt mit nach Hause bringen, und Haie hatte seinem Patenkind versprochen, für die beiden Freunde zu kochen – Kartoffelpüree mit Fischstäbchen. Niklas' Lieblingsgericht.

Leider stellte er kurz vorm Mittag fest, dass sie keine Kartoffeln und nicht einmal Tüten mit Fertigpulver für Kartoffelpüree im Haus hatten. Tom war unterwegs und so musste er wohl oder übel zum Supermarkt fahren.

Dort herrschte um die Mittagszeit reichlich Betrieb. Helene bediente mit hochroten Wangen ihre Kunden an der Kasse und informierte jeden über die gestrige Beerdigung.

»Total scheinheilig, wie Regina sich da als trauernde Witwe gegeben hat«, posaunte sie durch den Laden.

Aha, dachte Haie, die Affäre hatte sich also schon rumgesprochen. Er holte Kartoffeln, Butter, Milch und einen Nachtisch für die Jungen und stellte sich in die Schlange.

»Wenn die beiden mal nicht was mit dem Mord zu tun haben«, zischte Helene derweil gerade einer Kundin zu.

Nach wie vor hatten die beiden das stärkste Motiv, musste Haie ihr zugestehen. Dass ein Konkurrent Carsten Carstensen umgebracht hatte, hielt er persönlich eher für unwahrscheinlich. Dirk musste dieser Spur natürlich nachgehen. Er hatte ihm gestern erzählt, dass in der Branche seltsame Typen arbeiteten, aber auch Thamsen ging davon aus, dass die sich nicht selbst die Hände schmutzig machten. Und wer sonst, außer Regina oder Frank Carstensen, sollte einen Grund gehabt haben, Carsten umzubringen?

Er legte seine Waren auf das Laufband, als er endlich an der Reihe war.

»Na, noch schnell was zum Mittag holen? Siehst aber nicht gut aus? Hast du Fieber?« Helene musterte ihn neugierig.

Haie tat sein Unwohlsein mit einer Handbewegung ab. »Benedikt kommt zu Besuch, die Jungs haben Hunger.«

»Benedikt von Jutta?«

»Ja.«

»Oh, wie geht es der denn mittlerweile?« Die Ladenbesitzerin ignorierte die wartenden Kunden hinter Haie und lehnte sich ein Stück zu ihm vor. »Habe gehört, die hatte einen Unfall?« Anscheinend erhoffte sich Helene exklusive Infos von Haie, doch der konnte nur mit den Schultern zucken. Er wusste von Niklas lediglich, dass Benedikts Mutter im Bett lag. Was sie genau hatte, war ihm nicht bekannt.

»Auf jeden Fall hat man die schon ewig nicht mehr im Dorf gesehen.«

Stimmt, fiel Haie nun auf, auch gestern war Lutz Klewer allein auf der Trauerfeier gewesen.

»Was für einen Unfall hatte Jutta denn?«

Bedauernd schüttelte Helene den Kopf. »Da weiß keiner was Genaues drüber. Aber angeblich soll sie entstellt sein …«, raunte die Ladenbesitzerin über den Tresen.

Dirk saß an seinem Schreibtisch und ging die Berichte durch, als Ansgar hereinkam und sich auf den Stuhl vor dem Schreibtisch plumpsen ließ. »Mensch, das ist doch wie verhext«, maulte er dabei.

Thamsen nickte. Sie hatten nicht eine heiße Spur, nichts, was sie wirklich weiterbrachte, und am Nachmittag kamen die Husumer und wollten über den Stand der Ermittlungen informiert werden.

Brandt hatte mit den Kollegen gesprochen und ihm einige Zahlen genannt. »Es ist durchaus üblich, bei besonderen Versuchsreihen höhere Summen zu zahlen. Das ist schließlich die freie Marktwirtschaft«, hatte der Düsseldorfer Kollege bemerkt. Tom hatte dies bestätigt und gemeint, dass es sicherlich keine Preisliste als solches gebe und die Aufträge stets Verhandlungssache seien. Die Summe sei schon ungewöhnlich hoch, hatte der Freund bemerkt, aber ein konkreter Beweis dafür, dass etwas nicht mit rechten Dingen zugehe, sei das noch lange nicht.

Dass die Ergebnisse der Versuchsreihen falsch waren, war ein möglicher Ansatz. Angenommen, Carsten Carstensen hätte die Resultate manipuliert, wer hatte dann einen Grund, ihn umzubringen?

Vielleicht hatte der Tierarzt auspacken wollen? Immerhin hatte er das Labor verkaufen wollen. Und es hatte Klagen von Geschädigten gegeben. Hatte er reinen Tisch machen wollen? Wollte er auspacken? Oder hatte Roth ihm gedroht? Thamsen rauchte geradezu der Kopf.

»Wir müssen da irgendwie ein System reinbringen und Stück für Stück noch einmal alles durchgehen«, schlug er deshalb vor.

Ansgar stand auf und trat an das Whiteboard. Mit einem Marker zeichnete er ein Raster auf die weiße Fläche. Frank und Regina Carstensen sowie Felix Roth trug er als Hauptverdächtige ein, listete aber auch den Tierschützer auf.

»Was ist mit den Geschädigten?« Rolfs blickte auf Dirk.

»Wieso?«

»Na, du hast doch erzählt, dass es Klagen gegen Beautyblue gab.«

»Ja, aber woher sollen die denn wissen, welches Labor die Studien erstellt hat?«

»Keine Ahnung, aber eine Möglichkeit bleibt es doch trotzdem«, bestimmte Ansgar und ergänzte die Liste der Verdächtigen. »Kann ich dich eigentlich mal etwas anderes fragen?« Ansgar hatte sich an Thamsens Schreibtisch gesetzt und blickte ihn eindringlich an.

Dirk schluckte. Kam jetzt das, was er bereits seit Längerem ahnte und befürchtete? Hatte Rolfs sich um einen anderen Job – womöglich bei der Kripo – beworben?

»Jaaa?«

Ansgar rutschte auf dem Stuhl ein wenig hin und her. »Es ist so«, begann er dann umständlich, »ich habe …« Er machte eine Pause und räusperte sich.

Thamsen starrte ihn wie gebannt an, in seinen Ohren hatte sich ein Rauschen breitgemacht.

»Ja, ich habe da jemanden kennengelernt.«

Thamsen hielt die Luft an und wartete darauf, dass Rolfs weitersprach. Der schaute ihn zweifelnd an, hob dann die Hand und machte eine scheuchende Bewegung. »Ach, egal, vergiss es.«

»Und, Jungs, schmeckt es euch?« Haie saß erschöpft am Küchentisch und schaute zu, wie Niklas und sein Freund mit vollen Mündern nickten. Die beiden hatten einen Mordshunger. Haie kannte das von Niklas, aber Benedikt schien noch ausgehungerter zu sein. Er ließ sich bereits zum dritten Mal Nachschlag geben.

Na ja, dachte Haie, der Junge kann es brauchen, der hat kaum was auf den Rippen. Und wenn es der Mutter so schlecht geht, wird die ihm nicht immer etwas zu essen machen.

»Wie geht es denn deiner Mutter?« Benedikt zuckte nur mit den Schultern, den Blick auf den Teller gerichtet.

»Wie lange ist sie denn schon krank?«

Niklas warf Haie einen Blick zu, doch der wollte wissen, was an dem Gerücht mit dem Unfall dran war.

»Eine Weile.«

»Ich habe gehört, sie hatte einen Unfall.«

Benedikt nickte stumm, und Haie sah, dass sich Tränen in den Augen bildeten. Der Junge legte die Gabel zur Seite.

»Wollt ihr noch einen Nachtisch?«

Während Niklas begeistert nickte, blieb Benedikt stumm. Der Junge tat Haie leid. Es war sicherlich nicht leicht mit einer kranken Mutter zu Hause. Trotzdem interessierte ihn, was genau Jutta Klewer eigentlich hatte. Er stellte die Puddingbecher auf den Tisch. »Was war das denn für ein Unfall?«, versuchte Haie erneut, Informationen aus dem Kind herauszuquetschen.

»Komm, Benedikt, wir essen den Pudding in meinem Zimmer«, sprang Niklas seinem Freund zur Seite. Normalerweise wäre Haie froh über Niklas' Verhalten gewesen, aber heute ärgerte er sich. Wie sollte er herausfinden, was genau mit Jutta Klewer los war?

»Mehr habt ihr nicht?« Lorenz Meister blickte fragend auf Thamsen.

»Ich finde, das ist schon eine Menge, dafür dass wir nicht die Mordkommission sind«, betonte er und warf Meister einen feindseligen Blick zu. Er hatte es satt, immer die Arbeit für die feinen Beamten zu machen. Und in der Tat hatten sie schon eine Menge zusammengetragen, wenn man bedachte, wie viel Personal ihm zur Verfügung stand. Nur leider ließen sich die Puzzleteile nicht zusammenfügen. Noch nicht.

»Und die Witwe und der Bruder, was sind das für Leute? Traut ihr denen einen Mord zu?«

»Steht denen nicht auf der Stirn geschrieben«, giftete Thamsen den Husumer an.

»Sie haben zumindest ein Motiv, wenn nicht sogar mehrere, und an Schlangengift kommen sie auch ran«, beeilte Ansgar sich, die Wogen zu glätten, bevor sie höher schwappten.

»Aber wieso haben sie ihn dann in der Bahn umgebracht? Sie hätten den Mann zu Hause einfacher ermorden und den Tod anschließend wie ein Herzversagen aussehen lassen können, oder?« Meister war sichtlich unzufrieden mit den Ergebnissen. Das war Thamsen ebenfalls, doch momentan hatten sie eben nicht mehr. Vor dem Meeting hatte er noch einmal in Kiel angerufen, die Auswertungen dauerten jedoch an. Die Tendenz ließ einen Betrug vermuten, bestätigen konnten die Kieler das allerdings noch nicht.

»Habt ihr denn herausfinden können, warum der überhaupt so früh mit der Kleinbahn unterwegs war?«, wollte Lorenz Meister nun wissen.

»Nee, die Frau hatte keine Ahnung, und in seinen persönlichen Sachen gab es keinen Hinweis darauf«, antwortete Rolfs.

»Gegen die Frau und den Bruder als Täter würde sprechen, dass Carsten Carstensen sich mit denen wohl kaum in der Kleinbahn oder in Dagebüll verabredet hätte.« Thamsen blickte zwischen seinem Mitarbeiter und den Husumern hin und her.

»Es sei denn, sie hätten ihn unter falschen Umständen dahin gelockt«, bemerkte Rolfs, und Lorenz Meister nickte zustimmend.

»Aber spätestens, wenn einer der beiden in Erscheinung getreten wäre … ich weiß nicht.« Thamsen hielt den Ansatz für irrelevant. Hinter der Fahrt in der Kleinbahn musste etwas anderes stecken. Nur was?

»Warum nicht?«, hielt der Husumer Beamte an der Annahme fest. »Vielleicht hatte er auch eine Affäre und traf sie in der Bahn. Es gibt viele Möglichkeiten. Vielleicht hat auch seine Frau gesagt, dass es eine Überraschung werden soll.«

»Wurde es dann ja auch«, murmelte Ansgar, »eben nur ganz anderer Art.«

»Ich weiß nicht, ob Niklas der Umgang mit Benedikt guttut«, bemerkte Haie am Abend, als er mit Tom zusammen in der Küche saß und mit ihm Wein trank.

»Wieso nicht?«

»Der Junge ist schon sehr mitgenommen wegen seiner Mutter.«

»Aber die Tante kümmert sich gut um ihn«, entgegnete Tom, der mehr als erfreut gewesen war, als diese Benedikt am Abend bei ihnen abgeholt hatte. »Und sie sagte, es ginge ihrer Schwester schon etwas besser, weshalb sie wohl nicht mehr lange bliebe.« Das wiederum bedauerte Tom, denn er fand die Frau sehr attraktiv und nett. Leider hatte er sich nicht getraut, sie zu fragen, ob sie auf einen Kaffee oder zum Abendessen bleiben wolle. Warum nicht, konnte er nicht genau sagen, irgendwie erschien es ihm Lichtjahre her zu sein, dass er eine Frau derart angesprochen hatte. Er fühlte sich unsicher.

»Für Niklas ist das nicht gut, der wird da mit reingezogen«, griff Haie das Thema wieder auf.

»Aber als Freund wird man nun mal mit in das Leben des anderen reingezogen«, bemerkte Tom und stellte fest, dass er darüber mehr als froh war, denn wenn das nicht so wäre, würde er heute als alleinerziehender Vater wahrscheinlich nicht so gut klarkommen, und wer wüsste, wenn Haie sich damals nicht eingemischt hätte, wie es jetzt um ihn und Niklas stünde. Andersherum war es genauso, denn als Haie sich von Elke getrennt hatte, hatte Tom ihn als Freund aufgefangen. Das war es doch, was eine Freundschaft ausmachte.

»Niklas kommt damit schon klar. Ich finde es gut, wenn er lernt, sich um andere zu kümmern.«

»Ich habe gehört, die Mutter soll einen Unfall gehabt haben, aber das hat man im Dorf gar nicht mitbekommen.«

»Woher hast du das denn?«

»Von Helene«, stöhnte Haie, während er nach der Weinflasche griff.

»Ach dann«, winkte Tom ab, »ist sie vielleicht nur beim Gardinenaufhängen von der Leiter gefallen und hat sich den Knöchel verstaucht.«

»So, für heute ist Feierabend«, beschloss Thamsen und stand auf. Ansgar nickte und machte sich ebenfalls bereit. Er war genauso demotiviert wie Thamsen und hoffte, zu Hause etwas Abwechslung und vor allem Aufmunterung zu erfahren. Seit einigen Wochen hatte er Kontakt zu einer jungen Frau, die er über eine Partnerbörse im Netz kennengelernt hatte. Und die Sache entwickelte sich für sein Gefühl äußerst positiv. Eigentlich hatte er Dirk fragen wollen, ob er den nächsten Schritt und ein persönliches Treffen vorschlagen sollte, dann aber war es ihm plötzlich peinlich gewesen, mit seinem Vorgesetzten über private Dinge zu sprechen, auch wenn sie ein sehr freundschaftliches Verhältnis pflegten.

»Wenn wir morgen die Ergebnisse haben, laden wir Frank Carstensen noch mal vor. Sieht ja aus, als seien die Zahlen der Studie gefälscht. Mal sehen, was der dazu sagt.«

»Hat bestimmt nichts davon gewusst«, mutmaßte Rolfs und nahm seine Jacke.

Thamsen fuhr nicht direkt nach Hause, sondern zuerst in den Supermarkt und besorgte ein paar Lebensmittel. Er wollte kochen und so für ein wenig gute Stimmung zu Hause sorgen.

Dörte zeigte sich über sein frühes Heimkommen überrascht und freute sich darüber.

»Oh, dann kann ich mal eine Wellnessauszeit einlegen, wenn du mit den Kindern kochst«, rief sie begeistert und verschwand augenblicklich im Bad.

Dirk machte sich mit Lotta daran, Gemüse zu schneiden, und steckte Hanno ab und zu ein Stück in den Mund. Lotta plapperte die ganze Zeit und erzählte von irgendeiner Puppe, die sie sich wünschte und die ihre Freundin bereits besaß.

»Die kann weinen und lachen und Pipi machen.«

Thamsen nickte, hörte jedoch nicht richtig zu. Zwar genoss er das Geplapper, aber die Puppe interessierte ihn nicht, vielmehr ging er gedanklich auf Reisen und war letztendlich bei dem heutigen Nachmittag angelangt. Seine Wut über das Verhalten der Kripobeamten war inzwischen verraucht. Vielleicht war es gut, dass sein Team so stark in die Ermittlungen involviert war. Ansonsten wäre es Ansgar wahrscheinlich zu langweilig in Niebüll, und ihm selbst? Er überlegte. Ab und an hätte er gern weniger Arbeit und mehr Zeit für die Familie, aber ohne die Mordfälle, die er mit aufklärte, würde er sich vermutlich nicht ausgelastet und unterfordert fühlen. Es war schön, wenn es mal eine ruhige Zeit gab, wo es nur Verkehrsdelikte, Einbrüche und Übergriffe gab, die auch manchmal herausfordernd waren, aber ein Mordfall war eben doch etwas anderes.

Ihm fiel Ansgars angekündigte Frage ein, die er dann letztendlich nicht ausgesprochen hatte. Was Rolfs ihn wohl hatte fragen wollen? Ob es wirklich um einen neuen Job gegangen war? Wenn ja, was hatte Dirk für Möglichkeiten, seinen Mitarbeiter zu halten? Er seufzte, während er den Tisch deckte und anschließend nach Dörte rief, die kurz darauf im Türrahmen erschien.

»Wie siehst du denn aus?« Thamsen betrachtete die kleinen roten Pusteln in ihrem Gesicht.

»Wieso?«

»Na, schau mal in den Spiegel.«

Eilig huschte Dörte in den Flur zum Garderobenschrank. »Ah, was ist das denn?«, hörte er sie gleich darauf kreischen. »Mist, jetzt juckt das auch noch.«

Dirk hörte sie ins Badezimmer gehen, dann kam sie kurz darauf mit einer Dose in der Hand zurück. »Da scheine ich allergisch drauf zu reagieren.« Sie trat näher an ihn heran. »Kannst du mal schauen, ob es schlimmer wird, sonst muss ich ins Krankenhaus.«

»Was hast du dir denn ins Gesicht gekleistert?«, fragte er, während er die roten Flecken begutachtete. Thamsen war jemand, der Natürlichkeit liebte. Er benutzte lediglich Seife, etwas Fettcreme im Winter und Aftershave.

»Das ist neu, habe ich aus der Drogerie.« Dörte reichte ihm das Döschen. Sofort sprang Dirk der Name Beautyblue entgegen.

»Ach du meine Güte, ist das etwa mit Schlangenserum? Wasch dir das sofort aus dem Gesicht«, rief er aufgebracht, sodass die Kinder verstummten und Dörte wortlos ins Bad rannte.

»Und dann ab zum Arzt«, befahl er. »Ich fahre dich.«

»Aber die Kinder …«, schluchzte Dörte, deren Haut feuerrot glühte.

»Die kommen mit.«

Kurz darauf fuhren sie beim Niebüller Krankenhaus vor. Hanno hatte angefangen zu weinen, doch in der allgemeinen Aufregung kümmerte sich niemand darum. Dörte sprang aus dem Auto und eilte zum Aufnahmeschalter, während Thamsen die Kinder abschnallte und ihr schnell folgte. »Was ist mit Mama?«, fragte Lotta mit weit aufgerissenen Augen.

»Nichts Schlimmes, sie braucht nur Medizin, dann wird alles wieder gut«, beruhigte Dirk seine Tochter. Er hoffte, dass dem so war. Wer wusste schon, was die Creme anrichten konnte, wenn die Ergebnisse der Versuchsreihen wirklich gefälscht waren. Und wenn er sich an Dörtes rotes Gesicht erinnerte, sah alles danach aus.

Die anderen Leute im Eingangsbereich blickten ihn feindselig an, als er mit zwei weinenden Kindern im Schlepptau zum Informationsschalter ging. »Meine Frau, wo ist sie?«, fragte er den Mann am Empfang, der ebenfalls auf die Kinder schaute.

»Erst mal in der Notaufnahme.« Er wies den Gang hinunter, und Dirk setzte sich sofort in Bewegung. »Mit den Kindern können Sie da aber so nicht hin«, rief ihm der Mann hinterher.

Thamsen schaute auf Lotta und Hanno. Dann zum Empfangsschalter.

»Nee, hierlassen können Sie die auf keinen Fall. Dann müssen Sie vorne warten.« Der Mann nickte in Richtung der kleinen Warteecke, aus der ihnen wenig begeisterte Augenpaare entgegenblickten. Nützt nix, dachte Dirk, dann warten wir. Er setzte sich mit den Kindern auf die Polstermöbel und versuchte, auf sie einzuwirken. Lotta, die älter war, verstand ihn besser und beruhigte sich, doch Hanno schrie nach seiner Mutter und war nicht zu besänftigen. Thamsen merkte, dass er kaum auf ihn einwirken konnte, weil er zu selten Zeit mit ihm verbrachte. Er fühlte sich hilflos und merkte, wie sein Körper sich immer mehr verkrampfte.

Zum Glück rettete eine ältere Frau, die ihnen gegenüber saß, die Situation. »Na guck mal, kleiner Mann, hier hast du einen Lutscher.« Sofort verstummte Hanno und griff freudig nach der Süßigkeit. Thamsen wusste, dass Dörte gegen Süßes war, aber in diesem Fall konnte man eine Ausnahme machen, befand er. Auch Lotta bekam einen Lolli, sodass er endlich durchatmen konnte.

Er blickte den Gang entlang, doch von Dörte war nichts zu sehen. »Können Sie mal nachfragen?«, bat er den Mann am Empfang. Er befürchtete, dass Hanno sofort wieder schreien würde, wenn die Lutscher aufgegessen waren.

Der Mann erhob sich und überbrachte kurz darauf die Nachricht, dass Dörte in wenigen Augenblicken kommen würde.

»Danke.«

Keine fünf Minuten später erschien Dörte – immer noch mit gerötetem Gesicht, dafür wirkte sie ein wenig entspannter.

»Und?«, fragte er, als sie zum Wagen gingen. »Was war das jetzt?«

»Ein allergischer Schock. Ich habe eine Spritze und eine Salbe bekommen.« Sie zeigte ihm einen kleinen Tiegel. »Bin nicht der erste Fall.«

»Was?«

Dörte schüttelte den Kopf. »Nee, da war wohl schon mal eine da, bei der war das weitaus schlimmer. Wenn wir gewartet hätten, hätte das zu regelrechten Entstellungen führen können.«

»Echt?« Dirk wunderte sich, dass das Mittel noch auf dem Markt war. Aber wenn man sich mit den Geschädigten bisher geeinigt hatte … Mit Geld ließ sich viel regeln, doch rechtens war das nicht.

Zu Hause brachte er die Kinder ins Bett und setzte sich dann aufs Sofa zu Dörte, die einen Tee trank. »Warum hast du das Zeug überhaupt benutzt?«

Sie pustete in den Becher und schwieg.

»Dörte, warum?«

»Ich dachte, ich … ach, ich will einfach gut aussehen für dich.«

Er legte den Arm um sie. »Aber du bist wunderschön für mich.« Er küsste sie auf die Stirn. »Weißt du das denn nicht?«

Sie schüttelte traurig den Kopf.

24. KAPITEL

Am nächsten Tag kam Thamsen etwas später ins Büro, da er Frühstück gemacht und die Kinder in die Kita gebracht hatte. Als er sein Büro betrat, klingelte sein Telefon.

»Wissen Sie eigentlich, was es bedeutet, wenn Sie unsere Produkte zurückrufen lassen?«, schallte es ihm ohne Vorankündigung entgegen. Ein aufgebrachter Felix Roth brüllte am anderen Ende der Leitung, als wolle er mit ihm ohne technische Hilfsmittel sprechen. Dirk hielt den Hörer ein Stück weg und zählte erst einmal eins und eins zusammen.

Anscheinend hatten die Untersuchungen der Kollegen bestätigt, dass die Ergebnisse des Labors gefälscht waren, und offenbar in solchem Maße, dass die Kieler Alarm geschlagen und direkt die entsprechende Behörde informiert hatten, die das Produkt unverzüglich aus dem Verkehr gezogen hatte. Richtig so, befand Dirk und dachte dabei an Dörtes Ausschlag.

»Ich verstehe gar nicht, was Sie sich so aufregen«, sagte er, als Roth Luft holte und eine kleine Pause entstand. »Sie wussten doch ganz genau, dass Sie das Produkt so niemals hätten auf den Markt bringen dürfen. Haben Sie nicht deshalb auch solch eine hohe Summe gezahlt? Für geschönte Ergebnisse?«

»Das ist ja …«, stotterte Felix Roth nun.

»Was? Das ist illegal und auf jeden Fall verboten. Und ich denke, nachdem sich die ersten Geschädigten meldeten, wollte Herr Carstensen auspacken und Sie haben ihn mundtot gemacht.«

»Das ist eine ungeheuerliche Behauptung. Ich werde …« Ohne ein weiteres Wort legte der Geschäftsführer von Beautyblue auf.

»War das Herr Roth?« Ansgar war in sein Büro getreten und blickte Dirk fragend an.

Thamsen nickte.

»Die Kollegen waren schnell, der Rückruf ist seit heute Morgen in den Medien.« Rolfs hielt die Zeitung in seiner Hand hoch.

»Besser so«, kommentierte Thamsen den Umstand und erzählte Ansgar von Dörtes Ausschlag.

»Krass, dann haben wir diesbezüglich den richtigen Ansatz und sollten entsprechend handeln.«

»Das sollten wir.« Dirk nahm erneut den Telefonhörer in die Hand und wählte Hagen Brandts Nummer.

»Habe schon mitbekommen, dass ihr die Produkte zurückrufen lasst. Wie hat Roth darauf reagiert?«, erkundigte sich der Düsseldorfer Kommissar.

»Wie soll er reagieren? Im Prinzip ist das eine klare Sache.«

»Könnt ihr denn nachweisen, dass man in der Firma von der Fälschung wusste?«

»Was für ein Interesse sollte das Labor gehabt haben? Carstensen hat die Ergebnisse sicherlich nur im Auftrag von Beautyblue gefälscht.«

»Das mag stimmen, aber nachweisen müsst ihr es Roth trotzdem«, sagte Brandt.

»Deswegen werden wir Felix Roth auch noch einmal verhören.«

»Willst du noch einmal herkommen?«

Thamsen überlegte kurz. Konnte er schon wieder nach Düsseldorf? Er berichtete Hagen, was geschehen war und dass er seine Lebensgefährtin nach dem allergischen Schock ungern allein lassen würde. »Wäre es okay, wenn ich meinen Mitarbeiter schicke?«

»Klar, geht auch.«

Haie ließ der vermeintliche Unfall von Benedikts Mutter irgendwie keine Ruhe. Während er die tägliche Hausarbeit verrichtete, beschäftigte ihn gedanklich kein anderes Thema. Am Morgen hatte er Niklas noch einmal befragt, aber der konnte nichts anderes berichten, als dass die Mutter im Prinzip nur im Bett lag. Gesehen hatte er sie noch nie.

»Was?« Haie kratzte sich am Kinn. »Das gibt es doch gar nicht.«

Nach der Schule hatte Niklas heute wieder zu seinem Freund gewollt, doch Haie hatte gezögert. »Wenn die Mutter so krank ist, dann ist das nicht so gut«, hatte er geantwortet. »Außerdem musst du mal wieder zum Friseur. Das sollten wir heute Nachmittag in Angriff nehmen.«

Niklas hatte kurz gemault, doch er wusste, dass es zwecklos war. Zwar erlaubte sein Patenonkel ihm mehr als sein Vater, aber wenn Haie Nein sagte, war daran nicht zu rütteln.

Daher machten die beiden sich nach den Hausaufgaben auf den Weg zum Friseur im Dorf. Wie immer fuhren sie mit dem Fahrrad. Zum Glück war Haies E-Bike wieder aufgeladen, ansonsten radelte ihm der Junge mittlerweile beinahe davon. Sie schlossen ihre Fahrräder vor dem kleinen Laden in Lindholm an und betraten den Salon, in dem es nach Haarspray und Dauerwellenmittel roch.

»Na, Haie, ok mal wedder da?«, begrüßte der Friseur ihn und mit einem Blick auf Niklas: »Wird Zeit, was? Schaust sonst aus wie ein Mädchen.« Der Mann grinste Niklas an, woraufhin der grimmig zurückschaute. Der Junge mochte seine Locken gerne etwas länger.

Gehorsam setzte Niklas sich jedoch auf den Friseurstuhl und ließ sich einen Umhang umbinden. Während der Friseur sich ans Werk machte, erkundigte er sich bei Haie nach dem neuesten Stand der Ermittlungen. Wie alle im Dorf wusste er natürlich auch, dass Haie mit der Polizei zusammenarbeitete und über das Verbrechen besser Bescheid wusste.

»Die haben jetzt aber so eine Creme zurückgerufen. Hatte Carstensen was damit zu tun?«

»Vermutlich, soweit ich weiß, hat er die in seinem Labor getestet.«

»Dann wohl nicht richtig, wenn die jetzt zurückgerufen wird«, bemerkte der Friseur.

Haie zuckte mit den Schultern, ihn interessierte etwas anderes. »Sag mal, hast du etwas von Jutta Klewers Unfall gehört?«

»Onkel Haie«, mischte Niklas sich genervt ein, doch

mit einer abwehrenden Handbewegung brachte Haie den Jungen zum Schweigen.

»Wat für ein Unfall?« Der Friseur hielt in seiner Tätigkeit inne.

»Na, Helene hat da was erzählt.«

»Ach Helene«, tat der Mann den Unfall ab und fuhr mit dem Kamm durch Niklas' Locken. »Obwohl …« Wieder stoppte der Friseur in der Bewegung. »Gesehen habe ich die lange schon nicht, dabei kam die früher oft. Habe aber gedacht, die geht jetzt in diesen neuen Laden in Niebüll, soll ja was Tolles da sein.«

»Aha. Und gehört hast du sonst nichts?« Haie beugte sich ein Stück vor.

»Wovon jetzt?«

»Na, von Jutta Klewer?«

»Nee, habe ich nicht.«

Ansgar saß im Wagen Richtung Düsseldorf. Hamburg und Bremen hatte er bereits hinter sich gelassen und sein Navi sagte ihm, dass er gegen 16 Uhr das Polizeipräsidium erreichen würde.

Hagen Brandt hatte jedenfalls um 17 Uhr Felix Roth vorgeladen, eine Stunde Puffer blieb ihm. Das sollte ich auf jeden Fall schaffen, dachte Rolfs.

Er freute sich und war tatsächlich ein wenig aufgeregt. Es kam selten vor, dass Thamsen ihn solche Aufgaben übernehmen ließ, aber Dörte schien es schlecht zu gehen oder Dirk hatte Angst vor einem weiteren Streit. Er wusste, dass die Stimmung in der Beziehung seines Chefs oft angespannt war. Eine Partnerschaft zu führen, war in ihrem Job nicht immer einfach. Er selbst hatte seiner Internetbekanntschaft zwar geschrieben, dass er bei der Polizei arbeitete, aber er hatte das Gefühl, sie ahnte nicht mal ansatzweise, was das bedeutete. Der Beruf, der beim ersten Date noch aufregend erschien, war im Beziehungsalltag oftmals der absolute Killer – im wahrsten Sinne des Wortes.

Der Verkehr wurde immer dichter, je näher er dem Ruhrgebiet kam. So viele Menschen auf einem Haufen, Stadt reihte sich an Stadt. Da musste es ja zum Stau kommen, dennoch erreichte Ansgar das Polizeipräsidium rechtzeitig um 17 Uhr. Gut, dass er ein Navi hatte, das ihn um die meisten Verkehrsbehinderungen herumführte, nur einen Parkplatz konnte das Gerät auch nicht herzaubern. Es dauerte eine Weile, bis Rolfs seinen Wagen abstellte.

Hagen Brandt begrüßte ihn trotz der leichten Verspätung freundlich, erkundigte sich kurz nach Thamsen.

»Der hat alle Hände voll zu tun. Als Dienststellenleiter bleibt einiges an ihm hängen. Zum Glück sieht es so aus, dass der Fall bald gelöst werden kann. Oder was meinen Sie?« Ansgar musterte den um ein paar Jahre älteren Kollegen.

»Wird sich zeigen«, entgegnete Brandt und brachte Rolfs zum Verhörraum, wo Felix Roth bereits schäumend vor Wut auf die beiden wartete.

»Wer übernimmt denn unseren Schaden, wenn sich herausstellt, dass der Rückruf unberechtigt ist?«

»Der ist nicht unberechtigt. Die Kollegen haben nachgewiesen, dass die Versuchsergebnisse gefälscht waren. Das Mittel hätte nicht auf dem Markt erscheinen dürfen«, bemühte sich Rolfs, ihr Vorgehen zu rechtfertigen.

»Sind Ihre Kollegen Experten, haben die eigene Studien angefertigt?«, ereiferte Roth sich jedoch weiter.

»Nee, die Manipulationen waren so plump, da muss man nur eins und eins zusammenzählen können«, mischte sich nun Brandt ein. Er musterte Felix Roth, konnte den Mann in der momentanen Verfassung jedoch schlecht einschätzen. So aufgebracht, wie der Geschäftsführer war, traute er ihm viel zu, doch die konkrete Frage lautete, ob er die gefälschten Ergebnisse in Auftrag gegeben hatte.

»Was erlauben Sie sich, mir so etwas zu unterstellen?« Der Chef der Kosmetikfirma war puterrot angelaufen.

»Immerhin geht es um viel Geld«, mischte Rolfs sich wieder ein.

»Das kann man wohl sagen, wir haben einen Haufen Kohle für die Studien bezahlt.«

»Und als die nicht die gewünschten Ergebnisse brachten, haben Sie nachgeholfen.«

»Also, das ist … ja, also«, stammelte Roth. »Ohne meinen Anwalt sage ich gar nichts mehr.« Er verschränkte die Arme vor der Brust und presste die Lippen aufeinander.

»Na, dann …« Brandt erhob sich. »Macht das Ganze aber nicht besser«, bemerkte er, während er den Raum verließ. Ansgar folgte ihm. »Und«, fragte Hagen draußen, »was halten Sie von dem Vogel?«

Ansgar zuckte mit den Schultern. »Möglich, dass er

davon gewusst hat. Und vielleicht wollte Carsten Carstensen noch mehr Geld erpressen oder die ganze Sache auffliegen lassen, aber nachweisen können wir höchstens die Manipulationen und nicht den Mord«, seufzte Ansgar. Es war wie verhext.

25. KAPITEL

Niklas hatte vom Friseur einen Kirschlolli zur Belohnung bekommen, und mit anständigem Haarschnitt versehen radelten er und Haie nach Hause.

»Kann ich dann morgen wieder zu Benedikt?« Die Freundschaft schien ihm sehr wichtig zu sein. Selten hatte er sich mit einem anderen Jungen derart oft getroffen. Haie vermutete jedoch, dass die mangelnde Aufsicht der Jungen zum pausenlosen Videospielen führte und Niklas deshalb so oft wie möglich zu Benedikt wollte. Zu Hause war das Spielen nämlich von Haie und Tom zeitlich begrenzt worden.

»Soll Benedikt nicht lieber zu uns kommen, wenn es seiner Mutter so schlecht geht?«

Niklas schwieg einen Moment.

»Ich könnte Pfannkuchen machen«, versuchte Haie den Jungen zu ködern.

»Dürfen wir dann nach den Hausaufgaben Xbox spielen?«

»Mal sehen.«

Die Bahnschranken waren unten, als sie den Übergang erreichten. Sie stellten sich direkt davor und hielten nach dem Zug Ausschau, als ein Auto neben ihnen hielt und der Fahrer das Fenster auf der Beifahrerseite herunterließ.

»Na, ihr beiden, wo habt ihr euch denn rumgetrieben?«, erkundigte sich Tom, der gerade auf dem Heimweg von einem Kundentermin war.

»Papa«, rief Niklas. »Schau, meine neue Frisur.« Er riss sich den Helm vom Kopf.

Tom konnte zwar keine Änderung des Haarschnitts feststellen, nickte aber. »Habt ihr schon eine Idee, was es zum Abendbrot geben soll?«

»Oh ja, Pommes und Bratwurst«, kam es Niklas wie aus der Pistole geschossen heraus.

»Haben wir nicht«, stoppte Haie den Jungen sofort, da er nicht so sehr auf Fast Food stand.

»Wollen wir dann zu McDonald's? Burger geht auch.« Mit bettelnder Miene schaute Niklas Tom an. Der fühlte sich seinem Sohn verpflichtet, sah aber auch Haies Miene, die nichts Gutes verhieß.

»Weißt du was, ihr radelt schon mal nach Hause, und ich halte kurz bei Helene und hole Pommes und Bratwürste«, schlug Tom vor und hielt sein Angebot durchaus für eine Kompromisslösung. Niklas nickte begeistert und trat sofort in die Pedale, als die Schranken sich hoben. Haie hingegen warf Tom einen leicht tadelnden Blick zu, stieg dann aber ebenfalls aufs Fahrrad und fuhr los.

Tom hielt wenig später wie besprochen vor dem Supermarkt und stieg aus. Er kaufte nicht gern bei der wissbegierigen Helene ein und wäre deshalb lieber zu McDonald's gegangen, doch Haie achtete sehr auf die Ernährung des Jungen, und letztendlich war das gut so. Tom fragte sich nur, ob Haie nicht manchmal zu streng mit dem Kind war. Oder war er selbst zu nachlässig? Er betrat den Laden, der zu seiner Überraschung verhältnismäßig leer war. Anscheinend nutzten immer mehr Dorfbewohner die preisgünstigeren Discounter in Lindholm, und Helene hatte wohl ihre liebe Mühe, über die Runden zu kommen.

Nicht zuletzt durch seine Tätigkeit als Unternehmensberater wusste Tom, wie stark der Preiskampf war und dass kleine Läden immer öfter einfach von der Bildfläche verschwanden, während Ketten sich weiter ausbreiteten. Da der Laden für das Dorf und insbesondere für Haie wichtig war, kaufte er heute mehr ein als gewöhnlich.

An der Fleischtheke stand eine Kundin vor ihm. Als Tom näher trat, erkannte er die Tante von Benedikt und sofort stieg sein Blutdruck. Die Frau hatte ihn noch nicht bemerkt und blickte weiter unentschlossen zwischen den Wurstsorten hin und her, sodass Tom die Gelegenheit hatte, sie zu mustern. Sie war hübsch, ihr langes braunes Haar hatte sie zu einem Zopf gebunden und sie trug einen Rock mit einem dezenten Karomuster. Irgendwie schien sie seinen Blick auf sich zu spüren, denn unvermittelt drehte sie sich zu ihm.

»Ach, hallo, Herr Meissner.« Sie lächelte ihn an, woraufhin Tom augenblicklich errötete.

»Hallo«, brachte er mit leicht kratziger Stimme hervor. »Auch noch schnell etwas zum Abendbrot besorgen?«

Sie nickte. »Solange ich noch hier bin, greife ich Jutta so gut es geht unter die Arme.«

»Wie geht es Ihrer Schwester? Besser?« Insgeheim hoffte er, dass der Gesundheitszustand von Jutta Klewer ein noch recht langes Verweilen der Schwester in Risum erforderte. Warum, konnte er gar nicht genau sagen, aber er würde ihr gerne noch das ein oder andere Mal begegnen, dachte er.

»Na ja, es geht.«

»Hatte einen Unfall, näch?«, mischte sich nun plötzlich Helene ein, die bisher seltsamerweise das Gespräch der beiden sprachlos verfolgt hatte und deren Anwesenheit Tom deswegen beinahe vergessen hatte.

»Unfall?« Die Schwester schaute Helene an. »So kann man es auch nennen.«

»Wieso? Was war denn?« Die Kaufmannsfrau lehnte sich auf die Fleischtheke, wobei sie sich aufgrund ihrer geringen Körperhöhe auf die Zehenspitzen stellen musste.

Die Angesprochene runzelte die Stirn. Ganz offensichtlich war ihr Helenes Neugierde suspekt. »Ist die Salami dort mit Fenchel?«, fragte sie daher schnell, um das Thema zu wechseln.

Die Ladenbesitzerin kniff die Augen zusammen. »Nee, dat ist stinknormale Salami. Hierzulande auch Dauerwurst.«

»Gut, dann nehme ich davon 200 Gramm.«

Während Helene das Fleisch abwog, lächelte Lina Tom an. Der zwinkerte ihr zu.

Kurz darauf geriet Tom an der Kasse in Helenes Visier. »Und hat Haie was rausfinden können?«

»Nee.« Er schüttelte den Kopf. »Dat is ja auch Aufgabe von der Polizei.«

»Ach …«, winkte Helene ab. »Ohne Haie wären die doch in der letzten Zeit aufgeschmissen gewesen. Das weißt du ja wohl am besten.«

Da musste Tom Helene recht geben, schwieg allerdings. Er wollte sich nicht in ein Gespräch verwickeln lassen. Was die Gerüchte im Dorf anging, versuchte er sich so gut wie möglich rauszuhalten. Er war in den Augen der meisten auch nach all den Jahren, die er hier wohnte, noch immer der Zugezogene und wurde bei Weitem nicht so akzeptiert wie Haie. Dementsprechend wurde alles, was er sagte, von den Einheimischen quasi auf die Goldwaage gelegt.

Nachdem er bezahlt hatte, packte Tom die Einkäufe ein und verließ den Sparmarkt mit einem flüchtigen Gruß. Draußen stieß er beinahe mit Benedikts Tante, Lina Pohl, zusammen, die vor dem Laden stand und telefonierte.

»Entschuldigung«, sagte er und bückte sich nach einem Apfel, der aus ihrem Korb gefallen war.

»Ich rufe dich später noch einmal an«, beendete sie das Gespräch und blickte ihn an. »Danke.« Sie nahm ihm den Apfel ab. »Ganz schön anstrengend das Einkaufen im Dorf, was?«

»Och, na ja, man gewöhnt sich dran.« Er lächelte.

»Wollen wir uns vielleicht ein Bierchen gönnen in der Kneipe dort?« Zu seiner Überraschung wies sie auf die Gastwirtschaft wenige Meter entfernt. Sein Herz machte einen Sprung, dann aber fielen ihm Haie und Niklas ein, die zu Hause auf ihn warteten. Außerdem würde sich ihr Beisammensein wie ein Lauffeuer verbreiten, denn die Leute im Dorf interessierten sich für so etwas ungemein.

Die Frau blickte ihn jedoch so nett an, er spürte ein Kribbeln im Bauch und konnte den Vorschlag einfach nicht ablehnen. »Gut, aber ich bezahle!«

Sie brachten jeweils die Einkäufe in ihr Auto und trafen sich dann vor der Tür der Gastwirtschaft.

»Ihnen ist schon klar, dass wir morgen in Helenes Supermarkt Gesprächsthema Nummer eins sein werden?«, fragte er sie grinsend und hoffte, dass sie ihren Vorschlag am nächsten Tag nicht bereuen würde. Doch Lina nickte schmunzelnd, während sie die Klinke zum Gastraum hinunterdrückte.

Um diese Uhrzeit waren sie noch die einzigen Gäste, so war es lediglich der Wirt, der sie mit großen Augen anschaute, sich aber erstaunlich schnell fasste. »Dann kommt mal rein in die gute Stube«, forderte er sie auf. Sie nahmen am Tresen Platz und Tom bestellte ein Bier und für seine Begleitung einen Aperol Spritz, mit dem sie kurz darauf anstießen und sich dabei das Du anboten.

»Tom.«

»Angenehm, Lina.« Sie nahmen beide einen Schluck.

»Du kommst auch nicht hier aus dem Dorf?«, fragte Lina, nachdem sie ihr Glas abgestellt hatte.

»Nicht ursprünglich. Habe als Kind ein paar Jahre hier gelebt und bin dann später wieder zurückgekommen.«

»Also diese Kaufmannsfrau ist ganz schön neugierig. Ist die immer so?«

»Hier im Dorf passiert nicht so viel, da will man über alles informiert sein. Und Helene ist eine gute Informationsquelle.«

»Das glaub ich dir sofort, aber dass hier nicht viel passiert ... Was ist mit dem Mord?«

»Ach so, ja, na ja, schon, stimmt.« Tom schwieg.

»Mein Schwager hat erzählt, dass hier öfter mal einer umgebracht wird.« Sie schaute ihn mit großen braunen Augen an, in die Tom gerne versunken wäre, aber irgendetwas hielt ihn zurück.

»So oft nun auch nicht.«

»Lutz meinte, schon. Also ich bin hier jedenfalls wieder weg, wenn es meiner Schwester etwas besser geht.«

»Schade«, rutschte es Tom heraus. »So schlecht wohnt es sich hier nicht.«

»Mit lauter Mördern?« Lina nahm einen Schluck Aperol und betrachtete Tom eingehend, der unter ihrem Blick leicht errötete und auf dem Barhocker hin und her rutschte.

»Na, Mädchen, nun mal man nicht den Teufel an die Wand. Also bisher haben sie hier jeden drangekriegt. Und einen Grund wird es gehabt haben, dass Carsten das Zeitliche segnen musste.« Normalerweise mischte sich der Wirt nicht in die Gespräche seiner Gäste ein, aber bei diesem Thema hatte er sich hinreißen lassen. »Was der da so in seinem Labor veranstaltet hat, da gab es bestimmt Gründe, dass den jemand umbringen wollte.«

»Na ja«, bemühte Tom sich zu relativieren. »Ich weiß nicht, ob das einen Mord rechtfertigt. Immerhin sind solche Versuche in gewissem Rahmen erlaubt. Da müsste man vielleicht erst einmal das Gesetz ändern, und wenn man ehrlich ist, will man selbst keine ungetesteten Medikamente einnehmen.«

»Ich nehme höchstens mal eine Kopfschmerztablette und etwas gegen Sodbrennen«, bemerkte der Wirt.

»Du könntest auch mal richtig krank werden.«

»Hoffentlich nicht.« Der Gastwirt griff nach Toms leerem Glas und ließ es ins Spülwasser gleiten.

»Ich finde auch, dass gewisse Dinge erprobt werden müssen. Es gibt mittlerweile so viele Allergien und Krankheiten«, bemerkte Lina.

»Ja, aber es gibt auch schon genug Zeugs aufm Markt. Muss das immer was Neues sein?« Der Wirt schaute sie an.

»So funktioniert die freie Marktwirtschaft nun einmal«, mischte Tom sich wieder ein. »Und außerdem werden Krankheiten immer besser erforscht, sodass auch die Medikamente angepasst werden können. Dann bist du sicher froh, wenn du ein neues Medikament verschrieben bekommst, das besser wirkt und vielleicht auch noch weniger Nebenwirkungen hat.«

»Genau, die Forschung schreitet ja immer weiter voran. Also ich finde das wichtig.« Die junge Frau verschränkte die Arme vor der Brust. Tom betrachtete sie von der Seite. Wie bereits bei ihrer ersten Begegnung gefiel ihm Lina auffällig gut. Äußerlich unterschied sie sich sehr von Marlene, aber vom Temperament stand sie ihr in nichts nach. Er lächelte.

»Was gibt es denn da zu grinsen?« Sie hatte sich ihm

zugewandt und funkelte ihn an. Sofort spürte Tom, wie sein Herz zu stolpern begann, und er bemerkte, dass er den Themenwechsel durch seine Gedankenreise nicht mitbekommen hatte.

»Gar nichts. Ich habe nur gerade an etwas anderes gedacht«, gab er ehrlich zu.

»Und an was?«

Der Wirt winkte ab und machte sich an ein paar leeren Flaschen zu schaffen, während Lina sich zu Tom herüberlehnte. »Ist nicht wichtig.« Fieberhaft überlegte er, was er als Ausrede nutzen konnte. Die Arbeit – nein, dann würde sie ihn doch sicherlich für einen Langweiler halten, Niklas – zu kinderlastig. Lina hatte, wie er annahm, selbst keine Kinder, vielleicht würde sie das Thema nerven. Aber was sollte er dann vorgeben, worüber er ins Grübeln geraten war? Er konnte schlecht von seiner verstorbenen Frau erzählen – noch nicht. Doch Lina machte es ihm leicht und lieferte ihm eine Vorlage: »Ich wette, du hast darüber nachgedacht, ob du mich morgen Abend zum Essen ausführen darfst.«

»Was? Ähm …«

»Stimmt doch, oder?« Sie blickte ihm tief in die Augen und mit einem Mal spürte Tom, wie ihm warm wurde. Eine Hitzewelle überrollte ihn, sein Hals war ganz trocken.

»Ja, also stimmt, genau darüber habe ich nachgedacht.«

26. KAPITEL

Hagen Brandt hatte recht behalten. In der Zeit, in der sie das Verhör unterbrochen und auf den Anwalt von Felix Roth gewartet hatten, hatten die beiden Polizisten versucht, sich Roths Rechtsbeistand vorzustellen. Als sie wenig später den Raum betreten und wieder an dem Tisch Platz genommen hatten, bestätigte sich ihr Bild zumindest teilweise. Ansgar starrte auf den gebräunten Teint seines Gegenübers, dessen Haut so glatt wie ein Babypopo wirkte, obwohl er ihn ansonsten auf mindestens Mitte 50, wenn nicht sogar Anfang 60 schätzte, und das aufgrund der Hände, die der Anwalt bei seinem Anti-Aging-Programm wohl vergessen hatte. Die verrieten oft mehr über eine Person, als man glaubte, wusste Ansgar. In dem Fall des Anwalts konnte Rolfs sogar einen leichten Eisenmangel erkennen – wahrscheinlich Vegetarier, nahm er deshalb an.

»Also nun, da wir so lange gewartet haben«, begann Brandt das Gespräch, »hat Ihr Mandant Ihnen gegenüber sicherlich die falschen Versuchsergebnisse erklären können.«

Der Angesprochene wandte sich kurz Roth zu, der jedoch keinerlei Reaktion zeigte, nur um sich dann wieder dem Kommissar zuzudrehen.

»Ehrlich gesagt, kann sich Herr Roth nicht erklären, wie es zu den falschen Ergebnissen gekommen ist. Er hat sich auf das renommierte Unternehmen verlassen und die Ergebnisse nicht noch einmal gegenchecken lassen.«

»Renommiertes Unternehmen?« Rolfs zog die Augenbrauen hoch. »Das Labor ist im Prinzip eine Ein-Mann-Firma und liegt in der Wallapampa. Außer dem Manager und dem Mediziner gibt es dort nur noch eine Tierpflegerin. Das ist alles.«

»Das bedeutet doch nicht, dass die Einrichtung keinen guten Ruf hat. Herr Carstensen war ein exzellenter Wissenschaftler.«

»Sagt wer?«, mischte Brandt sich ein.

Der Blick des Anwalts wanderte wieder zu Roth. Der räusperte sich. »Uns ist das Labor empfohlen worden.«

»Von wem?« Rolfs ahnte bereits, was nun kommen würde. Doch wider Erwarten nannte Roth einen Kollegen aus seiner ehemaligen Firma. Ansgar krauste die Stirn. War nicht auch das Unternehmen verklagt worden? Und Felix Roth mit Schimpf und Schande entlassen worden? Er hakte nach.

»Ja, es war ein alter Kollege, der mir Carstensen empfohlen hat.«

»Und dieser Empfehlung sind Sie gefolgt?«

»Warum denn nicht?« Felix Roth schaute ihn direkt an.

»Mein Mandant ist damals zu Unrecht entlassen worden. Fehler anderer Mitarbeiter sind ihm zur Last gelegt worden. Ein Kopf musste rollen.«

»Deswegen ist es ja umso verwunderlicher, dass Sie sich gerade dort eine Empfehlung geholt haben, finden

Sie nicht? Wurden in der Firma vielleicht auch Ergebnisse manipuliert?« Rolfs starrte zurück. Von diesem Lackaffen ließ er sich nicht einschüchtern.

Anstelle Roths antwortete der Anwalt: »Das sind haltlose Unterstellungen.«

»Wie kommt es dann, dass es bereits ein paar Geschädigte gab und diese mit Geld zum Schweigen gebracht worden sind?«, wollte Brandt wissen.

»Hören Sie, wenn ein neues Produkt auf den Markt kommt, gibt es anfänglich immer ein paar Leute, die Geld abgreifen wollen und eine Schädigung vortäuschen. Das ist ganz normal«, verteidigte Roth sich.

Rolfs wunderte sich über diese Aussage und überlegte, ob es derart abgebrühte Menschen wirklich gab. Dann aber fiel ihm Dörte ein. »Ich weiß ja nicht, ob man eine allergische Reaktion vortäuschen kann.«

»Ach, kleine Hautirritationen lassen sich leicht erzeugen. Schwer nachweisbar ist, wodurch die entstanden sind. Es können lediglich Zusammenhänge hergestellt werden, und wenn ein Kunde behauptet, es sei nach der Anwendung durch unser Präparat aufgetreten …«, hielt der Geschäftsführer an seiner Aussage fest.

»Aber es gab tatsächlich Schäden bei Kunden«, behauptete Ansgar.

»Woher wollen Sie das wissen?«

»Das lassen Sie mal unsere Sorge sein. Fakt ist doch, dass Geld geflossen ist, um die Leute mundtot zu machen, und Sie wussten, dass das Produkt nicht astrein war. Daraus schließe ich, dass Sie die Ergebnisse bewusst manipuliert haben.«

»Und das können Sie meinem Mandanten nachweisen?« Der Anwalt öffnete seine Tasche und räumte langsam seine Sachen ein.

»Noch nicht, aber er kann nicht abstreiten, dass er eine ungewöhnlich hohe Summe für die Studie bezahlt hat, oder?« Ansgar gab nicht auf. Er wollte den Fall lösen, gerade jetzt, wo Thamsen so viel Vertrauen in ihn gesteckt und ihn hierher hatte fahren lassen.

»Das ist ja wohl eine Sache der freien Marktwirtschaft. Außerdem haben Sie Herrn Roth gehört, das Labor hatte einen guten Ruf, da greift man auch schon mal etwas tiefer in die Tasche. Meine Herren …« Der Anwalt schob seinen Stuhl zurück und stand auf. Roth erhob sich ebenfalls. Nach einer flüchtigen Verabschiedung verließen die beiden den Raum. Brandt und Rolfs blieben zurück.

»So ein Mist. Wir haben wirklich nichts. Dadurch, dass es in dem Labor so wenig Mitarbeiter gibt, können wir keine Zeugen vorweisen. Der Bruder ist ja selbst verdächtig und wird kaum aussagen.«

»Hm.« Brandt fuhr sich über das Gesicht und blickte auf die Uhr. Es war spät geworden. »Wollen Sie heute noch zurück?«

Ansgar war unschlüssig. Eigentlich konnte er hier nichts weiter ausrichten, dennoch wollte er nicht mit leeren Händen nach Niebüll zurückfahren. »Ich werde mir vielleicht ein Hotel suchen.«

Brandt nickte. »Ich kenne eine nette Pension gleich bei mir um die Ecke.«

»Wo bleibst du denn, wir sind fast verhungert. Dachten schon, Helene hätte dich als Geisel genommen.« Haie und Niklas saßen am Tisch. Auf die Schnelle hatte Haie eine Pizza in den Ofen geschoben, da Niklas derartig hungrig gewesen war, dass er nicht länger hatte warten können.

»Ich habe eine Bekannte getroffen und wir waren kurz ein Bier trinken.«

»Bekannte?« Haie traute seinen Ohren nicht. »Bier trinken, kurz?«

Tom nickte und packte dabei lächelnd die Einkäufe in den Kühlschrank. Gedanklich war er bereits bei dem morgigen Date. Wohin konnte er Lina ausführen? Er wusste mittlerweile, dass sie aus Berlin kam. Bestimmt war sie tolle Restaurants gewohnt. Es sollte etwas Besonderes sein, aber auf die Schnelle fiel ihm nichts ein. Mit Marlene war er des Öfteren im Wattwurm gewesen, doch das Bistro erschien ihm für diesen Anlass nicht geeignet und in die griechische Taverne, die man nach dem Anschlag wieder eröffnet hatte, ging er seit Jahren nicht mehr. Er brachte es nicht über sich, an den Ort zu gehen, an dem seine Frau gestorben war. Tom schaffte es nicht einmal, ihr Grab aufzusuchen. Auch wenn er über ihren Verlust langsam hinweg zu sein schien, mit ihrem Tod wollte er nicht konfrontiert werden – schon gar nicht bei einem Date mit Lina.

»Und wer war denn diese Bekannte?«, wollte Haie wissen, nachdem er Niklas ins Bad zum Zähneputzen geschickt hatte.

»Ach, ich habe die Tante von Benedikt getroffen.«

»Echt, und was hat sie so erzählt? Hatte ihre Schwester wirklich einen Unfall?«

Tom runzelte die Stirn. »Ich habe sie nicht danach gefragt.«

Sofort schob Haie leicht die Unterlippe vor. Er erhob sich vom Tisch und räumte Niklas' Geschirr ab.

»Wieso ist es denn wichtig, ob sie einen Unfall hatte oder nicht? Sonst gibst du doch auch nichts auf das Geschwätz im Dorf. Wenn Niklas und Benedikt erzählen, dass sie krank ist, dann ist sie krank. Und dass Lina hier ist und sie unterstützt, bestätigt das doch.«

»Lina?«

»Die Schwester. Es wird schon nichts Ansteckendes sein«, versuchte Tom den Freund zu beruhigen. Wenn es um Niklas ging, reagierte er eben manchmal sehr gluckenhaft, wie er wusste.

»Ja, aber wenn es etwas Psychisches ist?« Haie drehte sich zu ihm um. »Ist es dir egal, wenn Niklas da dann ein und aus geht?«, konterte Haie.

»Wieso? Er wird über kurz oder lang sowieso auf solche Thematiken stoßen, du kannst ihn nicht vor allem beschützen.« Tom spürte, wie langsam ein Streit aufzog. Sie waren oftmals unterschiedlicher Meinung, was Niklas' Erziehung anging. Und auch diesmal ging Tom Haies Beschützerinstinkt einfach zu weit. »Du musst auch mal loslassen können«, kam der Freund mit demselben Argument, das Haie oftmals ihm gegenüber angeführt hatte, wenn er vor Traurigkeit über Marlenes Tod unterzugehen drohte.

Haie starrte ihn einen Moment an, dann drehte er sich um und ging zur Küchentür hinaus. »Bist du fertig, Niklas?«

Tom stöhnte leicht. Sollte er jemals wieder eine Frau treffen, mit der er eine Beziehung führen würde, hatte er das nicht nur seinem Kind schonend beizubringen.

Für Ansgar fand sich ein Zimmer in der Pension in Düsseltal. Nachdem er sich etwas frisch gemacht hatte, erstattete er seinem Chef Bericht.

»Nee, der Anwalt kam dazu und dann war im Prinzip nichts mehr aus Roth rauszukriegen. Wird schwierig, dem nachzuweisen, dass er die Fälschung der Ergebnisse in Auftrag gegeben hat. Ohne Zeugen?«

»Ich könnte noch einmal die Tierpflegerin befragen«, schlug Dirk vor. »Ansonsten haben wir wenig Chancen. Seit Carsten Carstensen unter der Erde ist, tut sich hier gar nichts mehr und der Fall scheint für die Leute abgeschlossen zu sein.« Er wusste, je mehr Zeit verging, umso schwieriger würde es werden, den Mord aufzuklären.

»Gut, ich mache mich morgen auf den Rückweg, und dann können wir nochmals gemeinsam die bisherigen Ergebnisse durchgehen.«

Ansgar hatte zwar wenig Lust, die Ansätze wieder und wieder durchzukauen, aber irgendetwas musste es geben, was sie übersehen hatten.

»Einen Ansatz hätte ich noch …«, schoss es daher aus Rolfs heraus. »Ich dachte, na ja, vielleicht wenn wir die Geschädigten des Produkts ausfindig machen können.«

»Du meinst, einer von denen?« Thamsen musste sofort an Dörtes Ausschlag denken. Er konnte sich vorstellen, dass man daraufhin eine Firma auf Schmerzensgeld oder Schadensersatz verklagte, aber jemanden umbringen?

»Na ja, allergische Reaktionen können sicherlich unterschiedlich schwer ausfallen. Vielleicht war Dörtes Ausschlag harmlos im Vergleich zu anderen Reaktionen. Und wer weiß, wo die Leute sich das Zeug überall hingeschmiert haben.«

»Möglich.« Thamsen kratzte sich am Kinn. »Ich könnte dazu mal Dr. Becker befragen, vielleicht kann der etwas sagen. Meinst du, solche Reaktionen können auch einen Tod hervorrufen?«

»Weiß ich nicht, aber so oder so kann es wahrscheinlich zu Entstellungen gekommen sein.«

Gleich nachdem Ansgar aufgelegt hatte, versuchte Thamsen, Dr. Becker zu erreichen. Er wusste, dass der Rechtsmediziner oftmals bis in die späten Abendstunden arbeitete. Doch heute hatte er kein Glück, denn es meldete sich nach dem dritten Läuten nur der Anrufbeantworter.

Anschließend rief er Britta Jürgensen, die Tierpflegerin, an.

»Wir haben noch ein paar Fragen. Können Sie morgen auf die Polizeidienststelle kommen?« Die Stimme der Frau klang argwöhnisch, doch sie stimmte zu. »Gut, dann bis morgen um neun.«

Auch mit Rolfs machte Brandt einen Zug durch die Altstadt. Obwohl der Kollege wesentlich jünger war, verstanden sie sich ähnlich gut wie er und Thamsen. Brandt mochte das nordische Gemüt, es erschien ihm einfach, klar und ehrlich.

Sie tranken das ein oder andere Altbier, und Ansgar ließ sich zu einem speziellen Gericht, Himmel und Äd, überreden, was irgendetwas mit Blutwurst war, ihm aber dennoch sehr gut schmeckte.

»Ich habe vorhin mit meinem Chef telefoniert und ihm von meinem Ansatz mit den Geschädigten berichtet.«

»Und?« Hagen schaute Rolfs fragend an. Er war der Meinung, es sei eine gute Idee. Allerdings würden sie an die Daten der Firma nicht so einfach herankommen, denn einen Beschluss würde er aufgrund der Sachlage momentan nicht bekommen.

»Ich habe da an deine Kollegen gedacht.«

»An meine Kollegen?«

»Die haben doch die Firma mal auseinandergenommen und sicher auch die Finanzdaten überprüft.«

»Schon, aber das ist bereits eine Weile her, und ich weiß nicht, inwieweit die solche Dinge speichern dürfen.«

»Einen Versuch wäre es doch wert, oder?« Ansgar blickte Brandt forschend an. Er war auf die Hilfe des Düsseldorfer Kommissars angewiesen. Ohne ihn würde er nicht an die Daten kommen.

Brandt wirkte plötzlich abgelenkt und schaute an Rolfs vorbei in den Wirtsraum. »Schau mal, da hinten ist Felix Roth.« Er deutete leicht in die Richtung. Ansgar versuchte, sich möglichst unauffällig umzusehen.

»Scheint ein interessantes Gespräch zu sein«, bemerkte Rolfs. Roth stand etwas abseits an einem Bierfass, das als Stehtisch diente, und telefonierte.

»Kann der überhaupt etwas verstehen?«, fragte Ansgar, denn in dem Gastraum herrschte ein beachtlicher Lärmpegel. Als hätte Roth seine Frage gehört, verließ er den Raum und ging nach draußen.

»Bin gleich wieder da«, bemerkte Rolfs und folgte dem Geschäftsführer.

Die Gastwirtschaft war leicht verwinkelt und zu dieser Stunde recht voll. Rolfs drängte sich an mehreren Gästen vorbei bis zum Ausgang und blieb stehen, als er Roths Stimme hörte. Der war anscheinend nur um die Ecke gegangen.

»Ich lasse mich nicht erpressen«, zischte er gerade. »Nicht von Ihnen.«

Interessant, dachte Ansgar und fragte sich, wer der Anrufer sein konnte.

»Ich habe bereits genug gezahlt.«

Gezahlt, fuhr es Rolfs durch den Kopf, während Roth schwieg, weil der Anrufer wohl sprach. Das konnte dann doch nur der Bruder von Carstensen sein oder ein Geschädigter des Anti-Aging-Produktes. War er vielleicht wirklich auf einer heißen Spur? Wurde dem Leiter von Beautyblue vielleicht sogar mit Mord gedroht? Er hörte ein erneutes »Ich lasse mich nicht erpressen«, während er weiter überlegte, ob Carstensen noch mehr Geld forderte. Hatte die Polizei ihn vielleicht erst mit den Ergebnissen der Untersuchung auf die Idee gebracht?

Zu spät bemerkte er, dass es still geworden war vor der Gastwirtschaft. Ansgar trat einen Schritt in die Tür und stieß in diesem Moment mit Roth zusammen.

»Sie?«, entfuhr es diesem augenblicklich, und Rolfs glaubte, eine leichte Panikwelle über das Gesicht huschen zu sehen.

»Ich bin mit meinem Kollegen hier und Sie?« Rolfs musterte den Mann, der völlig aufgelöst wirkte, dennoch krampfhaft bemüht war, Haltung zu wahren.

»Mit einem Klienten.«

»Ja dann …« Ansgar machte eine einladende Geste und Roth drängte sich an ihm vorbei. Wenig später ging Rolfs zurück an seinen Platz, wo Hagen Brandt ihn neugierig erwartete.

»Das hat ja gedauert.«

»Wie es aussieht, wird Roth erpresst.«

»Erpresst? Von wem?« Hagen zog beide Augenbrauen in die Höhe.

»Keine Ahnung, aber meiner Ansicht nach kann das nur Frank Carstensen oder einer der Geschädigten sein. Was meinst du?«

27. KAPITEL

Thamsen war am nächsten Morgen früh auf den Beinen. Er war meistens der Erste im Büro, allerdings seit die Kinder auf der Welt waren, klappte das nicht immer. Doch nun, wo sein bester Mitarbeiter in Düsseldorf war, hatte er alle Hände voll zu tun, den Laden am Laufen zu halten. Er setzte Kaffee auf und wartete, bis die Maschine gurgelte. In der Zwischenzeit fuhr er seinen Computer hoch, da klingelte sein Telefon. Es war Ansgar, der ihm von dem belauschten Telefonat berichtete.

»Hagen wird versuchen, Daten von seinen Kollegen zu erhalten, die aufgrund des Betrugsverdachtes schon mal gegen Beautyblue ermittelt haben. Du könntest vielleicht noch einmal Frank Carstensen befragen.«

»Zuerst kommt die Pflegerin. Ich habe sie für heute einbestellt. Mal sehen, vielleicht hat die ja auch etwas mitbekommen. Anschließend kann ich den Carstensen noch einmal befragen. Wir sollten aber überlegen, ob noch jemand anderes von den gefälschten Ergebnissen Wind bekommen hat und nun versucht, das Labor und Roth zu erpressen.«

»Hä?« Ansgar stand heute Morgen nach dem vielen Altbier vom gestrigen Abend etwas auf dem Schlauch.

»Na, vielleicht von den Tierschützern. Und auch die Geschädigten könnten das Labor verantwortlich machen und etwas von dem Kuchen abhaben wollen.«

Der Fall wurde immer undurchsichtiger, fand Rolfs. Vor allem weil sie keine Geschädigten hatten – noch nicht.

»Du, ich muss Schluss machen, Frau Jürgensen ist gerade gekommen.«

Die Tierpflegerin stand im Türrahmen zu seinem Büro. »Ihr Kollege hat mich hierhergeschickt«, erklärte sie.

»Ja, kommen Sie, nehmen Sie Platz. Kaffee?«

Nachdem Thamsen zwei Tassen Kaffee geholt hatte, legte er los. »Frau Jürgensen, vielleicht haben Sie mitbekommen, dass die Ergebnisse der Studie mit dem Schlangenserum manipuliert worden sind?«

»Von wem?«

»Nun, wir vermuten von Carsten Carstensen, denn er war im Prinzip der Einzige, der das Wissen und auch Zugang zu den Daten hatte.« Er musterte die Frau, die kerzengerade auf dem Stuhl vor seinem Schreibtisch saß.

»Zugang hatte auch Frank Carstensen, aber Sie haben recht, ich glaube nicht, dass er in der Lage wäre, derlei Forschungsdaten zu manipulieren, das Einzige, was der kennt, ist Geld.« Sie spuckte das letzte Wort geradewegs auf den Tisch.

»Und wie sieht es mit Ihnen aus? Als Tierpflegerin haben Sie sicherlich ein medizinisches Grundverständnis.«

»Sicher.« Anders als Dirk erwartet hatte, lockte sie dieser Verdacht nicht aus der Reserve. »Aber solche Forschungsdaten überschreiten bei Weitem dieses Grundverständnis, wie Sie es schon richtig benannt haben.«

»Sie glauben also, Carsten Carstensen war demnach der Einzige in der Firma, der die Ergebnisse hätte entsprechend fälschen können?«

»Ja.«

»Und trauen Sie ihm das zu?«

»Ja.«

»Wieso?«

»Wissen Sie, jemand, der Tiere zu solchen Zwecken quält ...« Sie brach ab, aber Dirk glaubte zu verstehen, was sie damit ausdrücken wollte.

»Außerdem ist er tot, würde dazu passen, oder?« Britta Jürgensen blickte ihn herausfordernd an.

»Schon, nur wer sollte der Täter sein? Haben Sie da einen Verdacht?«

»Ich habe doch von dem Streit erzählt, vielleicht hat Frank Carstensen etwas damit zu tun.«

»Und wenn nicht?«

Sie zuckte lediglich mit den Schultern.

Rolfs saß in Brandts Büro und trommelte leicht mit den Fingern auf der Schreibtischplatte herum.

Hagen hatte seinen Kollegen Nils Teichert gebeten, sich nach den Zahlungen an Geschädigte zu erkundigen. Jetzt warteten sie auf eine Rückmeldung.

»Große Hoffnungen würde ich mir nicht machen«, versuchte Brandt nochmals, den Optimismus bei Ansgar zu dämpfen. »Es ist schon eine Weile her, dass die Kollegen das Unternehmen unter die Lupe genommen haben. Also selbst wenn sich noch Daten finden, könnten diese alt sein.«

»Besser alt als gar nichts«, kommentierte Rolfs. Er ließ sich so schnell nicht entmutigen. Zumindest hatte er sich das heute Morgen vorgenommen.

»Schon, aber die Frage ist, warum das Opfer dann erst jetzt zugeschlagen hat? Ich meine, wenn du Geschädigter bist, wartest du doch nicht so lange, um dich zu rächen, oder?« Brandt stellte eine Tasse Kaffee vor Rolfs auf die Schreibtischplatte.

»Mhm, valider Punkt«, musste Ansgar eingestehen. »Außer das Opfer war körperlich bisher nicht in der Lage, sich zu wehren.«

»Du meinst, dass die Verletzungen derart schlimm waren? Ich weiß nicht, durch eine Creme, die man sich ins Gesicht schmiert?« Brandt schaute nachdenklich aus dem Fenster, als plötzlich die Bürotür aufgerissen wurde und Teichert hereinstürmte. In der Hand hielt er ein Blatt Papier.

»Also viel ist es nicht, was die Kollegen noch hatten. Aus den Umsätzen haben wir auf die Schnelle zwei, drei Empfänger ausfindig gemacht, die ihr überprüfen könnt. Wir suchen weiter.« Er reichte ihnen den Zettel, auf dem drei Namen mit Adresse verzeichnet waren. Zusätzlich hatten die Kollegen die Summe und den Tag der Zahlung aufgelistet.

»Oh, Berlin und Augsburg«, bemerkte Rolfs enttäuscht.

»Ja, aber hier.« Hagen wies auf den letzten Eintrag. »Mettmann ist ganz in der Nähe, den können wir persönlich befragen. Den Rest müssen wir erst einmal telefonisch klären.«

»Gut. Dann los!« Ansgar sprang behände von seinem Stuhl auf.

»Vorher sollten wir die beiden anderen Empfängerinnen kontaktieren«, schlug Brandt vor. »Vielleicht bekommen wir von ihnen Hinweise, die wir in der Befragung nutzen können.«

Bei Hilde Schmidt meldete sich nur der Anrufbeantworter, doch bei Carla Schnölzer hatten sie Glück.

»Polizei?«, fragte diese, als Rolfs seinen Namen und seine Dienstbezeichnung genannt hatte.

»Ja, wir ermitteln gegen Beautyblue und haben gesehen, dass Sie vor Kurzem eine Zahlung von der Firma erhalten haben.«

»Ach ja, stimmt, wegen diesem Mistzeug«, begann die Dame zu jammern, die Ansgar aufgrund der Stimme auf etwa 60 schätzte. »Habe lauter Pusteln davon bekommen und dann musste ich damit zum Arzt, weil die voll entzündet waren und ...«

»Ja«, unterbrach er sie, »und Sie haben deswegen die Firma verklagt?«

»Verklagt? Nee, ich habe das reklamiert. War schließlich teuer, diese Pampe«, schimpfte die Frau. »Als Entschädigung haben die mir dann 2.500 Euro gezahlt.«

»Unter welchen Bedingungen?«

»Ich musste die Creme zurückschicken und so einen

Wisch, warten Sie …« Ansgar hörte, wie es raschelte, dann las die Frau einen Text vor: »Verpflichte ich mich, Stillschweigen über die negativen Auswirkungen des Präparates zu wahren und …«

»Gut«, würgte er sie ab, »und das reichte Ihnen?«

»Hören Sie, 2.500 Euro für ein paar Pusteln ist eine Menge Geld.«

»Stimmt«, gab Rolfs zu. »Und damit war der Fall für Sie erledigt?«

»Ja.«

Thamsen versuchte nach dem Gespräch mit Britta Jürgensen nochmals Dr. Becker zu erreichen. Diesmal hatte er mehr oder minder Glück.

»Ich muss gleich zur Obduktion. Aber gut, wenn es eine kurze Frage ist.«

»Ich wollte wissen, ob Sie sich mit allergischen Reaktionen auskennen?«

»Schon, um was genau geht es denn?«

Thamsen erzählte von den Ausschlägen und fragte, ob es noch heftigere Reaktionen geben könnte.

»Na ja, das ist ganz individuell. Der eine bekommt Pickel, bei dem anderen tritt zumindest zeitweise eine Lähmung ein.«

»Zeitweise?«

»Das kann natürlich länger anhalten, ist ganz unterschiedlich und kommt sicherlich auf Art und Dauer der Anwendung an.«

»Und gibt es sonst noch Auswirkungen?«

»Na ja, wenn die Entstellungen schlimmer sind und

länger anhalten, dann hat das unter Umständen auch psychische Auswirkungen.«

»In welcher Form?«

»Depressionen zum Beispiel.«

Tom war schon mittags ganz zappelig. Ständig ging ihm die Verabredung mit Lina durch den Kopf. Er hatte sie angerufen und ein Restaurant in Bredstedt vorgeschlagen.

»Ich kann dich abholen, dann bringe ich gleich Benedikt mit? Der ist ja heute bei uns«, hatte er vorgeschlagen.

Als er den Jungen suchte, um ihm mitzuteilen, dass er ihn am Abend nach Hause bringen würde, fand er die Kinder am Küchentisch Hausaufgaben machen. Da Tom sich eh nicht auf seine Arbeit konzentrieren konnte, setzte er sich zu den beiden und half ihnen, die Rechenaufgaben zu lösen.

»Und wo ist Haie?«, erkundigte er sich, da ihm auffiel, dass sie nur zu dritt im Haus waren.

»Der wollte kurz weg, Kuchen holen, glaube ich.«

Haie war tatsächlich zur Bäckerpost geradelt, um für die Jungs ein wenig Kuchen zu holen. Auf dem Weg dorthin überholte ihn der alte Fiat von Britta Jürgensen. Na, die hat aber zeitig Feierabend, bemerkte er, obwohl seit dem Tod von Carsten Carstensen das Labor im Grunde genommen so gut wie stillgelegt war. Als er die Bahnschienen überquerte, sah er den Wagen der Tierpflegerin vor der ortsansässigen Bankfiliale stehen und daneben –

Haie traute seinen Augen kaum – ein Motorrad, von dem gerade Karsten Boysen abstieg. Er ging auf Britta Jürgensen zu, die gerade aus der Filiale kam. Haie stellte den Motor ab und trat nur langsam in die Pedale; fuhr die nächste Querstraße hinauf, von wo aus er einen Blick auf den Tierschützer und die Jürgensen hatte, die mittlerweile eng zusammenstanden und sich umarmten. Haie stoppte sein Rad hinter dem Getreideturm und linste um die Ecke, gerade in dem Moment, in dem Karsten Boysen und Britta Jürgensen sich küssten.

»Das gibt es ja wohl nicht«, murmelte Haie vor sich hin und machte mit seinem Fahrrad kehrt.

Auf dem Rückweg hielt er bei Elke.

»Du?« Sie blickte ihn erstaunt an, lächelte dann aber sofort. »Komm in.«

»Nee«, winkte Haie ab, »ich wollte nur was fragen.«

Sofort verringerte sich das Lächeln ein wenig. »Was denn?« Elke verschränkte die Arme vor der Brust.

Wahrscheinlich ist sie enttäuscht, dass ich nicht ihretwegen, sondern nur mal wieder wegen der Ermittlungen gekommen bin, dachte Haie, ließ sich aber trotzdem nicht von seinem Vorhaben abbringen.

»Na, Niklas hat sich da mit Benedikt Klewer angefreundet, und ich wollte mal hören, ob du weißt, was bei denen zu Hause los ist.«

»Wieso?«

»Na, Jutta soll krank sein, angeblich ein Unfall.«

»Sagt wer?«

»Helene zum Beispiel, aber niemand kann was sagen und gesehen hat die auch keiner seit einiger Zeit.«

Elke zuckte mit den Schultern. »Ich auch nicht. Kann ich nichts zu sagen. Schadet das Niklas denn?«

»Nee, ich meine, nun ja …«, druckste Haie herum. Er konnte selbst nicht erklären, was genau ihn eigentlich daran störte, dass die Mutter des Freundes krank war. Bisher hatte er nicht wirklich eine Veränderung an Niklas festgestellt, jedenfalls keine negative, denn es war eher so, dass Niklas sehr zu seinem Freund hielt, sich vor ihn stellte, was Haie generell begrüßte, dennoch hatte er ein komisches Bauchgefühl.

»Wieso fragst du den Jungen nicht?«, wollte Elke nun wissen.

»Der sagt ja nichts, aber nichts für ungut«, verabschiedete er sich von seiner Exfrau und stieg wieder aufs Rad. Als er auf die Dorfstraße einbiegen wollte, streifte ihn beinahe ein Wagen.

»Mensch, Haie, du musst besser aufpassen.« Thamsen hatte angehalten und war ausgestiegen. Mit einem leicht bleichen Gesicht stierte Haie ihn an. »Du kannst doch nicht, ohne zu gucken, einfach aus der Ausfahrt düsen. Und dann in diesem Affenzahn.« Dirk fragte sich, ob das E-Bike ein gutes Geschenk für den Freund gewesen war. Klar, er war dadurch ein wenig mobiler, aber konnte er die Geschwindigkeit richtig einschätzen, die er mithilfe des Motors erzielte?

»Ja, entschuldige«, entgegnete Haie kleinlaut.

»Entschuldige? Mich hätte es nicht so schlimm getroffen wie dich.«

Thamsen schüttelte den Kopf. Er vermutete, der Freund war gedanklich ganz woanders gewesen. Er wunderte sich ohnehin, warum Haie Elkes Auffahrt herunterkam.

»Ich hatte was zu klären«, sagte Haie. »Und was machst du hier? Hast wohl gerochen, dass ich Kuchen geholt habe, was?« Haie versuchte zu grinsen.

»Klingt verlockend, aber nee. Ich muss zu einer Befragung.«

»Von wem?«

»Frank Carstensen.«

»Oh, habt ihr eine neue Spur, kann ich mit?«

Thamsen musterte Haie, schüttelte dann den Kopf. »Nee, du radelst besser heim und isst deinen Kuchen.«

28. KAPITEL

Die angegebene Adresse lag in einem Wohngebiet mit zahlreichen Mehrfamilienhäusern am Rande der Stadt. Wider Erwarten erschien Rolfs die Umgebung grün und ländlich, obwohl er bisher den Eindruck gehabt hatte, im Rheinland würde eine Stadt nahtlos in die nächste übergehen.

Er parkte den Wagen am Straßenrand. Rolfs und Brandt schauten auf das Haus. Der Düsseldorfer Kommissar schmunzelte plötzlich. »Weißt du, wofür das Kennzeichen ›ME‹ steht?«

Ansgar blickte auf das Auto vor ihnen und schüttelte den Kopf.

»Motorisierter Esel«, kicherte Brandt und für einen Moment vergaß Rolfs, weswegen sie hier waren, und beide brachen in schallendes Gelächter aus.

»Motorisierter Esel, das ist gut«, gluckste Rolfs und wischte sich eine Träne aus dem Augenwinkel, ehe er die Tür öffnete und ausstieg. Sie holten beide tief Luft.

»Also, Showtime«, bemerkte Brandt und stapfte auf das Haus zu.

Schnell hatten sie das entsprechende Namensschild gefunden, und Ansgar drückte den dazugehörigen Klingelknopf. Kurz darauf schnarrte der Türöffner.

Rolfs war mehr als erstaunt, als ihnen aus dem Hochparterre eine junge Frau entgegenblickte.

»Frau Steinke?«, erkundigte er sich. »Frau Tanja Steinke?«

Sie nickte. »Und Sie sind?«

»Polizei Düsseldorf, Hagen Brandt, das ist mein Kollege Rolfs aus Niebüll«, übernahm Brandt.

»Niebüll? Liegt das nicht in Dänemark?«

»Nee, nicht ganz, aber zur Grenze ist es nicht weit«, erklärte Rolfs.

»Ja, und was wollen Sie hier von mir?«

»Wir sind wegen einer Schadensregulierung mit der Firma Beautyblue hier«, sagte Brandt, wobei er sehen konnte, wie die Frau beim Nennen des Firmennamens schluckte.

»Aha, und?«

»Vielleicht besprechen wir das besser drinnen?«

Tanja Steinke zögerte einen Moment, ließ sie dann aber eintreten. Ihre Wohnung wirkte weitaus schöner und heller, als Ansgar aufgrund der grauen Außenfassade vermutet hatte. Sie führte Rolfs und den Düsseldorfer Kollegen in ein geräumiges Wohnzimmer. Hagen Brandt fiel sofort auf, dass die Einrichtung nicht unbedingt billig gewesen sein konnte. Aber das war vorerst nicht wichtig für ihren Fall.

»Es geht darum, dass Sie als Geschädigte von der Creme ›Luralex‹ eine Zahlung der Firma erhalten haben.«

»Ja, das ist richtig, ich habe nach Benutzung der Creme einen Juckreiz bekommen.«

»Juckreiz?«, hakte Rolfs nach. »Das ist alles?«

»Haben Sie schon mal einen richtigen Juckreiz gehabt und sich tagelang bis aufs Fleisch gekratzt?«, giftete Tanja Steinke ihn an.

Die Frau wirkte aufgebracht und irgendwie hatte Rolfs das Gefühl, dieser Zustand hatte etwas mit ihrem Erscheinen zu tun. Waren sie hier auf der richtigen Spur?

»Und jetzt ist es wieder in Ordnung mit der Erkrankung?«

»Ich benutze das Zeug nicht mehr. Bin ja nicht verrückt.«

Hagen Brandt nickte. »10.000 Euro ist eine Stange Geld. Das war sicherlich mehr als nur Schmerzensgeld, oder?«

»Worauf wollen Sie hinaus?«

»Wir haben bereits weitere Geschädigte befragt, die eine Erklärung unterschreiben mussten.«

»Ja, eine Verschwiegenheitsklausel, aber mir waren die 10.000 Euro mehr wert als eine Schlagzeile im ›Express‹.«

»So, und an Ihre Mitmenschen haben Sie dabei nicht gedacht, schließlich hat Beautyblue das Produkt nicht vom Markt genommen«, wollte nun Rolfs wissen.

»Es reagiert ja nicht jeder wie ich auf die Creme.«

»Ja, aber wenn es so schlimm war, das wünscht man doch keinem anderen, oder?«

Die Frau winkte ab. »Was genau wollen Sie denn nun eigentlich von mir?«

»An diese Verschwiegenheitsklausel haben Sie sich gehalten?«

Ansgar musterte die Frau. Insgeheim fragte er sich, ob sie die Anruferin war, die Felix Roth gestern gedroht hatte. So wie sie dastand, die Hände ineinander knetend, hatte sie etwas zu verbergen.

Tanja Steinke verzog ihre Lippen zu einem angestrengten Lächeln. »Selbstverständlich habe ich mich daran gehalten.«

»Sie schon wieder?« Frank Carstensen blickte ihn feindselig an, als Britta Jürgensen, die beinahe zeitgleich mit Thamsen am Labor eingetroffen war, ihn ins Büro führte und im Türrahmen stehen blieb.

»Haben Sie nichts zu tun? Haben doch heute Morgen schon genug Zeit mit der Polizei vertrödelt, oder?«, giftete Carstensen die Tierpflegerin an, als sei sie für Thamsens Besuch verantwortlich. Britta Jürgensen kniff den Mund zusammen und verschwand.

Thamsen war, nachdem er Frank Carstensen nicht zu Hause angetroffen hatte, ins Labor gefahren.

»Sie halten uns alle von der Arbeit ab, das ist Ihnen klar? Es ist ohnehin schwer genug, wie sollen wir ohne Carsten weitermachen?« Er blickte Dirk an, als sei der für Carsten Carstensens Tod verantwortlich.

»Können Sie denn überhaupt weitermachen?«

»Ich suche einen neuen Mitarbeiter.«

»Was nicht so einfach sein dürfte, oder?« Dirk war sich sicher, dass es schwierig war, einen Forscher für ein Tierlabor zu finden – vor allem hier in der Gegend. Und so groß war das Labor nicht, gab es da überhaupt Herausforderungen für einen Wissenschaftler?

»Wenn wir keinen neuen medizinischen Leiter finden, muss ich das Labor verkaufen.«

»Ist es dann noch etwas wert?«

»Nun ja«, druckste Carstensen herum. »Das wird sich zeigen. Wir sind hier bestens und nach neuestem Standard ausgestattet. Die Apparaturen allein sind eine Stange Geld wert.«

In Thamsen machte sich langsam, aber sicher der Verdacht breit, Frank Carstensen könne hinter der Erpressung von Felix Roth stecken. Schließlich hatte der durch den Tod des Bruders eine Menge Geld verloren. Das bedeutete jedoch gleichzeitig, dass Frank Carstensen nicht der Mörder war, sondern Felix Roth ein stärkeres Motiv hatte, vorausgesetzt, Carsten Carstensen hatte Beautyblue gedroht, die Sache auffliegen zu lassen, oder Geld von der Firma erpressen wollen.

»Hatten Sie eigentlich in letzter Zeit noch einmal Kontakt zu der Firma, die die Studie mit dem Schlangengift in Auftrag gegeben hat?«

»Nein«, antwortete Frank Carstensen wie aus der Pistole geschossen.

»Ich weiß nicht, die Frau hat sich ziemlich seltsam verhalten. Vielleicht will sie noch mehr Geld aus Beautyblue herauspressen.«

»Oder die macht das professionell«, äußerte Hagen Brandt auf dem Rückweg ins Präsidium seinen Verdacht, der sich im Laufe des Gespräches immer mehr verfestigt hatte.

»Wie kommst du darauf?« Ansgar schaute ihn von der Seite an.

»Hast du die Wohnungseinrichtung gesehen?«

»Ja, und?«

»Tanja Steinke hat gesagt, sie arbeitet in Teilzeit im Büro einer Gärtnerei. Wie kann sie sich diese exklusive Einrichtung leisten?«

»Gute Frage. Vielleicht hat sie geerbt?«

»Und die vielen Pakete im Flur auf dem Sideboard hast du nicht gesehen? Das waren alles irgendwelche neuartigen Produkte.«

»Echt, ich hatte den Eindruck, die handelt bei eBay.«

»Möglich, aber irgendwie könnte ich mir vorstellen, dass die das professionell betreibt. Kauft Cremes und irgendwelche anderen Mittel, die relativ neu auf dem Markt sind, und klagt dann beim jeweiligen Hersteller über Ausschläge oder sonstige Schäden, die sich nach dem Gebrauch des Präparates eingestellt haben.«

Rolfs wusste, es gab im Grunde genommen nichts, was es nicht gab. Nur – traute er Tanja Steinke eine solche Abgebrühtheit zu? Auf ihn hatte die Frau etwas seltsam, aber nicht unsympathisch gewirkt.

»Allergische Reaktionen und andere gesundheitliche Schäden muss man bestimmt mit einem Gutachten nachweisen.«

»Nichts leichter als das. Im Internet- und Google-Zeitalter findest du im Netz mittlerweile fast alles, um so etwas professionell zu fälschen. Es gibt Anleitungen zum Bombenbau, da ist so etwas wohl Kinderkram.« Brandt grinste.

»Gut, nehmen wir mal an, die betreibt das professionell, ist das dann verboten?«

»Zumindest ist das ein Graubereich. So oder so

kommt da einiges zusammen, wenn sie solche Gutachten fälscht. Oder sie hat einen befreundeten Arzt, der ihr hilft. Auf jeden Fall geht da etwas nicht mit rechten Dingen zu, vermute ich. Deswegen war die wahrscheinlich auch so nervös.«

»Vielleicht hat sie im Nachgang versucht, Felix Roth weiter zu erpressen«, sagte Rolfs.

»Oder es war euer Laborbesitzer, also der Bruder, denn Carsten Carstensen ist ja tot und kann schlecht gestern Abend angerufen haben. Und vielleicht wollte der tatsächlich die gefälschten Studien auffliegen lassen. Der Bruder hat davon zunächst wahrscheinlich nichts gewusst, aber nun, da ihr Stück für Stück die Fakten ans Licht bringt, habt ihr ihn vielleicht sogar auf die Idee gebracht, die Firma zu erpressen.«

»Das hieße ja, ich meine …« Ansgar zählte eins und eins zusammen. »Also wenn Carsten Carstensen umgebracht wurde, weil er den Betrug auffliegen lassen wollte, und Frank Carstensen nun Geld erpressen will, weil er genau damit droht …« Rolfs schluckte, während Brandt lediglich zustimmend nickte. »Dann ist er selbst in Lebensgefahr.«

29. KAPITEL

»Und wohin willst du die Lady ausführen?«

Haie hatte den Jungs noch Abendessen gemacht und stand nun im Flur, wo Tom vor dem Spiegel seine Frisur zurechtzupfte. Er hatte sich lange nicht entscheiden können, was er anziehen sollte. Schließlich eine dunkle Stoffhose und ein kariertes Hemd gewählt, aber hundertprozentig zufrieden war er nicht mit seinem Outfit. Er wusste einfach nicht, worauf Lina so stand. Overdressed wollte er auf keinen Fall erscheinen, denn vielleicht gefielen ihr Jeans und T-Shirt besser.

»Ich dachte, ich gehe mit ihr in den Ulmenhof.«

Haie stieß einen leichten Pfiff aus. »Nobel, nobel.«

Tom blickte ihn erschrocken an. »Findest du das unpassend?« Er war sich in allem, was dieses Date betraf, furchtbar unsicher. Zu lange hatte er keine Frau mehr ausgeführt und erst recht keine, an der ihm etwas lag.

»Na ja«, grinste Haie, »in deinem Alter muss man die Frauen schon irgendwie beeindrucken, denn der Jüngste bist du nicht mehr und dann hast du noch ein Kind an der Backe kleben.«

Obwohl das Gesagte lustig klingen sollte, hatte Tom den Eindruck, als schwänge auch eine Portion Angst in Haies Stimme mit. Sicherlich fragte er sich, was aus ihm werden würde, wenn Tom wieder mit einer Frau zusammen wäre. Für Niklas wäre es wahrscheinlich nicht schlecht, ein wenig weiblichen Einfluss in der Erziehung zu genießen. Das war Tom bereits im Kindergarten von einer Erzieherin und später auch von der einen oder anderen Lehrerin angetragen worden.

Doch so weit war es ja noch nicht. Er traf sich mit Lina lediglich zum Essen, versuchte er sich selbst auf den Boden der Tatsachen zurückzubringen.

»Benedikt, kommst du?«, rief er nach dem Jungen, da es Zeit wurde, sich auf den Weg zu machen.

Die Fahrt verlief relativ schweigsam, obwohl Tom den Jungen ein wenig über seine Tante ausfragte. Doch wenn es um seine Familie ging, war der Junge mehr als verstockt.

»Wie lange bleibt denn deine Tante noch bei euch?«

»Lange«, antwortete Benedikt einsilbig.

Gut, das konnte alles oder nichts heißen, denn von Niklas wusste er, dass die Kinder eine ganz andere Zeitwahrnehmung hatten als Erwachsene.

»Und geht es deiner Mutter denn schon ein bisschen besser?«

»Hm.«

Tom gab auf, aus dem Jungen war nichts herauszubekommen. Dabei hätte er gerne gewusst, wie viel Zeit ihm mit Lina noch blieb.

Gut, Berlin war nicht aus der Welt, aber die Stadt lag auch nicht gerade um die Ecke. Eine Fernbeziehung war vorstellbar, jedoch nicht das, was Tom sich wünschte.

Er lieferte das Kind zu Hause ab und war froh über sein Outfit, für das er sich entschieden hatte, denn Lina hatte sich in gewisser Weise in Schale geworfen. Zwar hatte sie nicht auf das kleine Schwarze gesetzt, doch der Seidenrock und die leichte Bluse, die sie trug, wirkten sehr elegant. Tom musste schlucken, bevor er sie begrüßte.

»Und, was hast du heute gemacht?«, erkundigte er sich, als sie im Auto saßen und Richtung Bredstedt fuhren.

»Och, ich hatte ziemlich viel zu tun im Haushalt, die Terrarien mussten gesäubert werden und dann war so einiges an Wäsche liegen geblieben. Gut, dass Benedikt heute bei euch war, so brauchte ich nicht für ihn zu kochen. Ich frage mich, wie Jutta das alles hinbekommen will, wenn ich wieder weg bin.«

Tom spürte einen leichten Stich im Brustkorb. »Wieso? Fährst du bald zurück?«

»Ich muss. Die vorlesungsfreie Zeit an der Uni ist beinahe um. Länger kann ich mich nicht um Jutta kümmern, so gerne ich würde.«

»Uni?«, hakte Tom nach, der natürlich an Linas Tätigkeit sehr interessiert war.

»Ja, ich arbeite als Dozentin für Molekularbiologie.«

»Oh, wie interessant. Forscht ihr da auch?«

»Ja, aber das ist weniger mein Zuständigkeitsbereich. Ich bin stärker in der Lehre tätig.«

»Das ist bestimmt nicht immer einfach mit den Studenten.« Tom musste an seine Studienzeit denken und wusste, dass er oftmals nicht besonders fleißig und aufmerksam in den Vorlesungen gewesen war.

»Es geht. Heutzutage sind die Studenten weitaus zielorientierter als vermutlich zu deiner Zeit.« Sie lächelte und Tom versuchte schnell das Thema zu wechseln.

Zum Glück erkundigte sich Lina nach seinem Tag, und er berichtete von einem Mandanten, der viel Geld in Windparks investieren wollte, und wie er sich daher seit Tagen mit dieser Branche auseinandersetzte.

»Aber alternative Energien sind doch gut. Wir müssen weg von diesen umweltschädlichen Stromproduzenten.«

»Nicht alles Neue hat nur Vorteile«, gab er zu bedenken.

»Alles ist besser als Luft verpestende Kohlewerke oder Atomstrom«, hielt Lina dagegen. Ihre Wangen röteten sich, wie Tom bemerkte. Es gefiel ihm, dass sie sich für ihre Überzeugungen derart einsetzte. Es erinnerte ihn an Marlene, die für ihr Forschungsgebiet gelebt hatte, und das erste Mal verspürte er keinen stechenden Schmerz bei dem Gedanken an sie, sondern war der Überzeugung, dass Lina Marlene gefallen würde und dass sie es guthieße, wenn er nicht alleine blieb.

Er lenkte den Wagen auf die Auffahrt zum Restaurant und lächelte.

»Findest du das lustig?« Lina sah ihn argwöhnisch von der Seite an. Er hatte, ganz in Gedanken, nicht ihren Ausführungen über erneuerbare Energien gelauscht und wusste nicht so recht, was sie eigentlich gesagt hatte. Sein Lächeln schien jedoch unangebracht.

»Nein, ich musste nur daran denken, wie Niklas hier einmal das Essen verweigert hat und wir auf der Rückfahrt bei McDonald's anhalten mussten.«

Lina schaute ihn forschend an, lächelte jedoch. »Dann bin ich mal gespannt, was du für einen Schuppen ausgewählt hast.«

»Chef, kannst du vielleicht eine Telefonauswertung für den Laboranschluss beantragen?«

»Habe ich schon gemacht«, antwortete Dirk und erzählte Rolfs von dem Besuch bei Frank Carstensen und seinem Eindruck, der Mann könne versuchen, weiteres Geld von Beautyblue zu erpressen.

»Zumal der Laden ohne Carsten Carstensen nichts mehr wert zu sein scheint. Ohne einen Wissenschaftler kann der nicht weitermachen.«

»Das bedeutet aber auch, dass Frank Carstensen seinen Bruder nicht umgebracht hat, oder?«, vermutete Rolfs ebenso wie Thamsen, dem dieser Schluss bereits gestern in den Sinn gekommen war.

»Wahrscheinlich nicht. Und die Witwe wahrscheinlich auch nicht. Zwar kann ich mir vorstellen, dass sie ihren Mann gerne losgeworden wäre, nur die wird die Problematik mit dem Labor auch gekannt und sicher nicht ihren Lebensstil aufs Spiel gesetzt haben.«

»Womit wir wieder bei Felix Roth wären. Er hat demnach das stärkste Motiv. Immerhin geht es nicht nur um seinen Job bei Beautyblue, sondern um seinen Ruf in der Branche. Noch so ein Ding und der findet im Lebtag keinen Job mehr.«

»Dann verstehe ich nicht, warum er das Produkt nicht vom Markt genommen hat«, wunderte Thamsen sich.

»Vielleicht hatte er Umsatzziele. Oder war auf eine hohe Bonuszahlung aus«, mutmaßte Rolfs, der dem Geschäftsführer der Kosmetikfirma so einiges zutraute.

»Möglich, also ich würde sagen, du bleibst noch vor Ort, bis wir die Auswertungen haben.«

»Geht klar, Chef.«

Nach dem Telefonat trug Thamsen alle Unterlagen zusammen. Der Fall ließ ihn zwar nicht in Ruhe, aber für den Moment konnten sie nichts tun. Er war gerade dabei, den Computer herunterzufahren, als das Telefon klingelte.

An der Nummer auf dem Display erkannte er, dass es die Husumer Kollegen waren. Er zögerte kurz, denn auf die Beamten hatte er so gar keine Lust, doch dann nahm er das Gespräch entgegen.

»Und, wie sieht es aus? Was habt ihr?«, erkundigte sich Meister sogleich nach dem Stand der Ermittlungen.

Thamsen stöhnte innerlich und berichtete von der vermeintlichen Erpressung.

»Das ist doch ein guter Hinweis, den verfolgt ihr. Das klingt plausibel.« Der Husumer Beamte schien froh, dass es Neuigkeiten gab und Thamsen quasi Anweisungen geben konnte, die der allerdings beflissentlich überhörte.

Dirk musste an den aalglatten Geschäftsführer von Beautyblue denken. Er konnte sich schwer vorstellen, dass der sich selbst die Hände schmutzig gemacht hatte.

Das verschwieg er allerdings. Er wollte Meister schnell wieder loswerden und sicherte ihm zu, sich sofort zu melden, wenn Ergebnisse vorlagen.

Anschließend machte er Feierabend. Brandts Worte verfolgten ihn in gewisser Weise seit seinem Besuch in Düsseldorf, dennoch wollte er noch kurz bei seinem Freund vorbeischauen, der für ihn so gut wie zur Familie gehörte.

Haie saß in der Küche und blätterte in einem Bildband über Nordfriesland, den Marlene ihm einst geschenkt hatte.

»Na, ganz allein?«

»Nee, Niklas liegt im Bett.«

»Wo ist Tom?«

»Hat ein Date«, entgegnete Haie äußerst wortkarg.

»Ein Date?« Thamsen zog die Augenbrauen hoch. »Mit wem?«

»Mit der Tante von Niklas' Freund.«

»So?«

Es wunderte Dirk, dass Tom sich mit einer Frau traf, auch wenn er es dem Freund gönnte. Schließlich waren einige Jahre ins Land gegangen seit Marlenes Tod, und warum sollte Tom ewig allein bleiben. Haie hingegen sah das anscheinend ein wenig anders. Jedenfalls machte er auf Thamsen den Eindruck, als sei er nicht gerade erfreut über Toms Verabredung.

»Das ist doch schön«, kommentierte er daher diesen Umstand. »Und was ist mit dir? Gab es da nicht diese Frau vom Tierschutzverein?«

Haie errötete leicht. Er hatte sich bei Lianna in den

letzten Tagen nicht gemeldet. Der Mordfall, Niklas und Lina Pohl hatten ihn zu sehr beschäftigt.

»Ach, ich musste mich ja um die Jungs kümmern«, entgegnete er deshalb.

»Welche Jungs?«

Haie erzählte von Benedikts kranker Mutter.

»Oh, was hat die denn?«

»Das ist ja gerade das Komische an der Sache. Im Dorf erzählt man sich, sie habe einen Unfall gehabt, aber keiner, den ich bisher danach gefragt habe, konnte mir eine genaue Antwort darüber geben.«

»Unfall, mit dem Wagen?«

Haie zuckte mit den Schultern. »Wie gesagt, da ist nichts Genaues bekannt. Vielleicht kannst du ja mal bei euch …?«

»Haie, ist das denn so wichtig? Ich meine, du kümmerst dich um die Jungs, und diese Tante ist auch da. Scheint ja ganz nett zu sein, wenn Tom sie zum Essen ausführt.«

»Schon …«

»Was gibt es denn sonst Neues?«, versuchte Dirk das Thema zu wechseln.

Haie schob seine Unterlippe leicht vor, dann fiel ihm seine Beobachtung aus Lindholm ein. »Ich habe übrigens gestern die Jürgensen gesehen.«

»Und?« Da Thamsen die Tierpflegerin erst gestern befragt hatte, glaubte er nicht, dass sein Freund neue Informationen für ihn hatte.

»Zusammen mit dem Boysen.«

»Dem Tierschützer?«

»Jo.«

»Na, die kennen sich wahrscheinlich durch das Labor.«

»Sahen recht vertraut miteinander aus.«

»Was heißt das?«, hakte Dirk nach. Er nahm an, dass die beiden sich lediglich im Zuge der Ermittlungen wegen des Einbruchs kennen konnten. Selbst wenn er aus den Gesprächen mit der Tierpflegerin wusste, dass sie generell auch gegen die Versuche und das Labor als solches war … Oder kannten sie sich bereits vor dem Einbruch und sie hatte ihm bei seiner Aktion gegen die Carstensens geholfen?

»Die haben sich vor der Bank getroffen und geküsst.«

»Geküsst? Vor der Bank?«, horchte Thamsen auf.

Haie nickte.

»Du meinst, die beiden könnten die Düsseldorfer Firma erpressen?«

»Warum nicht?«

»Möglich«, überlegte Dirk. »Und vielleicht haben die auch etwas mit dem Mord zu tun.«

»Warum nicht? Der Typ ist ziemlich aufbrausend. Vielleicht hat Carsten das rausbekommen, es gab Streit und zack … Was schmunzelst du denn so?«

»Du hast wirklich eine blühende Fantasie«, gestand Dirk. »Ich werde das mal im Hinterkopf behalten. Man weiß ja nie …«

30. KAPITEL

Tom und Lina hatten an einem Tisch in einer der hinteren Ecken Platz genommen und studierten die Speisekarte.

»Oh, viel Fleisch und Fisch«, entfuhr es Lina nach einem ersten Blick auf die angebotenen Gerichte.

»Wieso, bist du Vegetarierin? Das wusste ich nicht, sonst ...«

Sie winkte ab. »Salat geht immer.«

»Seit wann isst du kein Fleisch?«

»Ach, das hat mit meiner Arbeit zu tun. Ich kann irgendwie keine Tiere essen, die ich erforsche und über die ich lehre.«

»Das verstehe ich. Irgendwie ...«, er schluckte und ließ seinen Blick über die Karte schweifen, »essen wir ohnehin zu viel Fleisch, und die Tiere müssen deswegen zu sehr leiden.«

»Es gibt wenige Leute, die das so sehen.«

»Haie hat eine alte Schulfreundin, die sich sehr im Tierschutz engagiert.«

»Wirklich?«, entgegnete Lina und legte die Karte zur Seite.

»Die gehen wohl auch gegen das Versuchslabor von den Carstensens vor.«

»Richtig so.« Linas Wangen röteten sich leicht.

»Zumal die sich die Ergebnisse eh so hindrehen, wie es die Wirtschaft braucht«, rutschte es Tom heraus.

Zum Glück kam in diesem Moment der Kellner an den Tisch, um ihre Bestellung aufzunehmen. Tom war bewusst, dass das Polizeiinterna waren, die er da gerade ausgeplaudert hatte und von denen er nur wusste, weil er mit Thamsen befreundet war. Dirk baute auf seine Verschwiegenheit, daher versuchte er, das Thema zu wechseln, nachdem sie die Bestellung aufgegeben hatten.

»Vermisst du die Großstadt denn?«

»Ein wenig, obwohl es hier auch schön ist. Diese Ruhe hat man in der Stadt nicht, da ist immer was los. So gesehen, war mein Aufenthalt hier fast wie Urlaub, auch wenn ich Jutta viel unterstützen muss.«

»Aber nun geht es ihr wieder besser.«

»Ein wenig«, druckste Lina herum. »Ich weiß nicht, ob du dich mit psychischen Erkrankungen auskennst.« Sie schaute ihm geradewegs in die Augen, und Tom fühlte sich ein wenig entblößt. Sofort musste er an die Zeit nach Marlenes Tod denken, in der er in ein schwarzes Loch gefallen war und unter einer schweren Depression gelitten hatte.

»Ich dachte, sie hatte einen Unfall.«

»Unfall? Wie kommst du denn darauf?« Lina warf die Stirn in Falten.

»Die Leute im Dorf ...«

»Du meinst diese Kaufmannsfrau.« Sie verdrehte die Augen. »Das ist hier echt extrem. In der Großstadt kennen sich oftmals die direkten Nachbarn nicht, aber hier bleibt nichts geheim. In diesem Dorf kannst du noch nicht einmal einen Furz fahren lassen, ohne dass es einer mitbekommt.«

»So ein Unfall ist nicht geheim, oder? Waren denn andere Leute beteiligt?«

»Ich möchte nicht darüber reden. Erzähl doch mal etwas von dir. Was hat dich denn hierher verschlagen?«

Seltsam. Warum will sie nicht über die Krankheit der Schwester sprechen? Vielleicht ist es doch schlimmer, als sie annahmen? Sollte Niklas lieber nicht so oft zu Benedikt nach Hause gehen? Hatte Haie etwa recht? Er versuchte, die Fragen, die ihm durch den Kopf schossen, zu vertreiben, und erzählte Lina, wie er ins Dorf gekommen war – als Kind und vor etlichen Jahren dann noch einmal als erwachsener Mann, um den Nachlass seines Onkels zu regeln.

Das war ein abendfüllendes Thema, und ohne es zu merken, redete Tom beinahe den ganzen Abend. Es tat ihm gut, dass sich jemand für ihn und sein Leben interessierte. Als er von dem Anschlag im griechischen Restaurant erzählte, bei dem seine Frau ums Leben gekommen war, nahm Lina über den Tisch hinweg seine Hand und drückte sie. »Es tut mir leid«, sagte sie und blickte ihm dabei tief in die Augen. Tom verspürte plötzlich den Wunsch, sie zu küssen. Doch hätte eine Beziehung zwischen ihnen eine Zukunft? Er entzog ihr die Hand und stocherte in den Essensresten auf seinem Teller. Könnte aus ihnen ein Paar werden?

Am nächsten Morgen fuhr Thamsen als Erstes seinen Computer hoch und checkte die Mails. Noch waren keine Telefondaten eingegangen. Er seufzte und holte sich einen Kaffee aus der Gemeinschaftsküche. Als er mit dem Becher beladen zurück ins Büro kam, hörte er gerade das Geräusch der eintreffenden Mails. Er setzte die Tasse hastig ab, wobei etwas auf die Tischplatte schwappte.

»Mist«, entfuhr es ihm, doch er ließ das Malheur zunächst einmal so, wie es war, und öffnete die Mail. Viele Telefonate waren aus dem Labor in den letzten Tagen nicht getätigt worden. Eine Nummer fiel ihm auf, da es sich um die Vorwahl von Leck handelte. Er vermutete, die Tierpflegerin hatte wahrscheinlich mit Karsten Boysen telefoniert. Ob sie doch etwas mit dem Fall zu tun hatten, überlegte er.

Dann öffnete er die zweite Datei mit Frank Carstensens Handydaten. Und wenig später hatte er gefunden, wonach er suchte. »Bingo«, entfuhr es ihm. Der Mann hatte also doch in Düsseldorf angerufen. Er griff nach seinem Autoschlüssel und seiner Jacke und eilte aus der Dienststelle.

Von unterwegs rief er Ansgar an. »Ja, fahr noch mal zu Roth und befrage ihn zeitgleich, was Carstensen von ihm wollte. Und überprüfe mal sein Alibi. Ich kann mir zwar nicht vorstellen, dass er selbst Hand angelegt hat, aber wer weiß.«

»Geht klar, Chef.«

»Und vielleicht kriegen wir Finanzdaten von Roth. Wenn der einen Mord in Auftrag gegeben hat, muss der den Killer irgendwie bezahlt haben. Ich könnte mir vorstellen, dass das nicht über ein Firmenkonto geschehen ist.«

»Ich schau mal, was sich hier machen lässt.«

Thamsen beendete das Gespräch und spürte, wie ihm kalter Schweiß den Rücken hinunterlief. Der Gedanke, dass ein Auftragskiller hier in der Gegend mordete, machte ihm Angst. Man war heutzutage nirgends mehr sicher. Nicht einmal hier im idyllischen Nordfriesland.

Er ließ seinen Blick über die Landschaft schweifen, deren Horizont unendlich schien. Er liebte seine Heimat und es machte ihn wütend, dass selbst hier Mord und Totschlag Einzug gehalten hatten. Und was tat er? Gut, er versuchte, dem seine Tätigkeit entgegenzuhalten, aber mit wenig Erfolg. Immer wieder gab es in dieser wunderschönen Landschaft Verbrechen. Und er fühlte sich mittlerweile zu alt, dagegen anzukämpfen. Sein Handy klingelte, sein Display zeigte die Nummer von Dörte an.

»Schatz, was ist?«

»Ich wollte dich fragen, ob du heute Abend etwas vorhast?«

Statt sich zu freuen, überlegte er fieberhaft, ob er ihren Jahrestag oder sonst ein Jubiläum vergessen hatte. »Nein, noch nicht, wieso?«, fragte er vorsichtig.

»Deine Mutter würde heute Abend auf die Kleinen aufpassen, und ich habe mich gefragt, ob du Lust auf Kino hast?«

Er war sprachlos über ihren Vorschlag. Wie lange hatten sie schon zusammen nichts mehr unternommen, nur er und Dörte.

»Dirk?«

»Ja, also nein, ich meine, ich habe noch nichts geplant. Gerne können wir ins Kino gehen.«

»Gut, dann sage ich Magda Bescheid«, flötete Dörte und legte auf.

Dirk freute sich über ihren Vorschlag, und die Aussicht auf einen Abend zu zweit löste eine Art Hochstimmung in ihm aus, die ihn unvermittelt ein Lied pfeifen ließ. Hoffentlich kommt nichts dazwischen, dachte er kurz, als er in der Ferne das Labor auftauchen sah.

»Und, wie war dein Abend? Ist ja spät geworden«, fragte Haie Tom, als dieser an den Frühstückstisch trat.

»Nett.« Tom goss sich eine Tasse Kaffee ein.

»Nur nett?« Haie platzte gerade vor Neugierde.

»Das Essen war ganz ausgezeichnet.«

Als wenn Haie das Essen interessieren würde. »Und sonst?«, hakte er daher nach.

»Ach, wir haben uns über dies und das unterhalten. Lina geht ja bald schon zurück nach Berlin.«

»Tatsächlich.« Haie atmete innerlich auf. »Geht es Jutta wieder besser?«

»Kann ich nicht sagen, aber Lina muss arbeiten.«

»Ach so, ja klar.«

»Über die Schwester haben wir nur ganz kurz gesprochen und über die Jungs gar nicht wirklich. Ich glaube ohnehin, du machst dir da zu viele Gedanken.«

»Niklas will heute schon wieder mit Benedikt spielen.«

»Na und?« Tom griff nach einer Scheibe Graubrot. »Ist doch okay. Wenn er will, fahre ich ihn.«

Haie konnte sich denken, was hinter dem Angebot steckte, ergriff die Gelegenheit beim Schopf. »Dann kannst du mich auch mitnehmen und anschließend mit mir ein paar Dinge in Niebüll besorgen.«

»Müssen wir schon wieder einkaufen?« Tom hasste diese Haushaltsaufgaben.

»Klar, das Wochenende steht schließlich vor der Tür.«

Diesmal konnte Hagen Brandt Ansgar nicht zu Beautyblue begleiten, stattdessen hatte er ihm seinen Kollegen Teichert zur Seite gestellt. Den Weg zur Firma kannte Rolfs bereits, daher erkundigte er sich während der Fahrt nach der Arbeit des Kollegen.

»Och, das ist wahrscheinlich nicht viel anders als bei euch.«

»Na ja, ich arbeite nicht direkt bei der Mordkommission«, erklärte Rolfs.

»Nicht?« Teichert blickte ihn von der Seite an.

»Ehrlich gesagt, bin ich bei der Schutzpolizei.«

»Das hätte ich nicht gedacht. Wirkst, als wärst du bei der Kripo.«

»Danke.«

»Hast du denn niemals darüber nachgedacht, zu wechseln?«

»Schon«, gab Rolfs zu, »aber …«

»Aber was?« Teichert betrachtete ihn interessiert von der Seite.

»Das ist nicht so leicht. Die nächste Möglichkeit wäre in Husum oder Kiel und …«

»Bist du denn an Niebüll gebunden?«

»Nee, nicht wirklich …« Ansgar dachte kurz an seine Internetbekanntschaft, bei der er sich seit Tagen nicht gemeldet hatte.

»Also, was dann? In dem Kaff wirst du auf Dauer doch wahrscheinlich nichts, oder?«

»Es ist wegen meines Chefs, man weiß ja nie, wie so ein Team ist, in das man neu reinkommt. Und Dirk ist ein guter Chef, da kann ich noch einiges lernen.«

»Aha. Nur so schnell wird der nicht abdanken, du denkst doch nicht über seine Nachfolge nach? Das dauert doch bestimmt noch ewig.«

»Sieben Jahre.«

»Sag ich doch – ewig.«

Rolfs stoppte den Wagen auf dem Besucherparkplatz und stieg aus. Er hatte selbst schon des Öfteren darüber nachgedacht, sich versetzen zu lassen, das Thema jedoch irgendwie immer wieder aufgeschoben. Er konnte nicht sagen, was ihn in Niebüll hielt, obwohl klar war, dass ein Wechsel karrieretechnisch für ihn besser wäre.

»Wir möchten zu Herrn Roth«, erklärte Ansgar der Dame vom Empfangsschalter. Die Frau kannte die beiden nicht und erkundigte sich zunächst, ob die Polizisten einen Termin hatten.

»Brauchen wir nicht.« Er hielt ihr seinen Dienstausweis unter die Nase. Eigentlich nicht seine Art, aber das Gespräch mit Teichert hatte ihn aufgewühlt und er konnte sich nicht so recht auf das augenblickliche Geschehen konzentrieren.

»Gut, dann warten Sie einen Moment, ich sage Herrn Roth Bescheid.« Die Frau stand auf und verschwand hinter einer der Türen, die von einem langen Flur abgingen. Kurz darauf kam sie zurück. »Wenn Sie mir folgen wollen?«

Sie führte die beiden in Roths Büro, das allerdings leer war. »Herr Roth ist noch in einem Meeting, er wird gleich hier sein«, erklärte sie und erkundigte sich, ob sie etwas zu trinken bringen könne. Die beiden lehnten ab, woraufhin sie den Raum verließ und dabei die Tür hinter sich zuzog.

»Nettes Büro«, bemerkte Teichert. »Ist halt doch etwas anderes, in der freien Wirtschaft zu arbeiten als im öffentlichen Dienst.« Er strich mit der Hand über die Oberfläche des edlen Designerschreibtisches.

Ansgar fragte sich hingegen, wo Roth wohl blieb, während er aus dem Fenster auf den Parkplatz und den dahinterliegenden Rhein blickte. Vielleicht war es das Meer, das ihn hielt. Gut, Husum lag eigentlich auch direkt an der Nordsee, musste er sich eingestehen, aber Kiel, das war schon eine andere Nummer und wenn er sich für die Kripo bewerben würde, wusste er ja nicht, wo er hinkam. Die Ostsee nannte sich zwar auch Meer, aber das war lächerlich in Rolfs' Augen. Die Ostsee war ein Tümpel, nicht die raue Naturgewalt wie die Nordsee, die er so liebte. Und so ein Fluss, überlegte er, als er auf den Rhein blickte, war zwar besser als gar nichts, doch im Grunde genommen auch nicht das Wahre.

Plötzlich nahm er eine Bewegung auf dem Parkplatz wahr, die seine Aufmerksamkeit erregte. »Ich glaub es nicht«, stieß er hervor und drehte sich zu Teichert um, »der haut ab!«

31. KAPITEL

»Das ist nett, dass du Niklas zum Spielen vorbeibringst.«
Lina lächelte Tom an, als sie die Tür geöffnet hatte. Niklas huschte sofort an der jungen Frau vorbei, die im Eingang stand und anscheinend zögerte, ob sie Tom und vor allem Haie hereinbitten sollte. Dem war ihr misstrauischer Blick nicht entgangen, ebenso wenig die knisternde Stimmung, die zwischen ihr und Tom herrschte.

»Tja.« Sie knetete die Hände ineinander. »Wollt ihr vielleicht kurz reinkommen?«

»Gerne«, kam es von Haie, wie aus der Pistole geschossen. Lina trat ein Stück zur Seite und ließ die beiden herein. »Vielleicht am besten in der Küche?« Sie ging voran und die beiden folgten ihr, wobei Haie die Wohnung interessiert musterte. Der Flur war schummrig und überall lagen Sachen herum, Schuhe, Benedikts Schulranzen und Turnbeutel. Unweigerlich schüttelte er den Kopf und erhaschte dabei einen Blick ins angrenzende Wohnzimmer. Er hielt kurz inne, ging jedoch weiter. Von Jutta Klewer war keine Spur, auch in der Küche nicht, in der es im Gegensatz zum Flur erstaunlich aufgeräumt aussah.

Während Lina sich an der Kaffeemaschine zu schaffen machte, setzten Haie und Tom sich an den Küchentisch.

Haie versuchte Tom seltsame Zeichen zu machen, aber der verstand absolut nicht, was der Freund mit ein paar Grimassen ausdrücken wollte. Sicherlich ging es wieder um Jutta, vermutete Tom. Der Haushalt wirkte ordentlich auf ihn. Im Hintergrund hörte er irgendwo die Kinder, die sich miteinander beschäftigten. Selbst wenn sie Videospiele spielten. Mein Gott, dachte er, Haie tut, als wenn der Junge dumm oder gar krank davon wird.

Lina stellte nach kurzer Zeit jeweils einen dampfenden Becher Kaffee vor ihnen ab und drehte sich zum Küchenschrank, kramte darin herum.

»Wo sind denn bloß diese ... Benedikt?«

»Ja, Tante Lina?« Der Junge streckte seinen Kopf zur Tür hinein und präsentierte ihnen ein schokoladenverschmiertes Gesicht.

»Aha, da brauche ich gar nicht zu fragen, wo die Schokokekse geblieben sind. Sorry, dann kann ich euch nichts anbieten.«

»Das kennen wir«, fiel Haie dazwischen. »Wir müssen deswegen auch noch einkaufen.« Er machte Anstalten aufzustehen, sodass Tom ihn verwundert anblickte. »Aber meinen Kaffee darf ich noch austrinken, oder?«

»Kaffee?« Haie schaute irritiert umher. »Ach so, ja, na klar.«

Tom fragte sich, was mit dem Freund nur los war. Ob es am Alter lag? Körperlich hatte Haie in der letzten Zeit schon etwas abgebaut. Nicht zuletzt deswegen nahm er wahrscheinlich nur noch das E-Bike für seine Fahrten. Ob er jetzt auch geistig verkümmerte? Unweigerlich musste er an den leeren Akku denken und wie er Haie halb nackt bei seiner Exfrau auf der Eckbank vorgefunden hatte.

»Ja, ich dachte, wir könnten Jutta mal gute Besserung wünschen«, wechselte Haie nun auch noch abrupt das Thema.

»Oh, die ist mit Lutz zum Arzt gefahren. Keine Ahnung, wann die wiederkommen. Kennst das ja. Diese Warterei bei Ärzten.« Sie lächelte Haie an, und Tom glaubte, ein wenig Schadenfreude in ihrem Gesichtsausdruck zu erkennen, was ihm gar nicht gefiel. Aber wahrscheinlich vermutete Lina, dass auch Haie zu den Tratschweibern des Dorfes gehörte, womit sie nicht ganz unrecht hatte.

Die Haustür klappte auf und zu, aus dem Flur hörten sie Stimmen. Kurz darauf führte Lutz Klewer seine Frau in die Küche und machte mindestens einen genauso überraschten Gesichtsausdruck wie Tom und Haie. Jutta Klewers Gesicht wirkte ausdruckslos, aufgedunsen, entstellt.

»Also, Herr Roth, nun erklären Sie uns mal, warum Sie plötzlich verschwinden wollten?« Rolfs hatte sich vor dem Schreibtisch aufgebaut, hinter dem Felix Roth nun saß, nachdem sie ihm gefolgt waren und ihn letztendlich zurück ins Büro gebracht hatten.

»Ein Notfall, ich wollte …«

»Halten Sie uns für blöd?«, entfuhr es Teichert, der solche Spielchen hasste. »Sie wussten ganz genau, dass wir hier auf Sie warten. Und wahrscheinlich wussten Sie auch, warum wir gekommen sind.« Ansgar beugte sich ein Stück weit vor und blickte Roth direkt ins Gesicht.

»Wegen was?« Roth räusperte sich.

»Vielleicht hilft Ihnen das Stichwort *Erpressung* weiter?«

»Erpressung?« Felix Roth blinzelte. »Geht es etwas genauer?«

»Jetzt reicht es mir aber«, polterte Teichert dazwischen. »Sie sind doch von Carstensen erpresst worden. Zuerst von Carsten, da er den Betrug auffliegen lassen wollte, als es die ersten Schadensfälle gab, und jetzt, nach Carstens Tod, hat Frank versucht, Geld aus Ihnen herauszupressen. Immerhin ist das Labor ohne seinen Bruder so gut wie nichts mehr wert und er macht Sie für Carstens Tod verantwortlich.«

»Gut, ja, es stimmt«, gab Roth sich plötzlich geschlagen. »Ich habe die gefälschten Ergebnisse beauftragt, als sich herausstellte, dass das ganze Produkt im Prinzip fürn Arsch war, aber ich kann mir nicht noch eine Pleite leisten. In dieser Branche bekommt man nur eine zweite Chance.«

»Und Carsten Carstensen hat da einfach so mitgemacht?«, wollte Rolfs wissen.

»Zuerst hatte er Skrupel, dann hat sein Bruder wohl auf ihn eingewirkt, und die beiden haben gut abkassiert.«

»Und Carsten hat dann doch ein schlechtes Gewissen bekommen, wollte alles auffliegen lassen und Sie haben ihn dann umgebracht.«

»Was, nein!« Roth sprang empört von seinem Stuhl auf.

»Gut, dann haben Sie ihn halt umbringen lassen, da Sie sich nicht selbst die Finger schmutzig machen wollten.«

»Nein, so ist es nicht. Mit dem Mord an Carstensen habe ich wirklich nichts zu tun! Ich habe doch für die manipulierten Ergebnisse und das Schweigen der Brüder gezahlt, mehr als genug. Aber mit dem Mord habe ich nichts zu tun. Das müssen Sie mir glauben.«

»Hast du das gesehen?«, platzte es aus Haie heraus, als sie im Auto saßen.

»Ich bin nicht blind«, kommentierte Tom die Frage. Er war mehr als überrascht von Jutta Klewers Aussehen gewesen und er konnte nun auch verstehen, was Lina am gestrigen Abend mit psychischer Erkrankung gemeint hatte. Die Entstellung war eine Sache, wenn es um das Körperliche ging, denn Schmerzen hatte die Frau anscheinend nicht und auch sonst schien die Entstellung sie nicht einzuschränken. Aber psychisch war das natürlich eine enorme Belastung, mit solch einem Aussehen unter Menschen zu gehen. Kein Wunder, dass sich Jutta Klewer am liebsten verkroch und Niklas sie bei seinen Besuchen nie gesehen hatte. Wenn er sie gesehen hätte, hätte er sicher zu Hause darüber erzählt, da war Tom sich sicher. Niklas war schließlich, was das anging, nicht unbedingt schweigsam. Ähnlich wie Haie.

»Nein, das meine ich nicht. Ich meine, gut, die sieht wirklich schlimm aus. Wie das wohl gekommen ist? Wollte jetzt nicht fragen, aber kein Wunder, dass die im Dorf niemand gesehen hat. Hatte ein bisschen was von Frankenstein.«

»Haie!«

»Ist gut, meine ja nur«, maulte der Freund auf dem Beifahrersitz. »Was ich eigentlich sagen wollte, ist, dass die im Haus Schlangen halten.«

»Wie kommst du darauf?« Tom warf Haie einen flüchtigen Blick zu.

»Habe ich gesehen, als wir durch den Flur in die Küche gegangen sind.«

»Stimmt. Lina hat neulich irgendetwas von Terrarien erzählt.«

»Ich meine nur, weil ja Carsten durch Schlangengift umgekommen ist und …«

»Hast du gesehen, was für Schlangen das waren?« Tom begann plötzlich zu schwitzen.

»Als wenn ich mich da auskennen würde. Aber ich denke, wir sollten vielleicht einfach mal Dirk den Hinweis geben, dass die Klewers Schlangen halten.«

Tom nickte gedankenverloren. Er ging im Kopf die Gespräche der letzten Tage durch. Mit jedem Satz, der ihm durch den Kopf fuhr, wuchs das Grimmen in seinem Bauch. Krampfhaft versuchte er, Erklärungen zu finden, doch etwas Plausibles fiel ihm nicht ein. Konnte es sein, dass Lina etwas mit dem Mord an Carsten Carstensen zu tun hatte? Tom schluckte.

»Haben Sie Felix Roth erpresst?« Thamsen musterte Frank Carstensen, der ihn mit verwundertem Gesichtsausdruck von seinem Schreibtisch aus anblickte.

»Wie kommen Sie denn darauf?«

»Sie haben immerhin von den gefälschten Ergebnissen gewusst, spätestens seit meine Kollegen die Manipulation aufgedeckt haben. Aber ich denke, Sie wussten schon eher davon. Ist es in dem Streit zwischen Ihnen und Ihrem Bruder darum gegangen? Ging es gar nicht um Ihre Schwägerin, sondern darum, dass Ihr Bruder die ganze Sache auffliegen lassen wollte? Und zwar«, kombinierte Thamsen die Puzzlestücke ihrer Ermittlungen – allerdings lediglich ins Blaue hinein, denn ausreichend Beweise hatte er nicht, »nachdem es die ersten Geschädigten gab?«

»Geschädigte?« Frank Carstensen schaute ihn fragend an.

»Jetzt tun Sie nicht so, Sie haben doch gewusst, dass die Ergebnisse manipuliert waren und das Mittel eigentlich vom Markt genommen werden müsste. Wahrscheinlich hat Ihr Bruder Skrupel bekommen, als es die ersten Reaktionen gab. Felix Roth wird ihn sicher darüber informiert haben.«

»Ach«, winkte Frank Carstensen ab. »Klar hat der sich gemeldet, denn mit solchen Reaktionen hat er nicht gerechnet, obwohl Carsten ihm gesagt hat, dass die Ergebnisse eben nicht entsprechend seien und er sie angepasst hat.«

»Das hat Ihr Bruder nicht von sich aus gemacht, da haben Sie sicherlich Druck ausgeübt, oder?«

»Ich muss schließlich die finanzielle Lage unseres Unternehmens im Auge behalten. Aber als es hier die ersten Fälle gab, die Carsten persönlich kannte, da sind ihm förmlich alle Sicherungen durchgebrannt. Er wollte die Studie öffentlich als falsch deklarieren und so eine

Zurücknahme der Mittel erzwingen. Das hätte uns ein Vermögen gekostet und Beautyblue erst recht.« Frank Carstensen war geständig, was Thamsen wunderte. Merkte er nicht, dass er sich tatverdächtig machte?

»Und da Sie das nicht wollten, haben Sie Carsten umgebracht?«

»Ich, was? Nein!« Frank Carstensen zuckte zusammen.

»Dann haben Sie festgestellt, dass das Labor ohne Ihren Bruder im Prinzip nichts wert ist, und haben versucht, Roth zu erpressen.«

»Also ich …« Carstensen war aufgesprungen und hatte seine Hände in die Hüften gestemmt. »Gut, ich habe Roth erpresst, aber mit dem Mord an meinem Bruder habe ich nichts zu tun. Ich konnte ihn ja zunächst sogar ein Stück weit verstehen, immerhin sieht Jutta Klewer wirklich schrecklich aus.«

»Jutta wer?«, fragte Dirk irritiert. Den Namen hörte er im Zuge der Ermittlungen zum ersten Mal.

»Jutta Klewer. Sie hat das Mittel als eine der Ersten auf so einer Beautyfarm ausprobiert – volles Programm und seither ist sie fürchterlich entstellt im Gesicht, soweit ich weiß.«

»Und deswegen wollte Ihr Bruder die Sache auffliegen lassen.«

Frank Carstensen nickte. »Aber ich habe ihn nicht umgebracht, das müssen Sie mir glauben.«

»Wer kann dann einen Grund gehabt haben?«

Carstensen zuckte mit den Schultern.

32. KAPITEL

»Herr Roth, warum sollen wir Ihnen glauben, dass Sie nichts mit dem Mord zu tun haben? Sie haben ein Motiv, es gab eine entsprechende Verbindung zwischen Ihnen und Carsten Carstensen und ...«

»Ich habe ein Alibi«, fiel Felix Roth dazwischen. »An dem Morgen hatten wir ganz früh ein Meeting mit dem gesamten Vorstand, und ich habe eine Präsentation gehalten. Es wäre mir unmöglich gewesen, Carsten Carstensen an diesem Tag in der Kleinbahn umzubringen.«

»Dann haben Sie vielleicht jemanden mit dem Mord beauftragt«, stellte Teichert fest. »Das ist zumindest Anstiftung zum Mord und wird ebenfalls bestraft.«

»Aber wen sollte ich ...« Der Geschäftsführer der Kosmetikfirma blickte zwischen Teichert und Rolfs hin und her.

»Es gibt Möglichkeiten. Wir haben Ihre Finanzdaten beantragt und wenn es da Auffälligkeiten gibt ...«

Felix Roth sah sie ungläubig an. »Ich will meinen Anwalt sprechen.«

Teichert und Rolfs verließen das Büro. »Ich weiß nicht, gut, Auftragsmord ist natürlich möglich«, meinte der Düsseldorfer, »aber ob er überhaupt weiß, wie und wo man jemanden anheuert, wage ich beinahe zu bezweifeln. So oder so, das wird schwierig, dem etwas nachzuweisen, denn Zeugen in der Bahn hattet ihr nicht, oder?«

Ansgar schüttelte den Kopf. Fast schien es, als seien sie nah an der Aufklärung des Falls, und doch war es unmöglich, den vermeintlichen Täter dingfest zu machen. Wenn er es denn überhaupt war, denn mittlerweile hatte auch Rolfs leichte Zweifel. So gern er es sein würde, der den Täter überführte und den Fall abschloss, momentan sah es für ihn nicht danach aus. Erst recht nicht, nachdem er von den Kollegen die Auskunft erhalten hatte, dass es auf Roths Konten keine ungeklärten Bewegungen oder größere Bargeldverfügungen in den letzten Wochen gegeben hatte.

»Mist«, entfuhr es ihm. Hatten sie wirklich nicht den Mörder von Carsten Carstensen vor sich? Wer konnte es dann gewesen sein?

Tom half Haie widerwillig die Einkäufe im Auto zu verstauen. Sie waren schweigsam den Weg nach Niebüll gefahren. Jeder hatte seinen Gedanken nachgehangen, wobei diese ganz unterschiedlich gewesen waren.

Tom beschäftigte permanent die Frage, ob es möglich war, dass Lina etwas mit dem Mord zu tun hatte, während Haie gedanklich eher den Ehemann der Geschädigten in Verdacht hatte.

Wiederholt versuchte er, nachdem sie die Taschen in den Kofferraum gestellt hatten, Thamsen zu erreichen, doch der ging nicht ans Handy, und auf der Dienststelle hatte man ihm gesagt, dass sowohl Dirk als auch Rolfs unterwegs seien.

»Vielleicht müssen wir dem Mörder eine Falle stellen«, entfuhr es Haie nach einem weiteren erfolglosen Versuch, den Freund zu erreichen.

»Aber wie denn?«, überlegte Tom, dem bei der Vorstellung nicht wohl zumute war.

»Na, man müsste irgendwie verbreiten, dass Carstensen noch weitere Tests mit Schlangengift vornehmen will, weil Beautyblue die Serie erweitern möchte.«

»Du gehst davon aus, dass die Düsseldorfer Firma nichts mit Carstensens Tod zu tun hat und Frank Carstensen auch nicht?«

Haie schüttelte langsam den Kopf.

»Sondern wer?«

»Lutz Klewer.«

»Wegen der Schlangen?«

»Wegen der Schlangen. Und wegen Jutta, deren Entstellung wahrscheinlich von der Creme kommt.«

Darüber hatte Tom auch schon nachgedacht und einen Zusammenhang hergestellt. Er atmete leicht auf, denn das könnte bedeuten, dass Lina mit dem Mord nichts zu tun hätte.

»Aber wie willst du das anstellen mit der Falle?«

»Das sollten wir mit Dirk besprechen.«

Als Thamsen auf dem Heimweg war, klingelte sein Handy.

»Hallo, Haie, was gibt es?«

»Endlich«, schnaufte der Freund in den Hörer, »wir müssen dringend mit dir sprechen.«

»Wir?«

»Ja, Tom und ich.«

»Okay«, entgegnete Dirk kurz entschlossen, »seid ihr zu Hause?«

»Ja.«

Wenig später stoppte Dirk den Wagen vor dem Haus in der Dorfstraße und stieg aus. Die Freunde saßen zusammen bei einem Kaffee am Küchentisch. Wie selbstverständlich stand für Dirk eine Tasse bereit, die Haie füllte, als der Kommissar eintrat.

»So, und was genau wollt ihr jetzt mit mir besprechen?« Interessiert musterte er die Freunde und vermutete, Haie hatte weitere Ermittlungen in Richtung Britta Jürgensen und Karsten Boysen betrieben. Schließlich waren die beiden nicht entlastet – obwohl wirklich verdächtig waren sie auch nicht, musste Dirk sich eingestehen.

Haies Wangen glühten, während Tom eher einen niedergeschlagenen Eindruck auf ihn machte.

»Also«, holte Haie aus und erzählte von den Beobachtungen im Haus der Klewers.

»Da könnte was dran sein. Vielleicht hat der Mann sich gerächt, denn wenn ich richtig verstanden habe, hat die Entstellung der Frau massive psychische Konsequenzen nach sich gezogen.«

Tom und Haie nickten.

»Hm, warum befragen wir den Mann dann nicht einfach?«

»Weil es noch eine weitere Verdächtige in dem Haushalt gibt«, würgte Tom hervor.

Thamsen kniff die Augen zusammen. »So?«

»Ja, also Tom meint, dass auch die Schwester von Jutta …«

»Immerhin hat sie entsprechendes Know-how, denke ich«, sagte Tom und erzählte, was er über Lina Pohl wusste.

»Gut, ich lasse mir das durch den Kopf gehen. Wenn es in Düsseldorf keine neuen Erkenntnisse gibt, dann ist das eine Option und unser nächster Ansatz.«

Die beiden Freunde nickten und verstummten plötzlich, als es an der Haustür klingelte. Sie schauten sich an, denn die Tür stand eigentlich immer offen und jeder Besucher trat einfach ein.

Es war Lina, die Niklas brachte. »Oh, den haben wir beinahe vergessen«, rutschte es Tom heraus. Lina musterte ihn forschend, sagte jedoch nichts.

»Onkel Dirk«, begrüßte Niklas gerade lautstark den Kommissar.

»Ihr habt Besuch, dann will ich nicht stören.«

Tom wühlte in seinen Gedanken nach etwas, was er sagen konnte. Noch war gar nicht klar, dass Lina oder ihr Schwager etwas mit dem Mord zu tun hatten, aber automatisch hatte er bereits eine Abstandshaltung eingenommen.

»Ja, danke und bis bald!« Er schloss die Tür, lehnte sich gegen die Innenseite.

Auf dem Heimweg rief Dirk Ansgar an.

»Nee, Chef, nichts Neues. Keine Finanzdaten, die auffällig sind, und der Roth hat ein Alibi. Verbindungen zu anderen können ihm nicht nachgewiesen werden, er ist wieder auf freiem Fuß.«

»Aber warum ist er denn vor euch geflüchtet?«

»Angst? Keine Ahnung«, stöhnte Ansgar, der von dem stundenlangen Verhör müde war. »Du kennst doch das Verhalten der Leute auf unser Erscheinen.«

»Gut, dann kommst du jetzt zurück oder gibt es an der Front der Geschädigten noch Hinweise?«

»Negativ. Ich hau mich ein paar Stunden hin und fahre morgen ganz früh los.«

»Okay, dann bis morgen.«

Als Dirk nach Hause kam, erwartete Dörte ihn chic zurechtgemacht. Sie trug eine leicht transparente Bluse und dazu eine Stoffhose. Ihre Haare hatte sie nach hinten gesteckt und ihre Augen leicht geschminkt. Sogar Lippenstift hatte sie aufgelegt.

Der Kinoabend, fiel ihm siedend heiß ein, den hatte er beinahe vergessen. Er lächelte und machte sich schnell frisch, ehe sie nach Flensburg aufbrachen.

»Schade, dass der Film nicht in Niebüll läuft«, bemerkte Dörte mit einem Blick auf ihre Armbanduhr.

Thamsen war es eigentlich egal, was sie sahen. Er war gedanklich dabei, sich eine Falle für Carstensens Mörder zu überlegen. Wie konnten sie den Täter überführen?

33. KAPITEL

Am nächsten Morgen erschien Dirk reichlich zerknittert im Büro. Es war gestern Abend spät geworden, und er hatte Dörte das erste Mal seit Langem wieder sehr glücklich gesehen. Ihr hatte der Film hervorragend gefallen, wobei Dirk nicht viel davon mitbekommen hatte, aber das hatte sie zum Glück nicht bemerkt. Auf der Rückfahrt hatte sie ununterbrochen von dem Film geschwärmt, da war es kaum aufgefallen, dass Thamsen sich wenig dazu geäußert hatte. Er hatte ihre Fragen mit »Hm, ja, gebe ich dir recht« beantwortet.

In der Nacht hatte er sich unruhig im Bett hin und her gewälzt, doch letztendlich war ihm eine mögliche Lösung für seinen Fall eingefallen. Er fand Tom und Haies Hinweis relevant und brauchte ihre Hilfe, daher wählte er zuallererst die Nummer der Freunde.

»Also Folgendes, ich habe mir überlegt, dass wir bei Klewers ein Gerücht streuen.«

»Und was soll das für ein Gerücht sein?«

»Frank Carstensen will das Labor weiterführen und hat auch bereits einen neuen Auftrag. Nun sucht er zunächst einmal einen Tierarzt.«

»Aber weder Lutz Klewer noch Lina ist Tierarzt«, gab Haie zu bedenken.

»Nun lass mich doch ausreden«, forderte Thamsen. »Carstensen fährt nach Sylt, weil dort ein Tierarzt seine Praxis aufgeben muss, da ja immer mehr Betriebe sterben.«

»Gute Idee«, entgegnete Haie anerkennend. »Und wie willst du das Gerücht platzieren?«

»Das müsst ihr machen. Ich weihe Frank Carstensen ein und lasse ihn nach Westerland fahren.«

»Niklas, willst du heute Nachmittag nicht mit Benedikt spielen?«

Der Junge schaute die beiden verwundert an. Sonst war Haie doch eher der, der befürchtete, es werde der Mutter mit dem Besuch zu viel. Er krauste die Stirn.

»Wir fahren dich.«

Ehe es sich der Junge versah, saß er auf der Rückbank von Toms Kombi und sie fuhren Richtung Klockries.

»Oh, waren die Jungs verabredet?« Lina schaute die drei verwundert an.

»Ist ein Notfall«, sagte Haie. »Wir haben etwas vor, und der Junge müsste beaufsichtigt werden, denn wir wollen da bei einer Demo mitmachen und …«

»Was denn für eine Demo?«

»Vom Tierschutzverein. Carstensen will mit dem Labor weitermachen. Trifft sich morgen wohl mit einem Tierarzt auf Sylt.« Tom war erstaunt, wie leicht Haie diese Lügen über die Lippen kamen. Er wusste nicht, ob er dazu in der Lage gewesen wäre, die falschen Informationen derart glaubhaft zu präsentieren.

»Aha.« Lina musterte sie interessiert.

»Ja«, sagte Haie, »es geht um weitere Studien für diese Beautyfirma aus Düsseldorf.«

»Woher wisst ihr denn davon?«

»Ach, Elke ist gut mit Regina Carstensen befreundet.«

»Elke?«

»Seine Exfrau«, klärte Tom auf.

»Ach so.«

»Wir müssen dann auch los.« Haie sprach betont laut, er wollte, dass auch Lutz Klewer das Gespräch mitbekam. Immerhin stand sein Auto vor der Tür.

»Ihr holt Niklas später ab? Ich habe nämlich zu tun und kann ihn heute nicht bringen.«

»Ganz bestimmt.« Haie drehte sich um und freute sich. Beim Abholen von Niklas konnten sie das Gerücht wiederholen.

Anschließend fuhren sie nach Niebüll auf die Polizeidienststelle, wo sie auf Dirk warten mussten, da der noch bei Frank Carstensen im Büro war.

»Sie glauben mir also endlich, dass ich mit dem Mord nichts zu tun habe?«

»Wir können Ihnen nichts nachweisen und haben neue Hinweise erhalten, die einen Ermittlungserfolg versprechen. Aber wir brauchen Ihre Hilfe.«

Es war Thamsen ein wenig unangenehm; immerhin hatte er Frank Carstensen bis vor Kurzem zu den Verdächtigen gezählt, und nun bat er ihn um seine Mithilfe. Er konnte dessen Zweifel verstehen und so ganz leicht ließ Carstensen sich nicht überzeugen.

»Ist das nicht gefährlich für mich, wenn ich da mit dem Zug nach Westerland fahre?«

»Nein, nein, wir bewachen Sie. Es kann Ihnen gar nichts passieren.«

»Na gut«, stimmte Frank Carstensen letztendlich zu, »ich mache mit, wenn es hilft, den Mörder meines Bruders zu finden.«

Am Abend, nachdem Tom und Haie weitere Details mit Thamsen und Rolfs für den morgigen Tag besprochen hatten, machten sie sich auf den Weg, um Niklas abzuholen. Wie abgemacht erkundigte Tom sich bei der Gelegenheit, ob Lina mit ihm am nächsten Tag brunchen gehen wollte.

»Oh, das ist nett, aber morgen kann ich nicht.«

Tom versuchte, nur einen enttäuschten Eindruck zu machen, denn er war mehr als erschrocken, als Lina ihm absagte. Bedeutete das nicht … Er schluckte.

Die ganze Nacht über wälzten Thamsen, Tom und Haie sich hin und her, und Tom war am nächsten Tag ungewöhnlich früh auf den Beinen. Die Aktion wollte Thamsen mit Rolfs und Kollegen zwar allein durchziehen, trotzdem hielt ihn nichts zu Hause.

»Auf keinen Fall taucht ihr da auf. Sollte einer von den beiden der Täter sein und euch da sehen, ist sofort klar, dass das Ganze eine Falle ist.«

Tom brachte Niklas zur Schule und fuhr anschließend durch die Köge, um sich abzulenken, während Haie zu Hause das Telefon bewachte, da Thamsen versprochen hatte, sich sofort zu melden, sobald sich etwas ergeben hatte.

34. KAPITEL

Frank Carstensen blickte sich in alle Richtungen um. Der Zug würde bald einfahren und er hatte niemanden bemerkt, der ihm verdächtig vorkam. Auch von Thamsen hatte er nichts gesehen und die anderen Kollegen kannte er nicht; außer diesen Rolfs, den er allerdings ebenfalls nicht entdeckte. Wieso hatten sie überhaupt die Bahn als vermeintliche Falle gewählt? Weil Carsten ebenfalls in einem Abteil ums Leben gekommen war? Er schluckte und schaute sich erneut um.

Der Zug fuhr ein, und Carstensen stieg langsam in einen der mittleren Waggons der 2. Klasse, wie sie es abgesprochen hatten. Um diese Uhrzeit war der Pendlerverkehr schon so gut wie beendet und die Wagen etwas leerer. Er wählte einen freien Vierersitz und setzte sich ans Fenster. Kaum war der Zug angefahren, setzte sich eine junge Frau zu ihm. Sie lächelte ihn an, während sie die Hände in den Jackentaschen hielt. Er musterte sie.

»Kennen wir uns?«, fragte er nach einem kurzen Augenblick, da die Frau nicht aufhörte, ihn anzulächeln.

»Ich glaube nicht.« Sie schüttelte leicht den Kopf, während sie blitzschnell eine Spritze aus der Jackentasche zog. »Aber Sie werden mich gleich kennenlernen.«

Sie versuchte, ihm die Nadel in den Hals zu rammen. Frank Carstensen konnte seitlich ausweichen, befand sich allerdings nun direkt am Fenster, sodass die Frau ihm den Fluchtweg versperrte.

Ihre Augen funkelten, während sie zischte, dass er von jetzt an keine Tiere mehr quälen und Leute des Geldes wegen verunstalten werde. Sie ging einen Schritt auf ihn zu, holte aus, doch als sie den Arm senken und die Spritze in Carstensens Körper rammen wollte, hielt sie plötzlich jemand fest. Sie drehte sich um und sah in Thamsens Gesicht.

»Frau Pohl«, sagte Dirk ruhig, obwohl sein Herz bis zum Hals klopfte. »Sie sind festgenommen, wegen des Verdachts, Carsten Carstensen ermordet zu haben.«

»Warum meldet Dirk sich nicht?« Tom benahm sich diesmal schlimmer als Haie. Nervös tigerte er zwischen Küche, Wohnzimmer und Büro hin und her, seit er von seiner Ablenkungsfahrt zurückgekehrt war, die ihn nicht auf andere Gedanken gebracht hatte. Permanent hatte er sich die Frage gestellt, ob Lina etwas mit dem Mord zu tun hatte. Traute er ihr zu, einen Menschen umzubringen? Hätte er nicht bemerkt, wenn er es mit einer Mörderin zu tun gehabt hätte? Oder hatten seine Gefühle ihr gegenüber seine Sinne vernebelt? Was stimmte mit ihm nicht? Er hatte eigentlich erwartet, dass nun schon längst klar sein musste, ob Lina oder ihr Schwager etwas mit dem Mord zu tun hatten, denn laut Fahrplan sollte der Zug seit über vier Stunden in Westerland angekommen sein.

»Er wird sich schon melden.« Diesmal versuchte Haie, den Freund zu beruhigen. Er war zwar selbst aufgeregt, aber dennoch ziemlich sicher, dass ihr Plan aufgegangen war und der oder die Mörderin von Carsten Carstensen gefasst worden war.

»Also, Frau Pohl«, Thamsen fixierte die Frau mit Blicken, Ansgar saß neben ihm. Die Kollegen in Husum waren informiert und warteten im Prinzip auf die Überstellung der Festgenommenen. Im Gegensatz zu Haie und Tom wusste Dirk bereits, dass er die Mörderin von Carsten Carstensen vor sich hatte, wenngleich sich Lina Pohl weigerte, eine Aussage zu machen.

»Wir haben Sie quasi auf frischer Tat ertappt, da wird Ihnen Ihr Schweigen nichts nützen. Die Spritze wird bereits untersucht, und wenn der Inhalt Schlangengift ist, dann ist das nur eine Frage der Zeit, bis auch die Fingerabdrücke der letzten Spritze, die sie unvorsichtigerweise in der Bahn entsorgt hatten, als Ihre identifiziert sind.«

Erkennungsdienstlich hatten sie Lina Pohl gleich nach ihrer Rückkehr von der Insel erfasst.

Die Frau starrte bewegungslos vor sich hin, als das Telefon klingelte. Dirk nahm ab und folgte interessiert den Ausführungen des Anrufers.

»Also, Frau Pohl, das sieht jetzt wirklich schlecht für Sie aus. Die Fingerabdrücke wurden bestätigt, und somit dienen sie als eindeutiges Beweismittel im Mord an Carsten Carstensen. Hinzu kommt der heutige Versuch, den Bruder umzubringen. Das bedeutet, dass wir

Sie zunächst in Untersuchungshaft überführen. Über das Motiv können Sie gerne schweigen, aber ich vermute, es hat etwas mit Ihrer Schwester zu tun.«

Die Angesprochene blinzelte und hob den Kopf. Dirk sah, wie Tränen die Augen füllten, übertraten und anschließend die Wangen hinunterglitten.

»Haben Sie sie gesehen?«, flüsterte Lina beinahe. »Es ist grausam, was diese Creme aus ihr gemacht hat. Dabei wollte ich ihr etwas Gutes tun.«

»Mit dem Mord an Carsten Carstensen?« Thamsen verstand nicht ganz.

»Nein, mit dem Wellnesswochenende. Es war ein Geschenk zum 40. Geburtstag von mir an meine Schwester. Jutta sollte sich einmal richtig verwöhnen lassen. Ich konnte doch nicht ahnen …« Sie stockte und schluckte.

»Dass Ihre Schwester auf die Mittel allergisch reagieren würde.«

Lina Pohl nickte stumm.

Ganz offensichtlich fühlte sie sich schuldig an der Krankheit ihrer Schwester. »Aber warum haben Sie sich nicht an die Firma gewandt?«

»Habe ich ja, aber dort sagte man mir, dass man lediglich ein Schweigegeld zahlen würde. Das kam mir seltsam vor, und so habe ich geforscht und das Labor ausfindig gemacht, die Creme selbst untersucht und dabei festgestellt, dass die Konzentration viel höher ist, als per Gesetz überhaupt zugelassen. Und dann habe ich eins und eins zusammengezählt.«

Der Redefluss wurde immer heftiger. Irgendetwas schien in Lina Pohl aufgebrochen zu sein, und so erzählte sie, wie sie ihre Schwester unterstützt und in der Gegend Infos über das Labor eingeholt hatte, wie sie Carsten Carstensen gedroht hatte, weil er in ihren Augen ein Verbrecher war.

»Sie wussten, dass er die Angelegenheit öffentlich machen wollte?«

»Was?« Lina Pohls Augen weiteten sich.

Thamsen nickte. »Sie hätten einfach nur warten müssen.«

»Warten worauf? Dass der mit einer Geldstrafe davonkommt? Das reicht nicht aus für das, was er zu verantworten hat. Jutta ist für ihr Leben gestraft, wie lebendig begraben.«

»Und dafür wollten Sie sich rächen?« Thamsen konnte die Beweggründe der Frau nachvollziehen. Bei Marlenes Tod hatte er sich Vorwürfe gemacht, nicht gehandelt zu haben und ihren Tod mit verschuldet zu haben. Lina Pohl hatte gehandelt, aber dennoch machte der Mord an Carsten Carstensen die Situation für Jutta Klewer keinen Deut besser.

»Er hat es verdient. So oder so.«

Dirk nickte Ansgar zu, der aufstand, um die Frau mit den Kollegen zusammen nach Husum zu überstellen. Den Rest würden nun die Husumer Beamten übernehmen. Der Fall war für ihn abgeschlossen.

35. KAPITEL

Thamsen stieg in seinen Wagen und lenkte ihn über die Bundesstraße nach Risum-Lindholm. Er hielt sich an die vorgeschriebene Geschwindigkeit, hatte es nicht eilig, die Ergebnisse zu überbringen. Auch wenn er natürlich froh war, dass der Fall nun endlich aufgelöst war, zufrieden fühlte er sich nicht. Warum war die Welt, wie sie war? Korrupt, rachsüchtig, brutal?

Er stoppte vor dem Haus der Freunde, das friedlich an der Dorfstraße lag. Einen Moment betrachtete er die Fassade aus rotem Klinker und fühlte, wie eine warme Welle ihn durchströmte. Die beiden und der Kleine waren mehr oder weniger zu einem Teil seiner Familie geworden. Dennoch wurde ihm das Herz schwer, da er nicht gerade eine frohe Botschaft zu überbringen hatte – insbesondere für Tom.

Er öffnete die Haustür leise und schlüpfte in den Flur. Aus der Küche drang Licht und er hörte gedämpfte Stimmen. Als er den Raum betrat, drehte Haie sich um. Erwartungsvoll blickte er ihn an. »Und?«

Thamsen nickte lediglich und sah augenblicklich einen Schatten über Toms Gesicht huschen. Er wusste, der Freund hatte ein bisschen Glück verdient, nach allem, was er durchmachen musste. Die Zeit war gekommen, dass auch er wieder glücklich sein durfte, oder? Er glaubte zu spüren, wie Tom sich fühlte, und legte ihm die Hand auf die Schulter, wobei ihm ein Gedicht von Storm in den Sinn kam. Leise flüsterte er dem Freund die Zeilen ins Ohr:

»Ich trag im Herz ein stilles Leid, so schwer mit mir herum. Was hilft's, dass ich dem Gram vertrau, der still mein Herze bricht. Verstehen kannst du's nimmermehr, Und helfen kannst du nicht. Verstehen würdst du nimmermehr. Das Leid, das mir geschehn. Ach, die mein Herz gebrochen hat, kann's selber nicht verstehn.«

DANKSAGUNG

Auch bei diesem Mord möchte ich nicht versäumen, mich bei den Risum-Lindholmern zu bedanken, dass sie nun bereits seit Jahren diverse Verbrechen in ihrem Dorf ertragen. Danke – vor allem für die tolle Unterstützung.

Mein Verlag begleitet mich bereits eine lange Zeit – über 12 Jahre –, daher möchte ich mich an dieser Stelle ganz herzlich beim gesamten Gmeiner-Team bedanken und im Speziellen bei meinem neuen Lektor Sven Lang, der mit einer frischen Sichtweise den einen oder anderen Aspekt in dieses Buch hat einfließen lassen und der vor allem meinen manchmal recht norddeutschen Slang geschliffen hat. Herzlichen Dank!

Dieser Krimi hat mich quasi in mein altes *Revier* und zu Hagen Brandt zurückgeführt. Aktuelle Eindrücke für diese Szenen konnte ich bei meinen zahlreichen Besuchen – besonders die in der Altstadt – sammeln, dafür geht ein besonderes Dankeschön an Tanja, Torsten, Claudia und Gilbert.

Herzlichen Dank an dieser Stelle natürlich an meine Familie und meine Freunde, dass ihr mich bei meinen Morden immer geduldig unterstützt, und nicht zuletzt gilt mein Dank meinen treuen Lesern. Vielen Dank, dass

Sie meine Bücher kaufen und lesen und somit ermöglichen, dass ich das machen kann, wovon ich bereits als Kind träumte – schreiben. Vielen Dank.

Weitere Titel finden Sie auf den
folgenden Seiten und im Internet:

WWW.GMEINER-VERLAG.DE

Kommissare Thamsen, Meissner und Co. ermitteln:

Katharina Eigner
Diva del Garda
Gardasee-Krimi
281 Seiten, 13,5 x 21 cm,
Premium-Klappenbroschur
ISBN 978-3-8392-0348-4
€ 16,00 [D] / € 16,50 [A]

Haus verloren, Herz gebrochen: In Riva am Garda-
see rappelt sich Restauratorin Rosina wieder auf.
Ab jetzt residiert sie im Wohnmobil, und zwar solo. Soweit der Plan. Aber dann überfährt sie beinahe Mario,
den gutaussehenden Ex-Kardinal, und wirft ihre Vor-
sätze schnell über Bord. Ihre Camper-WG entwickelt
sich rasch zur Arbeitsgemeinschaft, denn ein Kunst-
werk hat den Besitzer gewechselt. Rosina will das Ge-
mälde aufspüren und schaltet in den Ermittler-Modus.
Freie Fahrt für die Diva del Garda!

GMEINER SPANNUNG

Anne Nørdby
Rot. Blut. Tot.
Thriller
512 Seiten, 13,5 x 21 cm,
Premium-Klappenbroschur
ISBN 978-3-8392-0430-6
€ 17,00 [D] / € 17,50 [A]

»Da war der Wolf. Er kam jede Nacht. Nebelgrau, mit gelben Augen und mächtigen Pfoten. Er konnte seine Krallen durch den Stoff seines Hemdes spüren. Sie drangen in ihn ein. Der ganze Wolf drang in ihn ein …«

Nach 30 Jahren Haft kehrt ein entlassener Mörder in seine alte Heimat auf die Insel Møn zurück. Alle wissen, was der „Wolf von Møn" damals getan hat. Als Leichen mit brutal auseinandergerissenen Kiefern auftauchen, beginnt für die Super-Recognizerin Marit Rauch Iversen und ihre Kollegen von der Kopenhagener Mordkommission eine Menschenjagd.

GMEINER SPANNUNG

WWW.GMEINER-VERLAG.DE
Wir machen's spannend

Uwe Ittensohn
Winzerblut
Kriminalroman
352 Seiten, 12,5 x 20,5 cm,
Paperback
ISBN 978-3-8392-0427-6
€ 16,00 [D] / € 16,50 [A]

Vor dem Neustadter Saalbau stirbt auf bizarre Weise
ein Student. Zunächst sieht alles nach einem Unfall aus – eine tödliche Mischung aus jugendlicher
Ausgelassenheit, Leichtsinn und zu viel Alkohol.
Hauptkommissar Achill will den Fall schnell schließen. Doch Privatschnüffler André Sartorius und
Oberkommissarin Bertling ermitteln auf eigene
Faust entlang einer mysteriösen Blutspur weiter. Sie
dringen in die Geheimnisse des Weinbaus vor und
stoßen auf ein weiteres ungewöhnliches Verbrechen.

GMEINER SPANNUNG

WWW.GMEINER-VERLAG.DE
Wir machen's spannend

Martina Parker
Aufblattelt
Gartenkrimi
458 Seiten, 13,5 x 21 cm,
Premium-Klappenbroschur
ISBN 978-3-8392-0326-2
€ 18,50 [D] / € 19,00 [A]

»Hast schon gehört?«

»Was meinst?«

»Na die Sache mit dem jungen Grafen.«

»Was ist mit dem? Jetzt sag schon.«

»Er heiratet ein Mädchen von hier. Isabella Kirnbauer.«

Jeder im Bezirk wusste, wer der Isabella ihr Vater war.
Der alte Säufer. Und ihre Großmutter – über die sprach
man besser gar nicht. Das ist ja wie in der »Neuen
Post«. Nur besser, weil man im Südburgenland ist
und die Leute persönlich kennt. Und dass dann die
Gegenbraut auf der Hochzeit Blut spuckend zusam-
menbricht, ist erst der Anfang der Katastrophe …

GMEINER SPANNUNG

WWW.GMEINER-VERLAG.DE
Wir machen's spannend

DIE NEUEN Lieblingsplätze